GRöLS Verlage

„BÜCHER SIND WIE FALLSCHIRME. SIE NÜTZEN UNS NICHTS, WENN WIR SIE NICHT ÖFFNEN."

Gröls Verlag

Redaktionelle Hinweise und Impressum

Das vorliegende Werk wurde zugunsten der Authentizität sehr zurückhaltend bearbeitet. So wurden etwa ursprüngliche Rechtschreibfehler *nicht* systematisch behoben, denn kleine Unvollkommenheiten machen das Buch – wie im Übrigen den Menschen – erst authentisch. Mitunter wurden jedoch zum Beispiel Absätze behutsam neu getrennt, um den Lesefluss zu erleichtern.

Um die Texte zu rekonstruieren, werden antiquarische Bücher von Lesegeräten gescannt und dann durch eine Software lesbar gemacht. Der so entstandene Text wird von Menschen gegengelesen und korrigiert – hierbei treten auch Fehler auf. Wenn Sie ebenfalls antiquarische Texte einreichen möchten, finden Sie weitere Informationen auf www.groels.de

Viel Freude bei der Lektüre wünscht Ihnen das Team des Gröls-Verlags.

Adressen

Verleger: Sophia Gröls, Im Borngrund 26, 61440 Oberursel

Externer Dienstleister für Distribution & Herstellung: BoD, In de Tarpen 42, 22848 Norderstedt

Unsere „Edition | Werke der Weltliteratur" hat den Anspruch, eine der größten und vollständigsten Sammlungen klassischer Literatur in deutscher Sprache zu sein. Nach und nach versammeln wir hier nicht nur die „üblichen Verdächtigen" von Goethe bis Schiller, sondern auch Kleinode der vergangenen Jahrhunderte, die – zu Unrecht – drohen, in Vergessenheit zu geraten. Wir kultivieren und kuratieren damit einen der wertvollsten Bereiche der abendländischen Kultur. Kleine Auswahl:

Francis Bacon • Neues Organon • **Balzac** • Glanz und Elend der Kurtisanen • **Joachim H. Campe** • Robinson der Jüngere • **Dante Alighieri** • Die Göttliche Komödie • **Daniel Defoe** • Robinson Crusoe • **Charles Dickens** • Oliver Twist • **Denis Diderot** • Jacques der Fatalist • **Fjodor Dostojewski** • Schuld und Sühne • **Arthur Conan Doyle** • Der Hund von Baskerville • **Marie von Ebner-Eschenbach** • Das Gemeindekind • **Elisabeth von Österreich** • Das Poetische Tagebuch • **Friedrich Engels** • Die Lage der arbeitenden Klasse • **Ludwig Feuerbach** • Das Wesen des Christentums • **Johann G. Fichte** • Reden an die deutsche Nation • **Fitzgerald** • Zärtlich ist die Nacht • **Flaubert** • Madame Bovary • **Gorch Fock** • Seefahrt ist not! • **Theodor Fontane** • Effi Briest • **Robert Musil** • Über die Dummheit • **Edgar Wallace** • Der Frosch mit der Maske • **Jakob Wassermann** • Der Fall Maurizius • **Oscar Wilde** • Das Bildnis des Dorian Grey • **Émile Zola** • Germinal • **Stefan Zweig** • Schachnovelle • **Hugo von Hofmannsthal** • Der Tor und der Tod • **Anton Tschechow** • Ein Heiratsantrag • **Arthur Schnitzler** • Reigen • **Friedrich Schiller** • Kabale und Liebe • **Nicolo Machiavelli** • Der Fürst • **Gotthold E. Lessing** • Nathan der Weise • **Augustinus** • Die Bekenntnisse des heiligen Augustinus • **Marcus Aurelius** • Selbstbetrachtungen • **Charles Baudelaire** • Die Blumen des Bösen • **Harriett Stowe** • Onkel Toms Hütte • **Walter Benjamin** • Deutsche Menschen • **Hugo Bettauer** • Die Stadt ohne Juden • **Lewis Caroll** • *und viele mehr….*

Else Ury

Baumeisters Rangen

Inhalt

1. Kapitel. Zankteufelchen

„Schscht – Kinder, könnt ihr denn keine Ruhe halten, was ist denn bloß schon wieder los, das ist ja ein Lärm und ein Geplärr – – –"

„Muttchen – das Zankteufelchen – – –"

„Mutti – der Neinerich und der Weinerich hat immer – – –"

„Nein, Muttel, sie fängt jedesmal an. Erst hat sie die Kleinen verwichst, und dann hat sie mir meine ganzen Soldaten geköpft, und ich wollte doch gar nicht französische Relution spielen – sieh nur, alle meine schönen Soldaten! Dem siebenjährigen Heinz liefen die blanken Tränen der Empörung über das frische Jungengesicht. Mit kriegerisch geballten Fäusten ging er von neuem auf die größere Schwester los.

Die hielt es doch für geratener, sich hinter Kurtchens Kinderstühlchen zu verschanzen.

„Hach – ein Junge petzt – pfui – so 'ne Petze – und was hast du getan?" begann sie aus ihrer Sicherheit heraus den Kleinen schon wieder zu reizen.

„Ich – ich wollt' halt bloß mit ihren Puppen auch 'ne Relution machen, und das will sie nu abselut nicht erlauben," Heinz stand mit allen Fremdworten ebenso auf Kriegsfuß wie mit Schwester Liselotte.

„Herrgott, wer kann denn bei dem Radau Lateinisch lernen!" Bruder Norbert, der älteste, der unbekümmert um das ihn umtosende Kindergeschrei mit in die Ohren gestopften Zeigefingern seine Lektion hergesagt, begehrte jetzt auch auf.

„Kinder – Kinder – was soll bloß daraus werden, wenn ihr euch so schlecht vertragt. Liselotte, du bist doch schon elf Jahre alt, solch großes Mädchen, das müßte mich doch schon bei den Jungen vertreten," die Mutter wußte, daß sie bei ihrem Töchterchen nur mit Liebe etwas ausrichten konnte.

Liselotte senkte denn auch ein wenig zerknirscht den braunen Krauskopf mit dem winzigen, steifabstehenden Zöpfchen.

„Vier Jungs, Muttel, das ist doch a bissel viel," meinte sie plötzlich mit ernsthaftem Gesicht.

Mutti verbarg ein Lächeln.

„Na, Liselotte, wenn sie mir und Vatern nicht zu viel sind, wirst du dich wohl auch darein schicken müssen.“

„Das Zankteufelchen verträgt sich ja nich amal mit einem einzigen,“ triumphierte Heinz, der am meisten schlesisch sprach.

„Mit dir freilich nicht, du dummer Junge,“ Liselotte hatte Heinz beim Schlafittchen gepackt, und der Streit drohte wieder hell aufzulodern.

Da trat Mutter trennend zwischen die kleinen Kampfhähne.

„Ruhe – jetzt bitte ich mir aber ernstlich Frieden aus. Du, Heinz, marsch, zu deinen Spielsachen, und Liselotte, du setzt dich ins Nebenzimmer und lernst dein Gedicht. Und ihr Kleinen? Wollt ihr mit hineinkommen und artig guten Tag sagen, ja?“

„Nein,“ meinte das vierjährige Edchen, genannt der Neinerich, gewohnheitsgemäß, während das um ein Jahr jüngere Kurtchen, der Weinerich, bereits den Mund jämmerlich zu einem neuen Gebrüll verzog.

„Ihr solltet euch doch schämen, Kinder, immer wenn Besuch da ist, muß ich mich über euch ärgern, was soll nur die Frau Amtsrichter von euch denken!“ mit diesen Worten schritt die Mutter, an der einen Hand den Neinerich, an der anderen den Weinerich, zu ihrem Gast zurück.

„Wir zanken uns auch, wenn kein Besuch da ist,“ stellte Norbert trotz seiner lateinischen Deklination wahrheitsliebend fest, während Liselotte, vor sich hinbrummend, Mutters Ausweisung in das Nebenzimmer nachkam.

Paradiesischer Frieden herrschte wieder im Kinderzimmer.

Aber nicht lange.

Liselotte hatte ihren Platz zum Auswendiglernen eingenommen. Zu diesem schwierigen Geschäft war schon seit geraumer Zeit Mutters große Wäschekiste auserkoren worden. Dort oben hockte das kleine Mädchen nun, baumelte zum Zeitvertreib zuerst ein wenig mit den Beinen und begann dann aus geborenem Schönheitssinn die Wäschekiste mit Puppen und Püppchen zu bemalen. Darauf schlug sie noch eine Fliege tot und gähnte nach dieser anstrengenden Arbeit herzhaft.

Sie hatte es doch wirklich zu schwer!

Mit vier wilden Jungen sollte sie auskommen, und da verlangte die Muttel auch noch, daß sie liebevoll und verträglich mit ihnen war! Wie gern wollte sie Mutter bei der Erziehung unterstützen, ja – aber die Brüder rebellierten gegen jede energische Zurechtweisung der Schwester. Jungen mußten mit Strenge behandelt werden, das hatte sie mal irgendwo aufgeschnappt. Sie wollte doch nur ihr Bestes, wenn sie beständig an ihnen herumnörgelte und etwas auszusetzen hatte. Aber dann hieß es gleich: „Zankteufelchen – Zankteufelchen –" ach, wie Liselotte diesen Namen haßte – na, und so gab es jedesmal Krach. Und sie, sie allein, hatte dann immer die ganze Schuld – bloß weil sie ein Mädchen war! Liselottes blaue Augen füllten sich mit Tränen. Jawohl, warum hatte sie keine Schwester wie ihre Schulfreundin, Apothekers Hanni, die ihr beständig zum Muster ausgestellt wurde! Schwestern haben sich immer lieb, aber Brüder – und besonders, wenn sie in den Flegeljahren waren wie Norbert! Was solch Tertianer sich alles gegen eine Schwester herausnahm – es war wirklich schrecklich! „Kleinchen" nannte er sie, das ließ sie sich aber nicht gefallen, nein, und besonders nicht, seitdem Mutter ihr neues Kleid um eine Handbreit verlängert hatte. Und dabei war sie doch im Grund ihres Herzens Bruder Norbert ganz besonders gut, er imponierte ihr sogar heimlich ein bißchen mit seiner bunten Gymnasiastenmütze. Alle hatte sie ja lieb, die Kleinen und Heinz, trotz allen Zankens, aber kein Mensch sah das ein. Sie wurde selbst von den Eltern verkannt.

Und als das törichte kleine Mädchen bei diesem Gedanken angelangt war, zog sie ihr Taschentuch heraus und weinte heiße Tränen aus innigem Mitleid mit sich selbst.

„Der blinde König", den sie zu morgen für die deutsche Stunde auswendig zu lernen hatte, lag vergessen neben ihr.

„Liselotte, willste mit mir Zirkus spielen, guck mal, ich habe mein Schaukelpferd tressiert, aber in den Zirküssen ist doch auch immer eine Schulmeisterin, das mußt du halt sein," Heinz versuchte mit seinem Holzgaul das Hindernis der Türschwelle zu nehmen.

„Zirküsse heißt es nicht, und Schulmeisterin ist ja Quatsch, du meinst wohl Schulreiterin," knurrte Liselotte in ihrer elfjährigen Weisheit hinter dem Taschentuch hervor.

Das Schaukelpferd hatte das Kunststück, über die Schwelle zu galoppieren, vollbracht.

„Nanu, was heulste denn?“ Heinz sprang aus dem Sattel und auf Liselotte zu. Mit beiden Armen umfing der gutherzige kleine Bursche, der den Streit von vorhin längst vergessen, die große Schwester.

„Laß mich,“ Liselotte stieß ihn unsanft von sich.

„Kumm ooch, Lilo“ – das war der Kosename – „deine Puppen sind das Pubelkum, eine ist der Papa,“ er versuchte Liselotte von der Wäschekiste herunterzuziehen.

Die aber war schon mit einem Satz an ihm vorbei.

Ritsch – ein großes Dreieck prangte in dem hübschen schottischen Kleid, sie war an einem Nagel hängen geblieben. Das verbesserte Liselottes Stimmung durchaus nicht.

„Du sollst meine Puppen nicht anfassen“ – ihr Blick überflog prüfend das mit starren Glasaugen ringsum steif auf Stühlen lehnende Puppenpublikum. Und mit einem Jammerlaut riß sie ihr größtes Kind, Puppe Käthchen, empor.

„Ein Schnurrbart, ein schwarzer Schnurrbart!“ Liselottes fünf Finger zeichneten sich plötzlich rot auf der Backe des verblüfften kleinen Heinz ab.

„Mutti – Muttel – der Heinz hat meinem Käthchen einen Schnurrbart angemalt – hu–u–uuh –“, ohne auf die Verteidigung des kleinen Heinz: „Aber sie soll doch der Papa sein,“ zu hören, lief sie schluchzend zur Mutter.

Hier wurde ihr aber auch kein Recht – natürlich, sie bekam ja nie Recht – der Kleine hatte es doch nicht böse gemeint, und der Schnurrbart ließ sich ja abwaschen – und für das zerrissene Kleid gab es noch einen Verweis obendrein.

Nur gut, daß Frau Amtsrichter inzwischen schon gegangen war, sonst hätte Amtsrichters Edith es sicher morgen in der ganzen Schule herumerzählt, was Baumeisters für Rangen hatten.

Im Kinderzimmer war allgemeines Wehklagen.

Liselotte rasierte schluchzend Puppe Käthchens stattlichen Bartwuchs mit Sand und Seife, Heinz rieb weinend seine geschlagene Backe, und der

Weinerich fiel natürlich auch sofort ein und vervollständigte das Terzett. Norbert nannte Liselotte ein Zankteufelchen über das andere, nur der Neinerich war mit dem Gang der Dinge durchaus einverstanden. Der thronte jetzt als Alleinherrscher auf dem großen Schaukelpferd von Heinz und hatte auf alle Aufforderungen, herunterzukommen, nur sein beständiges „Nein!“

„Liselotte, du könntest mal zum Schlächter gehen und Aufschnitt besorgen, die Mädchen sind bei der Wäsche,“ rief die Mutter aus dem Nebenzimmer.

Das kleine Mädchen trocknete die Tränen. Einholen tat sie für ihr Leben gern. Und der Schlächter nannte sie sogar schon „Sie“ und „kleines Fräulein“! Das war sehr wohltuend, besonders wenn es zu Hause eine Strafpredigt gesetzt hatte.

Sie stülpte die Matrosenmütze auf und schlüpfte in die Jacke.

Ach Gott – der blinde König – da lag das Lesebuch, Mutter würde sehr böse sein, daß sie noch nicht gelernt hatte. Na, sie konnte es ja heute vor dem Schlafengehen ein paarmal überlesen und das Buch unter das Kopfkissen legen – dann konnte sie's morgen. Anna Hintze, die Letzte aus der Klasse, sagte, das helfe bestimmt, und die war doch schon vierzehn Jahre alt.

„Norbert kann dich begleiten, Lilo, es dunkelt bereits. Aber zankt euch nicht unterwegs und laßt euch das Geld richtig herausgeben, du hast fünf Mark mit.“

Bruder und Schwester trabten nebeneinander her.

Liselotte bemühte sich, möglichst nicht auf den Strich der zusammenstoßenden Steine des Trottoirs zu treten. Sie machte die Probe. Wenn sie zwanzigmal nicht den Strich berührt hatte, dann würde sie morgen in der Schule ihr Gedicht können. Mit kühnen Sätzen sprang sie von einem Pflasterviereck in das andere, da ihre Beinchen beim gewöhnlichen Schritt nicht ausreichten.

„Hopse doch nicht wie 'ne Heuschrecke, geh' doch anständig,“ Norbert hatte sie fest am Arm gepackt.

Bums – da war sie auf einen Strich getreten, wütend machte sie sich von der Hand des älteren Bruders frei.

„Das geht dich gar nichts an, ich kann gehen, wie ich Lust habe," sie gab ihm einen derben Stoß und bekam gleich darauf einen Heidenschreck. Norbert war durch den unvermuteten Angriff aus dem Gleichgewicht gekommen und gegen eine vorübergehende Dame geprallt, die mit ernsten Augen auf den verlegen die Mütze ziehenden Knaben und das entsetzt knicksende, kleine Mädchen blickte. Diese Augen – Liselotte kannte sie wohl, die gehörten Fräulein Rau, der allgemein verehrten, aber auch sehr strengen Lehrerin, die deutschen Unterricht erteilte. Der blinde König lastete wieder schwer auf Liselottes Herzen.

„Wenn ich morgen eine Drei in Deutsch kriege, hast du schuld," murrte sie.

„Heiliges Kanonenrohr" – das war der neueste Kraftausdruck, dessen sich die Untertertia befleißigte –, „du hast mich doch geschubst, nun mußt du dir's auch halt gefallen lassen, wenn dich Fräulein Rau morgen in der Schule noch nachträglich ansäuselt."

„Was du auch immer für flegelige Ausdrücke hast," Liselotte rümpfte das Näschen.

Der verletzte Gymnasiastenstolz begehrte in Norbert auf.

„Das verbitte ich mir, hörst du –"

„Muttel hat es heute erst wieder gesagt –"

„Was Muttel sagt, darfst du noch lange nicht, so ein kleines Jör –"

„Oho," Liselotte richtete sich in ihrer ganzen stattlichen Größe – sie ging dem hochaufgeschossenen Norbert noch nicht bis zur Schulter – empor. „Oho, ich soll Mutters Stelle bei euch Jungen vertreten und –"

Norberts Hohngelächter unterbrach sie.

„Aber nicht als Zankteufelchen" – da war es wieder, das gräßliche Wort!

Liselotte rettete sich in den Schlächterladen, hier wenigstens gab es Balsam für ihre wunde Seele.

Sie stellte sich auf die Fußspitzen und reckte den Hals wie eine Giraffe – o Glück – „und Sie, Fräuleinchen?" fragte der Schlächter so laut, daß alle Kunden es hören mußten. Wenn nur der Norbert nicht so niederträchtig gelächelt hätte!

Daß sie in ihrer stolzen Aufregung fast den Lachsschinken vergessen und ein Zweimarkstück aus dem Kassenbrett bestimmt liegen gelassen hätte, wenn Norbert sie nicht noch rechtzeitig erinnert, verringerte ihre Freude nur wenig.

Sie versuchte auf dem Heimweg sogar zu dem Bruder möglichst liebenswürdig zu sein, allerdings gelang es ihr meistens vorbei.

Hinter der Stadtkirche, in dem dunklen, einsamen Gäßchen, blieb Norbert stehen. Er trug das Paket. Sein Finger hatte kunstvoll ein Loch in das Papier gebohrt.

„Du, Lilo, das Paket geht uff, wir müssen es noch mal zusammenwickeln,“ meinte er pfiffig.

„Ist nicht wahr, du willst bloß wieder naschen,“ Liselotte kannte die schwache Seite des Bruders. Der hatte bereits die einzelnen Päckchen einer gründlichen Durchsicht unterzogen. Der feine Sprühregen, der naßkalt vom Himmel herniederging, störte ihn nicht bei seiner Beschäftigung.

„Na, Lilo, wie ist's?“ er hielt eine Scheibe Leberwurst dem kleinen Mädchen verlockend vor das Gesicht.

Liselotte war kein Kostverächter, die Wurstscheibe verschwand zwischen ihren weißen Zähnchen.

„Nu komm' ich ran,“ Norbert öffnete erwartungsvoll den Mund.

Liselotte sah die Notwendigkeit, sich zu revanchieren, durchaus ein, ihre Finger schoben eine ganz gleiche Scheibe – beileibe keine größere – dem Bruder zwischen die Lippen.

Und so standen sie beide im Regen in dem dunklen Kirchgäßchen und steckten sich gegenseitig von jedem Päckchen eine kleine Kostprobe in den Mund.

„Botenlohn“, nannte es Norbert, da Liselotte das Herz doch recht laut pochte – sie empfand sehr wohl, daß sie etwas Unrechtes tat. Sie waren jetzt ein Herz und eine Seele.

O weh – ein Endchen Blutwurst hatte sich heimtückisch aus der Papierhülle gedrängt, Norbert konnte es nicht mehr erwischen – hops – da lag es weichgebettet im düsteren Straßenschlamm.

Liselotte begann bitterlich zu weinen.

„Du bist schuld, du ganz allein, ich wollte nicht naschen," schluchzte sie, „du bist immer so gefräßig" – das Zankteufelchen meldete sich bereits wieder.

„Hör' bloß mit dem dämlichen Geflenne auf, hier, halt' lieber mal die Pakete – aber fest –", es war ihm doch beim Anblick der schwärzlichen Blutwurst nicht ganz wohl zumute.

Behutsam kriegte er sie mit spitzen Fingern am Zipfel zu packen, die Wurst selbst war sauber, nur die Pelle sah recht wenig appetitlich aus.

„Den Schaden wollen wir schnell wieder kurieren, da drüben ist ja 'ne Pumpe!" Und während die weinende Liselotte hilflos mit ihren vielen Päckchen im Regen stehen blieb, eilte er zum Brunnen.

„Hurra – nun ist sie ganz sauber, jetzt merkt keen Mensch was," er trocknete die Blutwurst vorsichtig mit seinem Taschentuch ab.

„Hahaha – grüßt Vater, und er soll sich die Blutwurst gut schmecken lassen" – hinter den zusammenschreckenden Kindern schlug krachend ein Fensterflügel zu.

Sie fuhren herum. Da stand an dem Apothekenfenster, das in die Kirchgasse hinausging, der dicke Herr Apotheker und drohte den beiden lächelnd. Die grüßten entsetzt – und heidi – rannten sie davon.

„Norbert, wir sind verloren – Herr Apotheker hat alles mitangesehen, morgen erfährt es Vatchen am Stammtisch und übermorgen weiß es sicher schon die ganze Schule, am Ende darf Hanni gar nicht mehr mit mir verkehren – ach, du abscheulicher Bengel, du hast mich dazu verleitet – – –"

„Brülle nicht so, sonst hört es gleich die ganze Stadt, sogar der taube Nachtwächter," Norbert strich sich aufgeregt die feuchten Haare aus der Stirn. „Und nu sei amal verständig, Kleinchen, der Herr Apotheker hat sicher nur gesehen, daß ich die Wurscht herunterfallen ließ, hätte er wohl sonst gelächelt? Außerdem ist Hanni ja deine Busenfreundin, wenn du sie bittest, zu schweigen – – aber nee, ihr Weibsleute könnt ja die Futterluke nicht halten," trotzdem Norbert vor der Schwester so großartig tat, war ihm doch recht gottjämmerlich zumute.

„Mach' ein fideles Gesicht, sonst riecht man gleich Lunte" – ein aufmunternder Stoß mit dem Ellenbogen, und dann betraten sie die freundlich mit hellen Fensteraugen in den düsteren Garten hinausschauende väterliche Villa.

„Mein armes Mädel, ganz durchweicht bist du ja, flink die Schuhe gewechselt, auch du, Norbert," liebevoll empfing die Mutter ihre Kinder.

Ach – was hätte Liselotte darum gegeben, wenn sie jetzt die Arme um Mutters Hals hätte schlingen können, und ihr all das Häßliche, was ihr das Herz beschwerte, ins Ohr flüstern. Aber nein, dann war sie ja eine Petze, und die Jungen aus Untertertia verachteten sie sämtlich. Lieber sah sie krampfhaft an den gütigen Mutteraugen vorbei.

Die Kleinen waren schon zu Bette. Seit einem halben Jahr durfte Liselotte wie Norbert mit den Eltern zusammen Abendbrot essen. Sie war ungeheuer stolz darauf, aber heute hätte sie gern auf das Vorrecht verzichtet.

„Was ist denn bloß mit meiner wilden Hummel los – Schelte gekriegt, Mädel, so was pflegst du doch sonst abzuschütteln, wie der Pudel das Wasser – hm? Vater hatte seinen Liebling, seinen „fünften Jungen", wie er sie zu nennen pflegte, an dem winzigen Rattenschwänzchen gepackt.

„Du ziepst mich, Vatel," wagte Liselotte nur ganz bescheiden zu äußern, anstatt dem Vater wie sonst aufs Knie zu klettern. Mit scheuem Blick schielte sie zu der Platte Aufschnitt hin.

„Kinder, habt ihr denn ein Viertel oder nur ein Achtel Leberwurst geholt?" sagte jetzt die Mutter kopfschüttelnd. „Ich werde doch wohl von dem Schlächter am Markt abgehen müssen, wenn er so schlechtes Gewicht gibt." Sie sah fragend zu Liselotte hinüber.

Die wurde dunkelrot. Norbert aber biß gleichmütig in sein Brot.

„Am Ende Mäuse in der Speisekammer," meinte der Vater lächelnd zur Mutter, „neulich hast du doch das kleine Kindermädel bei der Kuchenbüchse erwischt, sie wird Leberwurst auch ganz gern essen."

„Ach wo – i bewahre" – entfuhr es Liselotte, während Norbert ihr geschwind mahnend auf den Fuß trat.

„Wie meinst du, Kind?" die Mutter richtete die klaren Augen voll zu dem bald rot, bald blaß werdenden Töchterchen.

„Ich – ach – ich – ich meinte nur, wir haben die Wurst doch eben erst gekauft," stotterte Liselotte.

„Du wirst aber doch von dem Schlächter abgehen müssen, die Blutwurst hier zeige ihm jedenfalls erst, ehe du sie den Hühnern gibst. Die ist so unsauber, daß er polizeilich dafür belangt werden kann,“ der Vater schob seinen Teller fort.

Liselotte blickte flehend zu dem Bruder hin. Sagte er denn noch immer nichts? Sie blinkte ihm beschwörend zu – aber Norbert schwieg. Ob das auch gepetzt war, wenn sie die Schuld ganz allein auf sich nahm? Aber ehe sie noch zu einem Resultat ihres angestrengten Nachdenkens gekommen, deckte Marie bereits den Tisch ab.

„Geht schlafen, Kinder, ihr müßt morgen zeitig heraus, ist auch die Mappe gepackt?“ Liselotte fiel das nicht gelernte deutsche Gedicht für Fräulein Rau zentnerschwer auf die ohnehin genügend belastete Seele. Sie nickte stumm und verbarg das verlegene Gesicht schnell zum Gutenachtkuß in Vaters Vollbart. Irrte sie sich oder hatte Mutti sie heute nicht so zärtlich ans Herz gezogen wie sonst?

Stumm stiegen die beiden kleinen Missetäter die Treppe zu den im oberen Stockwerk gelegenen Schlafräumen empor.

„Wir haben uns hundsjämmerlich benommen!“ sagte Norbert schließlich mit schwerem Seufzer. Liselotte schlang in jäher Aufwallung die Arme um seinen Hals.

„Komm, wir wollen wieder hinuntergehen und alles eingestehen, ja, komm' doch, Norbert,“ sie versuchte ihn mit fortzuziehen. Aber Norbert stand bocksteif da.

„Fällt mir nicht ein, nachträglich noch zu Kreuze zu kriechen, morgen kräht kein Hahn mehr danach,“ damit machte er die Tür zu seinem Zimmer, das er mit Heinz teilte, auf. Er hielt es für unmännlich, sein Unrecht einzugestehen und um Verzeihung zu bitten.

Liselotte konnte nicht schlafen. Immer wieder wälzte sie den braunen Krauskopf auf den Kissen hin und her. Sie lauschte auf das Klatschen und Prasseln des Regens gegen die Scheiben, auf das Rauschen und Brausen in der Dachrinne und das Heulen des Windes im Ofen. Aber lauter als Regen und Wind tobte es in ihrer jungen Brust, das Gewissen wollte und wollte sich nicht zum Schweigen bringen lassen.

Wenn der Vater den Schlächter beim Bürgermeister anzeigte, dann kam er am Ende in das Gefängnis, das Vater gerade baute, jenes große rote Haus mit den winzigen vergitterten Fensterchen hinter der dicken grauen Mauer. Der arme Mann, der gar nichts verbrochen hatte, der sie sogar „Fräuleinchen“ und „Sie“ titulierte – nein, Liselotte sprang mit beiden Beinen aus dem Bett, ihretwegen sollte keiner unschuldig leiden! Sie war unverträglich, ein Zankteufelchen, ja, aber schlecht und lügenhaft war die Liselotte nicht!

Leise pochte sie an die Wand, an der Norbert schlief. Aber keine Antwort kam. Da entschloß sich Liselotte, auf eigene Faust zu handeln. Sie brauchte ja Norbert nicht mit zu verraten, dann war sie ja keine Petze!

Tap – tap – wie der Wind ist sie in ihren weichen Pantöffelchen die Treppe hinab. Jetzt steht sie an der geöffneten Speisezimmertür. Vater sitzt bei seiner Zeitung, und Mutter bessert die zerlöcherten Höschen der kleinen Reißdeibelchen aus. So friedlich sieht es da drinnen aus – und da soll sie den Eltern solchen Kummer machen – ob sie noch umkehrt ...

Nein – zwei weiche Arme umstricken plötzlich den Hals der erschreckten Mutter, und ein kleines Persönchen im langen, weißen Nachtgewand bettet das tränenüberströmte Gesicht an der Mutter Brust. Und nun kommt es stoßweise heraus, daß sie die Leberwurst genascht, daß dabei die Blutwurst in den Schmutz gefallen, und daß sie es auch ganz gewiß nie wieder tun wolle. Von Norbert sagt Liselotte nichts.

Mutter schweigt, sie ist betrübt über ihre Kinder. Aber Vater, der seinen Liebling nicht weinen sehen kann, wickelt die Liselotte wie eine Puppe in die warme Chaiselonguedecke.

„Erledigt – morgen bekommst du deine Dresche – aber jetzt marsch ins Bett, willst dir wohl 'n Schnupfen holen?“

Liselotte gibt dem allerbesten Vatchen der Welt einen dankbaren Kuß. Bei Mutti traut sie es sich noch nicht recht.

„Bist du noch böse, Muttel?“ fragte sie so zerknirscht, daß auch Mutti nicht mehr zürnen kann.

„Ich bin nur froh, daß du schließlich doch noch den Weg zu uns gefunden hast, Kind,“ sagte die Mutter ernst.

Federleicht ist es Liselotte zumute, als sie nun wieder in ihrem Bette liegt. Wie dämlich von Norbert, mit solcher Zentnerlast auf dem Herzen schlafen zu gehen!

Ja, wenn Vater und Mutter es wissen, dann ist gleich alles wieder gut!

2. Kapitel. Schulfreundinnen

Auf Regen folgt Sonnenschein.

Am anderen Morgen lachte goldene Sonne vom wolkenlosen Himmel, und ein übermütiger Sonnenstrahl tanzte lustig auf Liselottes Naschen. Die schlug geschwind die Augen auf, gerade als Marie an die Tür pochte, daß es Zeit zum Aufstehen sei. Ihre blauen Augen lachten mit der lieben Sonne um die Wette, nun konnte man doch endlich wieder nachmittags im Garten spielen! Ihr war heute so frei und fröhlich zumute, denn Vaters in Aussicht gestellte „Dresche", die kannte sie schon. Allenfalls setzte es noch einen Nasenstüber.

Marie kam herein, um ihr das Zöpfchen zu flechten.

„Sieh mal, Liselotte, was ich heute beim Aufräumen auf der Wäschekiste gefunden habe, die beiden Kleinen haben wohl damit gespielt," sie hielt Liselotte das vergessene deutsche Lesebuch hin.

Aber wie sah das aus! Seiten zerfetzt und zerrissen, der Deckel mit bunten Tuschfarben beschmiert, denn Edchen war ein zweiter Rafael, er bemalte alles, was er in die Hand bekam.

Liselotte stürzte zur Tür.

„Diese Rangen – diese ungezogenen Lümmel – aber wartet nur – ich verwichse euch – Mutti – Muttel – mein gutes Lesebuch haben sie mir verdorben," schreiend wollte sie zur Tür hinaus.

Aber Marie hielt sie am Zöpfchen fest. „Erst die Haare kämmen und dann, was können denn die Kleinen dafür, wenn du deine Schulbücher herumliegen läßt!"

Aus Liselottes Augen strömten jetzt unaufhaltsam wieder Tränengüsse – aus Sonnenschein folgt manchmal auch Regen! Was würde Fräulein Rau bloß sagen, die Norbert noch dazu gestern auf der Straße angerempelt, wenn sie das verdorbene Buch sah – und ach – der blinde König –daran hatte sie überhaupt noch nicht gedacht! Ob sie sich schulkrank meldete? Aber sie hatte Mutti erst gestern abend versprochen, von nun an stets wahr und aufrichtig zu sein. Und „ein Mann, ein Wort!“ sagte Norbert immer.

Mit verheultem Gesicht erschien sie am Kaffeetisch.

„Nanu, Mädel, schon wieder was ausgefressen?“ Vater zog die Augenbrauen hoch.

„Ich nicht – aber die Jören – mein Schulbuch haben sie mir zerrissen und beschmiert,“ Liselotte schien nicht übel Lust zu haben, auf die friedlich ihre Morgenmilch trinkenden Kleinen loszugehen.

Aber Mutter zog sie neben sich auf den Stuhl nieder. „Erst sage hübsch ›Guten Morgen‹, wie sich's gehört, nach dem Kaffee werden wir die Sache weiter untersuchen.“

Nun lag Liselotte eigentlich recht wenig daran, daß die Sache eingehender untersucht wurde, denn dann kam möglicherweise noch das ungelernte Gedicht ans Tageslicht. So war sie dem Vater sehr dankbar, als er zum Aufbruch trieb, da die Uhr nachging. Vater hatte sein Baubureau unweit des Gymnasiums und brachte seine beiden Großen – Heinz' Unterricht begann erst um neun Uhr – jeden Morgen selbst in die Schule.

„Entschuldige dich jedenfalls vorher bei Fräulein Rau wegen des Buches – vergiß dein Frühstück nicht – nein, solch ein Zankteufelchen!“ Mutter wandte sich den plötzlich losheulenden Kleinen zu. Denn Liselotte hatte es sich doch nicht versagen können, im Vorbeigehen die kleinen Sünder wenigstens noch ins Ohrläppchen zu zwicken, was lebhaften Protest des Neinerich – „nein – nich doch – nein“ und jämmerliches Gebrüll des Weinerichs zur Folge hatte.

„Du, Norbert,“ Liselotte, die auch dem Bruder gegenüber ihrer nächtlichen Beichte wegen kein ganz reines Gewissen hatte, pirschte sich schnell im Garten, während Vater sich an seinen erblühten Spätrosen freute, an Norberts Seite. „Du, ich hab' gestern abend noch die ganze Wurstgeschichte eingestanden, ich konnte nicht schlafen, aber verklatscht habe ich dich nicht!“

„Bist ein anständiger Knopp, Lilo –", Liselotte wurde ganz heiß vor Freude über das Lob des Bruders – „übrigens bin ich errötend deinen Spuren gefolgt und habe ebenfalls pater peccavi gesagt." Das lateinische Worte schien Norbert die Ehre eines Untertertianers weniger zu beeinträchtigen als das deutsche „abbitten".

„Das freut mich, ach, wie froh bin ich –" ja, Liselotte hätte ganz froh sein können, wenn nicht von neun bis zehn deutsche Stunde bei Fräulein Rau gedroht hätte. Sie hing sich an Vaters Arm und versuchte mit seinen langen Beinen Schritt zu halten. Aber sie mußte in einem fort knicksen, denn fast jeder Vorübergehende kannte den Vater und grüßte ihn.

„Knickebein!" uzte sie Norbert, ja, der hatte gut reden, der brauchte bloß seine bunte Mütze zu ziehen.

„Ich wäre auch lieber ein Junge!" sagte sie plötzlich aus tiefem Nachdenken heraus.

„Na, ein halber bist du ja," lachte der Vater.

Am Marktplatz gesellten sich Apothekers Hanni und die um ein Jahr jüngere Anni zu Liselotte. Die beiden Schwestern waren unzertrennlich, sie trugen stets dieselben Kleider, sogar dieselben Zopfbänder. Was hätte Liselotte darum gegeben, wenn sie auch solch eine Schwester gehabt hätte! Dabei war sie eigentlich ein ganz klein bißchen eifersüchtig auf Anni, denn sie selbst wollte Hannis beste Freundin sein.

„Liselotte, wir müssen laufen, Fräulein Bergmann will noch vor Schulanfang eine neue Ordnerin für die nächste Woche erwählen – 'n Morgen, Herr Baumeister – 'n Morgen, Norbert," die beiden nahmen Liselotte in die Mitte.

„Leb wohl, Vatel" – „mach' keine Dummheiten, Wildfang" – und da sauste das Kleeblatt auch schon mit dem jungen Morgenwind um die Wette quer über den Marktplatz. Denn gefährliche Automobile oder Wagen gab es in der schlesischen Kleinstadt nicht.

Fräulein Bergmanns Schule war ein altes, graues Haus – „räucherige Bude" nannten Norbert und seine Kameraden sie. Aber der große, ausgedehnte Garten, der sich an das Gebäude schloß und bis an das Wiesenbächlein hinunterging, war für die Schülerinnen ein herrlicher Tummelplatz in den Freistunden. Kam mal ein Fremder in die Stadt, dann blieb er wohl vor dem alten Haus, das so griesgrämig und mürrisch in die Welt guckte, stehen und wunderte sich über den lachenden Frühling, der da hinter den grauen Mauern sein Wesen trieb.

Die vierte Klasse war bereits versammelt. Denn das Ehrenamt einer Ordnerin wollte jede gern erringen. Liselotte war eine befähigte Schülerin, sie hatte den dritten Platz inne. Daß ihre Freundin Hanni über ihr saß, lag nur daran, daß Liselotte nicht immer ihre sieben Sachen und auch nicht ihre Gedanken beisammen hatte, während Hanni ein geordnetes, fleißiges Mädchen war. Die erste aber, Amtmanns Lenchen, mochten sie alle beide nicht recht leiden, die wußte alles stets besser und war nicht von ihrem ersten Platz herunterzukriegen.

Fräulein Bergmann, die Schulvorsteherin, betrat die Klasse. Die Schülerinnen hatten sich zum Gruße erhoben.

„Na, wem verleihen wir denn für diese Woche das Ehrenamt?" meinte Fräulein Bergmann, die junge Schar lächelnd durch die Brillengläser musternd. Neunundzwanzig Zeigefinger durchbohrten die Luft, der dreißigste, Liselotte angehörend, blieb unten. Denn diese benutzte die Zeit, um schnell noch einen Blick auf ihren blinden König zu werfen.

„Ei, Liselotte, liegt dir so wenig an dem Amt?" fragte Fräulein Bergmann erstaunt, denn sonst war die temperamentvolle Liselotte stets eine der lebhaftesten Bewerberinnen.

„O doch – jawohl," Liselotte schnellte von ihrem Sitz empor.

„Na, Bescheidenheit muß belohnt werden, da du dich diesmal so zurückgehalten hast, sollst du für die kommende Woche für Ruhe und Ordnung in der Klasse Sorge tragen. Guten Morgen, Kinder," die Vorsteherin verließ die Klasse und Herr Dr. Schwarz, der Rechenlehrer, trat ein.

Strahlend vor Freude, im Gefühl ihrer neuen Würde, lief Liselotte zum Katheder, legte dem Lehrer Ordnungsbuch und Rechenbuch hin und sammelte die Hefte mit den häuslichen Arbeiten ein. Außerdem hatte sie dafür zu sorgen, daß kein Frühstückpapier herumlag, daß die Schülerinnen in den Pausen paarweise die Klasse verließen und die Fenster geöffnet wurden. Und dann durfte man nach Herzenslust mit dem großen Schwamm die riesige Schultafel bearbeiten, zu diesem Zweck mußte man aber erst auf einen Stuhl klettern. Die Schülerinnen, die vor dem Eintritt des Lehrers ihr Mäulchen allzu lebhaft in Bewegung setzten, sollte die Ordnerin mit Kreide an die Schultafel schreiben. Aber das tat keine, nur Anna Hintze hatte mal eine notiert und hieß seitdem die „Petze“. Das schönste aber eigentlich an dem ganzen Ordnerinamt war, daß man zur Geographiestunde die Landkarten zu holen hatte und zur Naturgeschichtsstunde für Pflanzen und Tiere sorgen mußte. Für eine Woche war man die Königin der Klasse.

Liselotte hätte sich auch durchaus als kleine Königin gefühlt, wenn es bloß nicht – einen blinden König gegeben hätte. Sie hatte das Lesebuch heimlich unter dem Tisch geöffnet, und während Herr Dr. Schwarz sich bemühte, ihnen an der Tafel die Bruchrechnung klarzumachen, versuchte sie noch schnell, sich ein paar Strophen ins Gedächtnis zu prägen.

Hanni zupfte sie an der Schürze.

„Mach' doch das Lesebuch zu, Dr. Schwarz hat schon zweimal hergeguckt,“ flüsterte die treue Freundin ihr zu.

Der Lehrer schien wirklich aufmerksam geworden zu sein.

„Wiederhole mir das, was ich soeben erklärt habe, Liselotte,“ sagte er, da ihre Zerstreutheit ihm nicht entgangen war.

Liselotte sprang auf. Bums – lag das deutsche Lesebuch mit einem lauten Knall auf der Erde. Lustig flatterten die Seiten, welche Edchen und Kurtchen gestern unter den Händen gehabt, auf dem Fußboden umher.

Die Mitschülerinnen begannen zu kichern.

Mit hilflosen Augen blickte Liselotte zur Tafel. Da standen Zahlen, Striche und nochmals Zahlen, aber wie sie zusammenhingen, davon hatte das kleine Mädchen keine blasse Ahnung. Hätte sie doch bloß aufgepaßt – aber sie kam immer erst zu spät auf das Rechte.

„Wird's bald?“ Herr Dr. Schwarz setzte sich in Bewegung.

Nur das nicht, wenn er das Lesebuch unten entdeckte – das war nicht auszudenken – half ihr denn keiner in der Not?

Ja, Suse Bertram, die vierte, die Tochter von Vaters Bausekretär, die Liselotte immer ein wenig über die Achsel ansah, stand ihr bei.

„Ein Achtel ist der achte Teil eines Ganzen,“ flüsterte sie ihr hilfreich zu, so laut es anging.

Liselotte hatte auch verstanden.

„Ein Achtel ist der achte Teil einer Gans“ – wie eine Erlösung kam es von Liselottes Lippen.

Ein nicht endenwollendes Gelächter folgte. Selbst Herr Dr. Schwarz lachte, daß der Anhänger von seiner Uhrkette hin und her hopste.

„Na, da wollen wir mal das Gänschen in den Gänsestall sperren, Liselotte, setze dich hier nach vorn auf die Strafbank!“

O diese Schmach!

Mit dunkelrotem Gesicht kam Liselotte der Aufforderung nach. Wie Amtmanns Lenchen sich freuen würde! Liselotte wagte einen schnellen Seitenblick, aber nein, Lenchen, Hanni und Suse, alle sahen sie mitleidig zu ihr hin.

„Wer ist die Wochenordnerin?“ fragte der Lehrer.

Liselotte hätte sich am liebsten in ein Mauseloch verkrochen, sie schwieg. Aber die anderen riefen:

„Liselotte – Liselotte Günther!“

„So, na du scheinst mir ja dafür zu passen, wie die Gans zum Bruchrechnen – so magst du dich selbst bei deiner Ordinaria melden, daß du drei Tage lang den Strafplatz in allen Stunden einnehmen wirst.“ Er fuhr in seinen Erklärungen fort.

Liselotte aber stürzten jetzt doch die krampfhast zurückgehaltenen Tränen aus den Augen. Das war zu viel – sie sollte sich selbst bei Fräulein Rau, der Klassenordinaria anzeigen – ach, und wie würde es ihr in der deutschen Stunde erst gehen! Hätte sie doch bloß gestern gelernt, anstatt sich mit den kleinen Geschwistern herumzuzanken, davon kam alles Unheil heraus!

Eine Stunde hat leider nicht mehr als sechzig Minuten – es läutete – und der deutsche Unterricht rückte näher.

Hanni hatte ihr hilfreich das zerfetzte Lesebuch aufgesammelt.

„Um Himmels willen – wie sieht dein Buch aus, was hast du denn damit angefangen?“

„Gib her“ – ungestüm riß ihr Liselotte das Buch weg, „du – du ganz allein bist schuld, daß Dr. Schwarz was gemerkt hat, wozu hast du mich auch an der Schürze gezupft – das Zankteufelchen meldete sich bereits wieder.

„Aber ich hab' es doch halt gut gemeint" – verteidigte sich Hanni.

„Ach was – du wolltest bloß, daß ich aus die Strafbank komme" – Liselotte wandte ihrer besten Freundin den Rücken.

So kam es, daß die Bruchrechnung auch zum Bruch zwischen den beiden Freundinnen führte.

Aber Hanni hatte ein gutes Herz. Trotzdem Liselotte ihr soeben mit ihrer ungerechten Beschuldigung sehr weh getan hatte, ging sie zum Klassenschrank und legte ein tadelloses Lesebuch vor Liselotte.

„Edith Wendler fehlt, ihr Lesebuch ist hiergeblieben, nimm das," sagte sie.

Zankteufelchen hätte ihr am liebsten das Buch vor die Füße geworfen, aber die Angst vor Fräulein Rau war größer als Liselottes Stolz.

„Danke," brummte sie möglichst feindlich und steckte die Nase ins Buch. An ihr Ordnerinamt dachte sie nicht mehr. So gingen die kleinen Mundwerke in der vierten Klasse denn lustig hin und her – keine Aufpasserin, keine, die ermahnte, man überhörte sogar das Klingelzeichen. Fräulein Rau stand plötzlich in der Klasse, ohne daß man ihrer zuerst gewahr wurde.

„Ruhe" – gebot sie streng, „das ist ja hier ein Geschnatter wie in einem Gänsestall" – zum zweitenmal wurde die vierte Klasse heute damit verglichen – eine furchtbare Blamage!

„Wo ist die Ordnerin?"

Liselotte trat mit gesenktem Haupt vor.

„Wenn du dein Amt so schlecht erfüllst, werden wir dich absetzen müssen – willst du noch etwas?"

Die grauen Augen musterten das kleine Mädchen scharf durch die Lorgnette.

Liselotte stand und druckste.

„Ich – ich muß drei Tage lang auf der Strafbank sitzen," stieß sie plötzlich mit dem Mut der Verzweiflung heraus.

„Das ist ja recht feierlich – und du willst für Ordnung in der Klasse sorgen – fange nur vorläufig erst bei dir selbst mit der Ordnung an – Suse Bertram, du wirst das Amt verwalten."

Abgesetzt – eine entthronte Königin – Liselotte ballte die Hände.

Nie war es vorgekommen, daß eine Schülerin vor Ablauf der Woche ihres Amtes verlustig gegangen; und gerade Suse Bertram ihre Nachfolgerin, deren Vater doch eigentlich ein Untergebener von Vatel war – das war noch viel demütigender! Daß Suse ein viel fleißigeres und gewissenhafteres Kind war als sie selbst, daran dachte die törichte Liselotte nicht. Langsam schritt sie zu ihrem Strafplatz zurück. Sie konnte doch unmöglich jetzt auch noch eingestehen, daß sie das Gedicht nicht gelernt habe. „Vielleicht komme ich gar nicht heran!" damit versuchte sie sich zu trösten.

Es schien wirklich, als ob sich der Unglücksstern, der Liselotte heute verfolgte, in einen Glücksstern verwandelt hätte. Fräulein Rau dachte nicht an das Gedicht, sondern begann einen Aufsatz durchzunehmen. „Meine Lieblingsbeschäftigung", so hieß er. Jede sollte ihr sagen, welches ihre liebste Beschäftigung daheim sei.

Liselotte zerbrach sich den Kopf – welches war nur ihre Lieblingsbeschäftigung? Wenn sie ganz ehrlich sein wollte, sich mit den Geschwistern zu kabbeln und zu zanken. Aber das konnte sie doch unmöglich Fräulein Ran mitteilen. Was mochten nur die anderen sagen?

Amtmanns Lenchens Lieblingsbeschäftigung bestand darin, die Schularbeiten anzufertigen, natürlich, solch ein Tugendschaf! Apothekers Hanni mochte am liebsten mit Schwester Anni zusammen Puppenkleider schneidern. Liselotte empfand wieder ein Gefühl der Eifersucht in sich aufbegehren, trotzdem Hanni doch jetzt ihre Feindin war. Suse Bertram half der Mutter eifrig im Haushalt – freilich, die hielten ja auch kein Mädchen, nur eine Aufwartefrau, dachte Liselotte hochmütig. Die eine arbeitete im Garten, die andere spielte gern Klavier, die dritte las Geschichtenbücher – nun kam sie bald heran ... was sagte sie nur?

„Na und du, Liselotte Günther?"

„Ich klettere am liebsten auf Vaters Baugerüst herum" – Gott sei Dank, daß ihr noch was eingefallen war.

„Darfst du denn das?" verwunderte sich Fräulein Rau, „das wird weder deinen Gliedern noch deinen Kleidern sehr heilsam sein!"

„Nein, dürfen darf ich's natürlich nicht" – was sich Fräulein Rau auch dachte, dann wär's doch nicht halb so schön – „wir tun's doch bloß heimlich, und wenn Vater uns dabei erwischt, setzt's was," meinte Liselotte eifrig.

„Ich finde deine Lieblingsbeschäftigung weder sehr mädchenhaft noch sehr nutzbringend," äußerte sich Fräulein Rau abfällig.

Und wieder mußte sich Liselotte schämen. Das wievielte Mal wohl nun schon heute?

„Also zur nächsten Stunde schreibt ihr mir zwei Seiten über eure Lieblingsbeschäftigung – nun war ja wohl auch noch zu heute etwas auswendig zu lernen, wir haben noch zehn Minuten Zeit. Hilde von Thielen mag beginnen."

Mit viel Pathos begann Hilde, das Landratstöchterchen, den blinden König zu deklamieren.

„Lieber Gott, laß die Stunde eher aus sein, als ich rankomme," flehte Liselotte heimlich in Todesangst. Sie hielt den Zeigefinger zwischen die bewußte Seite geklemmt, um jeden Augenblick aufschlagen zu können.

„Anna Hintze fortfahren" – Himmel, das Unheil schreitet näher, Anna Hintze hatte den Platz vor Liselotte inne. Wie fein die Anna, die allgemein als Faultier galt, das Gedicht auswendig konnte – aber freilich, die war ja auch schon das dritte Jahr in der vierten Klasse.

„So, Liselotte, nun zeige uns mal, daß du noch etwas anderes kannst, als auf der Strafbank zu sitzen und auf Baugerüsten herumzuklettern" – Fräulein Rau wandte sich Liselotte zu.

Die erblaßte. Das Herz schien ihr still zu stehen. Geschwind noch einmal ins Lesebuch geschielt!

Aber Fräulein Raus grauen Augen entging nichts Ungehöriges. Stillschweigend griff sie nach dem Buch.

Nur die erste Zeile hatte Liselotte gerade noch erschielen können.

„Gib, Räuber, aus dem Felsverlies" – da stand sie und wußte nicht weiter.

Sie begann noch einmal. Vielleicht, daß ein guter Geist ihr inzwischen zuraunte, was dann kam. Aber in Fräulein Raus Stunde wagte keine vorzusagen.

„Gib, Räuber, aus dem Felsverlies" – – – „das Lesebuch mir zurück," setzte Fräulein Rau plötzlich hinzu.

Alle verbargen das Gesicht hinter den Taschentüchern, keine traute sich laut zu lachen.

„Wir werden uns nach der Stunde sprechen," Fräulein Rau würdigte Liselotte keines Wortes mehr.

Zehn-Uhr-Pause.

Lachend und schwatzend, die Hände mit Brot und Obst beladen, zogen die Mädels paarweise in den großen Garten hinunter. Wer doch mit ihnen mitkönnte!

Fräulein Rau schloß die Klassentür.

„Liselotte Günther, ich habe dich bisher für eine gute Schülerin gehalten, die trotz ihrer Wildheit stets gern ihre Pflicht getan. Ich sehe, daß ich mich in dir geirrt habe. Wenn du dich nicht sehr zusammennimmst, werden deine Eltern wenig Freude an der Oktoberzensur haben," Fräulein Rau hatte nicht streng gesprochen, nur traurig, und das ging der weichen Liselotte viel mehr zu Herzen.

Sie hielt den braunen Krauskopf tief gesenkt.

Aus dem Schulgarten schallte Kinderlachen und Jauchzen durch das geöffnete Fenster herauf, während ihr dicke Tränen über die Wangen liefen.

„Fräulein Rau – o Fräulein Rau – ich will mich bessern – ganz gewiß – und seien Sie auch, bitte, nicht mehr böse, daß wir Sie gestern abend auf der Straße angestoßen haben," schluchzte sie.

„Ich habe deine Entschuldigung, deines gestrigen Venehmens wegen, bereits vor der Stunde erwartet, es soll mich freuen, wenn du mir durch künftigen Fleiß und gutes Betragen zeigst, daß du Reue fühlst. Liselotte war entlassen.

Sie schlich mit ihrem Frühstückspäckchen die Treppe hinunter, die sie sonst so fröhlich herabzusausen pflegte. Unten warteten Hanni und Anni. Die gutmütige Hanni dachte nicht mehr an den Streit von vorhin.

„Hast du einen Tadel bekommen, Liselotte – liebe Lilo, was weinst du denn so schrecklich –" Hanni schlang mitleidig den Arm um der Freundin Hals.

Ja, wenn nur Anni nicht dabei gewesen wäre! Aber vor Anni, dem kleinen Jör, das ein ganzes Jahr jünger war, mochte Liselotte nicht zeigen, wie wohl ihr Hannis Zuspruch tat. Außerdem ärgerte sie sich auch darüber, daß Hanni, die sonst stets mit ihr ging, heute die Schwester untergefaßt hatte.

Unfreundlich machte sie sich los.

„Laß mich – wir zwei sind schuß!"

Einsam ging sie inmitten der fröhlichen Kinderschar den Weg hinunter bis an das Wiesenbächlein. Dort saß sie mit baumelnden Beinen auf dem Birkenbänklein, der sogenannten „Freundschaftsbank", vertilgte ihre Butterschnitte und aß die Tränen mit, die ihr die Nase entlangliefen.

Auch mittags, als die Schule aus war, sah man die Busenfreundinnen nicht zusammen über den Marktplatz ziehen. Hanni und Anni gingen voraus, und zehn Schritte hinterdrein schlenderte Liselotte mit schiefem Hut und sehnsüchtigen Augen.

„Ach – wenn ich doch auch eine Schwester hätte!" so seufzte sie aus tiefstem Herzensgrunde.

3. Kapitel. Rosenelfchen

Drei Tage lang saß Liselotte auf der Strafbank – drei Tage war sie mit Hanni Diefenbach schuß.

Es waren schreckliche Tage.

Daheim hatte Liselotte ihr Mißgeschick in der Schule berichtet, denn sie hatte ja Muttchen versprochen, nichts mehr zu verschweigen. Natürlich hatte es eine tüchtige Strafpredigt gesetzt. Das schlimmste aber war, daß auch die kleinen Geschwister davon Wind bekamen.

„Mußte nu immerfort in der Ecke stehen, gelt?" erkundigte sich Heinz interessiert.

Liselotte antwortete nicht.

„Du schanierst dich wohl mächtig?" Heinz ließ nicht locker.

„Ih wo," Liselotte tat sehr großartig.

„Ja, das is doch aber eine eklige Blamierung, wenn man auf'n Strafplatz muß," meinte der Kleine mit ernsthaftem Gesicht.

„Haste denn niß ›Nein‹ gesagt?“ mischte sich jetzt auch der Neinerich ins Gespräch.

„Haste doll deweint?“ das war das Stimmchen des Weinerichs.

„Dumme Jungs!“ Liselotte würdigte sie keiner weiteren Antwort.

„Sag mal, Lilo, warum hast du dich denn eigentlich mit Apothekers Hanni verknurrt?“

Gräßlich – jetzt fing Norbert auch noch an, sie zu quälen!

„Ich – och – machte sie ganz harmlos.

„Jawohl, tu nur nicht so – zwei Tage seid ihr schon nicht miteinander nach Hause gegangen, ich hab's wohl gesehen – nicht mal mit seiner besten Freundin kann sich das Zankteufelchen vertragen!“

Liselotte wurde wütend. Sie versuchte an dem langen Bruder emporzulangen, um ihm eine tüchtige Ohrfeige zu geben – aber Norbert hielt ihre Handgelenke wie mit Schraubstöcken umspannt.

„Au – laß mich los – du bist immer so grob –“

„Erst sage, warum du mit Hanni verkracht bist –“

„Pff – die – ist ja ganz schnuppe –“ machte Liselotte verächtlich.

„Na, also?“ fragte der Tertianer belustigt.

„Laß mich los – meine Privatangelegenheiten gehen dich nicht im geringsten an!“

Lachend gab Norbert die zappelnde und sich windende Schwester frei.

Aber Liselotte lohnte ihm seine Großmut schlecht. Hast du nicht gesehen, hatte sie ihm die bereits zugedachte Backpfeife ausgewischt, daß es ordentlich knallte.

„Infamer Racker!“ da hatte er sie am Grips. Er langte aus der Hosentasche, die er stets mit allerlei Nützlichem, wie alte Gummibälle, Bindfäden, verrostete Federn, Johannisbrot und krummen Nägeln angefüllt hatte, eine lange Schnur heraus. Die schlang er der sich wehrenden Schwester um beide Hände.

„Jetzt bist du meine Sklavin und kommst nicht eher wieder frei, als bis du Lösegeld zahlst,“ er sprang zum Jubel der sie umtanzenden kleinen Brüder auf den Kinderstubentisch und band sie hoch oben an der Gaslampe fest.

Liselotte schrie wie am Spieß: „Muttel – Mu–u–ti–“

Aber Mutti war zum Damenkaffee und hörte nicht.

„Was gibst du mir, wenn ich dich losbinde?“ Norbert neckte schrecklich gern, aber jetzt tat ihm das Schwesterchen schon wieder leid.

„Noch 'ne Backpfeife“ – Liselotte trampelte mit den Füßen.

„Stolz lieb' ich den Spanier – aber dann kannst du in dieser anbetenden Stellung bis übermorgen verharren.“ Er nahm voll Gemütsruhe seine Übersetzung vor.

Heinz, der kleine Frechdachs, wagte es, die große Schwester, da sie in Gefangenschaft war, respektlos an dem mit roter Seidenschleife geschmückten Rattenschwänzchen zu ziepen.

„Hü – hot – jetzt bin ich dein Lakei – hü, Pferdchen – kumm ooch –“

„Du meinst ja Jockei“ – Liselotte schlug mit den Füßen wirklich wie ein Pferdchen nach ihm aus.

„Junge, gebrauche doch keine Fremdwörter, wenn du sie nicht kennst, was redest du für einen Stiebel zusammen – na Lilo, wie ist's, soll ich dir die Freiheit schenken?“

„Ja,“ Liselotte war jetzt zahm geworden.

„Und das Lösegeld?“

„Den angeknabberten Gummizucker, den ich in meiner Tasche habe –“

„Pfui Deibel – nee, schenke mir einen Radiergummi, du hast zwei, hast Vater neulich erst einen aus dem Bureau abgebettelt, gelt ja?“

Das war ein schwerer Kampf für Liselotte. Den abgelegten Gummi von Vater gab sie schon ganz sicher nicht her, der radierte einfach ideal, und der andere, mit dem konnte man sogar Tintenkleckse herausbringen, allerdings gab es manchmal dabei ein Loch. Das Loch war ausschlaggebend.

„Na, meinetwegen,“ sagte sie mit einer Miene, wie Napoleon, als er Elsaß-Lothringen abtreten mußte.

Die Fesseln wurden gelöst – Heinz hielt es für angebrachter, inzwischen zu verduften.

Der Frieden war wieder geschlossen.

So gleichgültig Liselotte auch dem Bruder gegenüber tat, es war ihr durchaus nicht ganz „schnuppe“, daß sie mit der Diefenbach -Hanni – in Schlesien stellt man meist den Vatersnamen vor den Rufnamen – böse war. In den Zwischenpausen ging sie jetzt mit Amtmanns Lenchen, die sie doch eigentlich nicht recht leiden konnte, und mittags pendelte sie verlassen hinter den beiden Apotheker-Flachsköpfen her. Hätte sich nur eine Gelegenheit zum Wiedergutsein geboten, Liselotte hätte sie mit Freuden ergriffen. Aber so mir nichts, dir nichts, sich wieder „anzumeiern", das ging doch nicht.

Endlich waren die drei Tage um, und Liselotte durfte wieder ihren Platz zwischen Hanni und Suse einnehmen. Noch immer sprachen die Freundinnen nicht miteinander, denn Hanni war von Natur auch etwas bockig. Aber sie äugten doch schon ab und zu zueinander hin und taten, wenn sich ihr Blick zufällig traf, als ob es in der Ecke dort etwas ganz besonders Interessantes zu sehen gäbe. Eine winzige Bleistiftspitze sollte den Seelenbund zwischen den Freundinnen wieder herstellen.

In der Zeichenstunde war's. Liselotte, die Vaters Zeichentalent ererbt hatte, wollte gerade eine besonders schwungvolle Linie machen, als – knips – plötzlich die Spitze ihres Bleistiftes abbrach. Natürlich hatte Fräulein Liederlich weder einen anderen Stift, noch ein Federmesser in der Mappe. Ratlos sah sie sich um. Da schob ihr Hanni, die heimlich auch nur auf eine Gelegenheit wartete, um die Freundschaft wieder zu leimen, ihren schön gefüllten Federkasten hinüber.

Liselotte dankte durch einen kleinen Zettel, auf dem nichts weiter als „Süßer Affenschwanz" stand.

Darauf tastete Hannis Hand unter dem Tisch nach der Liselottes, und in der darauffolgenden Pause wurde die Versöhnung auf der Freundschaftsbank drunten am Wiesenbächlein durch ein halbes Dutzend Küsse besiegelt.

Es war auch hohe Zeit, daß man wieder miteinander reden konnte, denn es gab Dinge von größter Wichtigkeit zu besprechen.

Hilde von Thielen war heute mit fünfzehn rosa Briefchen in der Klasse erschienen. Das war nichts besonderes, denn nächste Woche hatte Hilde Geburtstag, und zu solch einem wichtigen Tage durfte ja fast eine jede ihre Schulfreundinnen einladen. Aber es war doch noch etwas Besonderes dabei. Die Einladung lautete:

„Mit Erlaubnis meiner lieben Eltern bitte ich Dich und Deine liebste Puppe, mich Sonntag, den 9. September, zu Schokolade und Abendbrot zu besuchen. Weil es bald Herbst wird, wollen wir in unserem Garten ein Blumenfest machen. Ihr müßt als Blumen verkleidet kommen. Viele Grüße und Küsse von

Deiner Dich liebenden Schulfreundin
Hilde."

Landrats mußten immer was besonderes haben, das stand fest. Aber ebenso fest stand, daß es eine himmlische Idee war, und daß man sich ganz fürchterlich darauf freute. Wer jetzt mal in der Zwischenpause die Gespräche in der vierten Klasse mitangehört hätte, der wäre erstaunt gewesen über das kolossale Interesse für Botanik. Man hörte nichts als Blumennamen. Jede wollte als die Schönste kommen.

„Ich finde es nicht nett von Hilde, daß sie die Bertram-Suse als einzige von der ersten Bank nicht eingeladen hat, die muß sich doch zurückgesetzt fühlen, wenn sie uns immer davon reden hört," meinte die feinfühlige Hanni.

Liselotte zuckte die Achsel. „Ja, Hilde hat einen kleinen Sparren im Kopf, aber so richtig zu uns passen tut Suse doch eigentlich auch nicht – sieh mal, ihr Ärmel ist geflickt – ich glaube, sie hat nicht mal ein weißes Kleid."

„Pfui, Lilo, du hast gerade solchen Sparren wie Hilde, immer tust du, als ob du Suses Vorgesetzter wärst, deine Mutter hat erst neulich gesagt, Suse Bertram wäre ihr mit die liebste von allen Mädels."

„Ich muß sie ja auch zu meinem Geburtstag einladen – auf höheren Befehl – aber denkst du, sie hat sich schon einmal revanchiert – fällt ihr nicht ein. Und das finde ich eben lumpig."

Das halblaute Gespräch verstummte, denn Suse gesellte sich zu den Freundinnen.

Liselotte hatte jetzt ganz entsetzlich viel nachzudenken. Erstens darüber, welche Puppe ihr am meisten ans Herz gewachsen war und daher der Ehre teilhaftig werden sollte, mit bei Landrats zu erscheinen. Jeden Tag war es eine andere ihrer recht zahlreichen Kinderschar. Zweitens konnte sie sich über die Blume, die sie wählen sollte, nicht schlüssig werden.

„Was meinst du, Vatchen, wenn ich als Spätrose ginge, sie blühen gerade so schön," Liselotte warf einen Blick durch das Erkerfenster. Zur Abwechslung sprach sie mal wieder von dem bevorstehenden Fest.

„Unterstehe dich, Krabbe, mir meine letzten Rosen zu plündern!"

„Gehe doch als Brennessel oder als Distel," meinte Norbert mit scheinheiligem Gesicht.

„Der Esel dazu wäre wenigstens da," rief Zankteufelchen schlagfertig.

„Die Distel piekt bereits," Norbert war nicht empfindlich.

„Wie wär's denn mit einem Gänseblümchen?" Weiß der Himmel, durch wen Norbert von der fatalen Gänsegeschichte erfahren. Sicher durch den Bruder einer schwatzhaften Mitschülerin. Das klügste war jedenfalls, den Stich zu überhören.

„Wildfang, ich weiß etwas für dich, wilder Wein ist das passendste," neckte jetzt auch Vater. „Am Rhein bist du geboren, wild bist du und klettern kannst du gerade so schön."

„Und kurz angebunden ist sie halt ooch," witzelte Norbert. Liselotte blieb merkwürdig friedlich.

„Halt ooch – sprich nicht so schlesisch, und laß mir mein Mädel in Ruhe," begütigte Mutter, „ich weiß etwas viel Schöneres für dich, Lilo, als wilde Rose! Du hast doch das nette rosa Batistkleidchen, das putzen wir ganz und gar mit wilden Rosen aus. An der Südseite des Hauses blühen noch viele."

„Au ja – au fein – und ins Haar nehme ich einen Rosenkranz!"

„Vergiß bloß die Dornen nicht!" es war mit Norbert heute mal wieder nicht auszukommen.

„Wenn ich nicht so sanft wie eine Taube wäre, gäbe es doch schon wieder Mord und Totschlag," dachte Liselotte mit Märtyrermiene.

Aber ihr sanfter Taubensinn hielt nicht lange vor.

Heinz kam aus dem Garten hereingestürmt, sein schwarzes Lederschurzfell voll blühender wilder Rosen.

„Da, Lilo," sagte der Kleine freundlich, „ich habe dir schon immer welche gepflückt, so weit, wie ich reichen konnte, mehr hat's nich!"

„Mutchen – Muttel – alle Rosen hat er mir abgerissen, so ein Schlingel, nun habe ich morgen keine Rosen, nun muß ich Hilde absagen," rot wie der Puter draußen auf dem Hof ging sie auf den verdutzten kleinen Wicht los.

Baumeisters Rangen lagen sich mal wieder in den Haaren.

„Mädel" – Mutter ergriff die nach allen Regeln der Kunst boxende Liselotte, während Vater den nun auch rabiat werdenden Heinz, der sich durch ein recht unedles Mittel verteidigte, nämlich durch Spucken, in das Kinderzimmer beförderte. „Kind, du wirst gleich absagen müssen, wenn du dich derartig ungezogen benimmst, der Kleine hat es doch nicht böse gemeint.

„Ja, und Herr Niemann" – das war Heinzens Klassenlehrer – „hat heute erst gesagt, die Wegetion" – Heinz leitete das Wort Vegetation offenbar von Wege her – „nähme jetzt täglich ab, morgen wären sie am Ende schon verblüht" – brüllte der gekränkte Kleine aus seiner Verbannung heraus.

„Komm, Kind, sag' dem Heinz ein freundliches Wort, er wollte dir doch einen Gefallen erweisen," redete Vater seinem Liebling zu.

„Vaterchen, das kann ich nicht – sieh mal, ganz kurz hat er sie abgerissen, aber" – setzte sie schnell hinzu, als sie Vaters vorwurfsvollen Blick sah, „ich werde ihn dafür nicht mehr verkloppen!"

„Immerhin doch etwas, ihr seid mir schon eine Räuberbande," Vater unterdrückte ein Lächeln und ging auf seinen Bau.

Liselotte aber lief alle halbe Stunde zu der Südseite der Villa, ob noch nicht wieder eine Rose aufgeblüht sei.

Am nächsten Morgen eilten zweiunddreißig nackte Mädchenfüße zuerst ans Fenster.

Hurra – blauer Himmel, goldener Sonnenschein, Petrus hatte ein Einsehen mit Landrats Blumenfest.

Auch einige wilde Rosen waren über Nacht nachgeblüht, wie Liselotte noch vor dem Kaffeetrinken feststellte. Für sie mochten sie allenfalls genügen, aber Käthchen, das Puppenkind, das gerade so geschmückt werden sollte wie seine Mutter, das mußte ganz sicher zu Hause bleiben.

Sehr viel Aufmerksamkeit war heute nicht in der vierten Klasse der höheren Mädchenschule.

Auf der ersten Bank sprach alles von Blumenkleidern, und Suse Bertram saß mit freundlichem Gesicht dazwischen und hörte zu. Dabei tat ihr doch sicher das Herz weh, daß sie davon ausgeschlossen war.

Liselotte erzählte Hanni traurig, daß sie ihr Käthchen zu Hause lassen müsse, da mischte sich Suse ins Gespräch.

„Ich kann dir noch eine ganze Menge wilder Rosen geben, Liselotte, um unser Häusel hats noch viele, du gehst ja mittags bei uns vorbei," sagte sie in ihrer netten, bescheidenen Art.

Liselotte wurde röter als eine wilde Rose.

„Suse – das kann ich nicht annehmen – du bist zu freundlich –" stotterte sie verlegen. Nein, das konnte sie wirklich nicht annehmen, sie, die es recht gefunden, daß man Suse nicht eingeladen, die nie mit Suse Bertram zusammen aus der Schule heimging, trotzdem sie denselben Weg hatten! Liselotte fühlte sich tief beschämt. „Suse ist tausendmal besser als du!" dachte sie zerknirscht.

Suse ließ nicht nach. Sie war glücklich, Liselotte mal einen Gefallen erweisen zu können, denn sie hatte das wilde, schöne Kind von Herzen lieb und wäre, ach, so gern ihre Freundin gewesen. Wenn Liselotte nur nicht stets auf sie herabgesehen hätte!

Aber als sie jetzt mit Suse das kleine, wohlgepflegte Vorgärtchen des Bertramschen Häuschens betrat, da drängte sich Liselotte aufs neue der Gedanke auf: „Wieviel besser ist Suse doch als du!

Was hatte die Suse nicht noch alles zu tun! Geschwind der Mutter zu erzählen, daß sie null Fehler im Diktat geschrieben, den blinden Großvater auf sein Gartenplätzchen in die Sonne zu führen, den Hühnern Futter zu streuen und den kleinen Geschwistern, die ihr entgegensprangen, zärtlich über den Blondkopf zu streichen.

Und wie kam sie nach Hause in die Kinderstube? Meist streitsüchtig und kratzbürstig!

Einen prächtigen Busch wilder Rosen hatte ihr Suse geschnitten, Liselotte mußte in einemfort Einhalt tun, sonst hätte die gute Suse ihr ganzes Häuslein geplündert. Auch Frau Bertram erschien, um noch ein paar extra schöne Rosen hoch oben eigenhändig zu pflücken – sie trug eine Küchenschürze – schon wollte sich das Hochmutsteufelchen wieder bei Liselotte melden. Aber die freundliche und dabei doch so vornehme Art, mit der Suses Mutter zu dem Baumeistertöchterlein sprach, ließ keinen hoffärtigen Gedanken aufkommen.

Als Liselotte nach vielen Dankesworten, mit Rosen beladen, Suses Elternhaus verließ, da kam ihr ein verständiger Gedanke. „In einem geflickten Kleid können die besten Mädel stecken, und in einem kleinen Häuschen können auch feine Menschen wohnen!“ Und sie knickste vor Vaters Bausekretär, der zu Tisch nach Hause ging, viel tiefer und ehrerbietiger wie sonst.

Punkt halb vier waren Liselotte und ihr Käthchen fix und fertig. Das ganze Haus lief zusammen, um sie anzusehen. Aber es lohnte sich auch. Bildschön sah die Liselotte aus mit dem rosenroten Kleidchen und dem Rosenkranz in den braunen Locken. Wie ein Rosenelfchen! Auf dem Arm trug sie ihr schöngeschmücktes Käthchen und eine Bonbonniere.

„Grüße schön und sei verträglich – um halb acht kommt Norbert dich abholen –“ damit war sie entlassen.

An dem Gitter des Bertramschen Gärtchens stand Suse, um die vorübergehende Schulkameradin zu bewundern. Sie tat das so selbstlos und freudig, daß Liselotte was darum gegeben hätte, wenn Suse hätte mitgehen können. Das arme Ding! Schnell kletterte das Rosenelfchen an dem Gitter hoch und gab ihr einen herzlichen Kuß. Suses Augen strahlten, das war eine größere Freude für sie als eine Einladung zu Landrats.

In dem Thielenschen Garten tummelte sich bereits eine bunte Blumenschar. Allerliebst sahen die Mädelchen aus. Da gab es zwei Vergißmeinnicht, das waren Hanni und Anni Diefenbach, so zart und blauäugig wie die blauen Blumensterne, die ihren Blondkopf umkränzten. Astern und Georginen in allen Farben waren vertreten, Amtmanns Lenchen erschien als Stiefmütterchen, Doktors Ilse als Maßliebchen, Pastors Ruth als blaue Glockenblume, und Wendler-Edith, die ganz besonders geschickt war, hatte sich selbst aus rosa Seidenpapier Apfelblütenzweige gearbeitet.

„Aber ich finde frische Blumen viel poetischer," flüsterte Liselotte Hanni ziemlich laut zu, denn Edith tat sich doch gar zu sehr mit ihrer Kunst.

Hanni warf ihr einen beschwichtigenden Blick zu.

Liselotte biß sich auf die Lippen. Da hätte sie bei einem Haar doch schon wieder Streit angefangen.

Das Geburtstagskind hatte sich in eine kleine Gärtnerin verwandelt. Sie trug ein weißes Kleid mit grünen Schleifen, ein zierliches, mit grünem Band besetztes Mullschürzchen und einen Florentiner mit Blättergirlande.

Man knickste vor Hildes Mutter, bestellte die aufgetragenen Grüße, bewunderte den Geburtstagstisch und verglich seine Puppenkinder. Dann blies Herbert, der Sextaner, auf seiner Trompete zur Schokolade. Im Garten waren zwei Tafeln gedeckt. An der einen nahmen die lebenden Blümchen Platz, an der anderen die aus Porzellan, Zelluloid und Biskuit. Hilde hatte ein allerliebstes Puppentischchen hergerichtet. Jetzt erschien sie mit der großen Gießkanne, um den lebenden Blumen zu trinken zu geben. Die flüchteten kreischend. Aber Hilde lachte hinter ihnen her, denn die Gießkanne war leer. Um so besser mundete darauf die Geburtstagsschokolade, sogar die winzigen Täßchen der dummen Puppenkinder, die nicht einmal Schokolade zu würdigen verstanden, trank man den Kindern recht wenig mütterlich fort.

Nun ging's ans Spielen. Natürlich zuerst Tellerdrehen mit Blumennamen. Dann schlug Amtmanns Lenchen „Sprichwörter raten" vor. Alle waren einverstanden, nur Liselotte murrte.

„Ach was, immer das dumme Raten, wir wollen lieber irgendein Laufspiel im Garten arrangieren!" Die wilde Hummel hatte keine Ruhe.

Doch als Hanni sie bat: „Sei doch kein Spielverderber, Lilo," schwieg sie und dachte an Mutters Ermahnung.

Aber das war gemein von Lenchen, daß sie, als Liselotte raten mußte, den Spruch vorschlug:

„Es kann der Frömmste nicht in Frieden leben.
Wenn es dem bösen Nachbar nicht gefällt!"

Nur um sie zu ärgern und um sich hervorzutun, denn Amtmanns Lenchen war die einzige in der Klasse, die bereits „Wilhelm Tell“ gelesen hatte.

Liselotte revanchierte sich nachher beim Krokettspiel. Da war sie Meisterin. Und jedesmal, wenn Lenchen ihre Kugel gerade durch einen Reifen bugsieren wollte, krokettierte Liselotte dieselbe hohnlachend ans andere Ende der Welt. Sie schlug sich zwar dabei einmal tüchtig mit dem Holzhammer auf den Fuß, aber das schadete nichts.

Dann wurde Schule gespielt, das war stets das Hauptvergnügen bei allen Kindergesellschaften. Dabei zeigte sich Lenchen wieder höchst boshaft. Als Klassenerste durfte sie zuerst Herr Dr. Schwarz sein, der eine etwas näselnde Stimme hatte und daher am besten nachzuahmen war.

„Na, da wollen wir mal das Gänschen in den Gänsestall sperren, Liselotte, setz' dich hier nach vorn auf die Strafbank –“ näselte sie, wie es der Lehrer jüngst getan.

Pfui – so 'ne Gemeinheit! Und Hildes Mutter war dabei und sogar Herbert. – „Ich spiele nicht mehr mit!“ rief Rosenelfchen, während ein großer Tautropfen an ihrer Wimper perlte, und stürmte davon. Vergißmeinnicht, Apfelblüte und Gärtnerin hinter ihr her, während die übrigen dem Stiefmütterchen wegen ihrer taktlosen Bemerkung Vorwürfe machten.

Liselotte war nicht zu beruhigen. Ihr Stolz war aufs tiefste verwundet. Sie wollte noch vor dem Abendbrot nach Hause. Nur Hildes Bitten, ihr doch nicht den schönen Geburtstag zu verderben, gelang es, das Rosenelfchen wieder in den Blumenkreis zurückzuführen. Aber Stiefmütterchen und wilde Rose sahen sich nicht mehr an.

Frau von Thielen machte dem Schulespielen ein Ende.

„Ihr seid mir ja nette Pflanzen, am Ende kommt es noch zu einer Blumenschlacht,“ lachte sie. „Jetzt gibt es eine Verlosung, Liselotte darf mir dabei helfen.“ Hildes Mutter wollte die beleidigte Kleine auszeichnen. Das gelang ihr, Rosenelfchens trübseliges Gesichtchen klärte sich wieder auf.

Liselotte durfte als Glücksgöttin die zusammengerollten Lose verteilen und die Nummern mit den darauffallenden Gewinnen ausrufen.

Stiefmütterchen mogelte. Ganz deutlich hatte Rosenelfchen es gesehen. Sie hatte ein Los gezogen, es aufgemacht und es dann wieder unter die anderen geschoben. Doch es erschien Liselotte niedrig, sie zu blamieren. Aber als Lenchen ein Gesicht schnitt, weil sie statt des Pudeltintenwischers, auf den sie sich gespitzt hatte, Abziehbilder erhielt – sie mußte sich wohl verlesen haben – und durchaus mit Hanni, der rechtmäßigen Eigentümerin des Pudels, tauschen wollte, konnte sich Liselotte doch nicht enthalten, zu sagen: „Hättest besser mogeln sollen!"

Darauf geschah etwas in der Naturgeschichte noch nie Dagewesenes: Stiefmütterchen färbte sich purpurrot!

Nun war es wieder Zeit zum Futtern, und das war allen eine höchst willkommene Abwechslung, Berge mit belegten „Schnitten" wurden vertilgt, sogar „Kinderbowle" gab es. Den Knalleffekt aber bildete die Riesensahnenspeise.

Hildes Eltern standen dabei und freuten sich, wie derb die zarten Blümlein einhauen konnten.

Nach dem Abendessen aber machte die holde Blumenschar den Gastgebern noch eine besondere Freude. Auf dem großen Rasenrondell tanzten sie im silbernen Vollmondschein den in der Schule einstudierten Reigen und sangen dazu „Maiglöckchen läutet in dem Tal". Das war höchst stimmungsvoll.

Lange hielt die poetische Stimmung nicht an, denn die Herren Brüder kamen zum Abholen, und Herbert kam mit seinem Leierkasten. Nun ging erst die eigentliche Tanzerei los. Die Blümchen drehten sich graziös im Kreise, aber die Herren Kavaliere waren steif wie die Böcke und täppisch wie junge Bären. Die kleinen Damen zogen es vor, lieber untereinander zu tanzen, und die jungen Herren, der übriggelassenen Sahnenspeise den Garaus zu machen.

„Es war wundervoll – einfach herrlich –gottvoll – vielen, vielen Dank – so famos war's noch nie –" damit zogen die Blümelein endlich von dannen.

Nur Rosenelfchen, die beiden Vergißmeinnicht, Glockenblume und Maßliebchen blieben noch zurück, denn das Geburtstagskind hatte sie heimlich darum gebeten.

Und nun machte Hilde den Blümchen im Garten bei Mondenschein feierlich den Vorschlag, von heute an ein Kränzchen zu bilden. Jubelnd stimmte man ein.

„Wollen wir nicht auch Bertram-Suse dazu auffordern?“ bat Hanni schüchtern.

„Nein – du bist wohl nicht recht – sie war doch heute überhaupt nicht hier und ist daher auch gar keine richtige Blume,“ ereiferte sich Hilde.

Glockenblume und Maßliebchen erklärten sich mit allem einverstanden. Rosenelfchen aber schwieg.

Selbst auf dem Nachhausewege blieb die wilde Rose, die noch eben so ausgelassen gewesen, merkwürdig einsilbig. Was war es nur, daß sie mit einemmal gar nicht mehr so froh und vergnügt sein konnte? Daß die welken Röslein, die Suse ihr gepflückt, wie Feuer auf ihrer Seele brannten? Und daß der Mond, der auf sie niederblickte, plötzlich ein bitterböses Gesicht machte?

Auch in ein enges Stübchen schaute der Mond. Dort schlief bereits ein kleines Mädchen und lächelte im Traum. Es träumte gerade von dem Kuß eines Rosenelfchens.

4. Kapitel. Jahrmarkt

Das kleine schlesische Städtchen stand Kopf.

Wo man sonst nur Vogelsang, melodisches Krähen der Hähne und Entengeschnatter zu vernehmen pflegte, erklang jetzt von morgens bis abends die Musik schriller Blechinstrumente. Seltsam herausgeputzte Menschen, buntbemalte Harlekins in weiten Pluderhosen, Riesendamen, Zwerge mit merkwürdig alten Gesichtern, Kunstreiter und Tierbändiger zogen über den Marktplatz, gefolgt von der johlenden, Mund und Nase aufsperrenden Stadtjugend.

Aus der Bergmannschen Töchterschule, aus dem Gymnasium jenseits des Marktes, flog manch ein Blick über die niedrigen Dächer hinweg bis zu den Wiesen hinter dem altersgrauen Stadttor, auf denen über Nacht die ganze Herrlichkeit emporgewachsen war. Bude reihte sich an Bude mit allerlei lustigem Krimskram. Spielzeug, Pfefferkuchen, Bänder, Taschenmesser, aber auch Kleidungsstücke für die aus den umliegenden Dörfern zum Jahrmarkt kommenden Bauern.

Hier wurden dressierte Flöhe vorgeführt, dort der gelehrige Pudel, der besser rechnen sollte als mancher Tertianer. Bei den lustigen grünen Wagen mit den sauberen Gardinen an den winzigen Fensterchen prophezeiten Zigeuner die Zukunft. Da gab es einen Irrgarten und ein Lachkabinett. Das schönste aber war das Automatenkarussell, die amerikanische Schaukel und die Rutschbahn. Besonders letztere! Die Schuljugend lebte und webte nur noch in dieser Rutschbahn. Wenn sich Liselotte die dicke französische Grammatik unterlegte, konnte sie sogar von ihrem Klassenplatz aus im Sitzen die rotblaue Fahne, welche die Rutschbahn krönte, im Winde wehen sehen. Diese flatternde Fahne nahm die Aufmerksamkeit des kleinen Fräuleins so stark in Anspruch, daß nur zu oft all ihre Gedanken mit davonflatterten. Soviel Rügen wegen mangelnder Aufmerksamkeit hatte es noch nie gesetzt. Es fehlte nicht viel, dann wäre Liselotte schon wieder auf die Strafbank gerutscht, und daran war nur die – Rutschbahn schuld.

Auch heute beim grammatikalischen Zergliedern der Sätze zog die bunte Jahrmarktsfahne magnetisch ihre Blauaugen an. Während es um sie herum von Haupt- und Nebensätzen, von Subjekt und Prädikat schwirrte, dachte sie mit verklärten Blicken der voraussichtlichen Freuden des Nachmittags.

Eigentlich war Kränzchen heute. Aber in Anbetracht des betrübenden Umstandes, daß der Jahrmarkt bald zu Ende ging, hatte man einstimmig beschlossen, die gemeinsame Zusammenkunft der Kränzchenblumen auf die Jahrmarktswiesen zu verlegen.

Liselotte rechnete gerade aus, ob sie wohl den tönernen Mohrenkopf, der ihre Sparpfennige barg, um ganze fünfzig Pfennige erleichtern könne, ohne Mutters in Aussicht stehenden Geburtstag allzusehr zu berauben, da bemerkte Fräulein Rau ihre Unaufmerksamkeit.

„Liselotte Günther, wo bist du mit deinen Gedanken?"

Liselottes selige Blicke rissen sich von der farbenfrohen Flagge los und kehrten über das bunte Herbstlaub der Gärten wieder in die vierte Klasse zurück.

„Woran du gedacht hast, will ich wissen?"

„An den Jahrmarkt," Liselotte sagte es in einem Tone, als ob man überhaupt gar nicht daran zweifeln könne.

„Ich finde es durchaus nicht so selbstverständlich, daß du in der Grammatikstunde an Allotria denkst. Du hast dich in den letzten Wochen zusammengenommen, Liselotte, ich war so ziemlich mit dir zufrieden. Aber seitdem die Taschenspieler ihren Einzug gehalten, bist du rein zu nichts mehr zu gebrauchen. Ich werde euch den Besuch des Jahrmarkts noch ganz untersagen."

Lieber Gott – nur das nicht! Sechs Blümelein beteten es aus angstvollem Herzen, denn auch die anderen Kränzchenschwestern erwarteten ungeduldig den Nachmittag.

Noch ein Gutes hatte der Jahrmarkt. Er betäubte mit seinem Lärm und Radau eine recht unbequeme Stimme in einem Kinderherzen, die sich immer und immer wieder meldete.

„Ich kann doch nichts dafür, wenn Hilde von Thielen mit Suse Bertram kein Kränzchen haben will!" Das hatte sich Liselotte schon unzähligemal zum Trost vorgebetet.

Aber merkwürdig – die lästige Stimme gab sich damit nicht zufrieden. Die war immer anderer Meinung als Liselotte.

„Du hast ja gar keinen Versuch gemacht, Hilde umzustimmen. Du hast ja feige geschwiegen und dich damit zu Hildes Bundesgenossin gemacht," quälte das Gewissen. „Suse Bertrams Freude, ihre letzten Rosen, hast du genommen, du hast die Suse erst geküßt und dann verraten! Pfui!"

Manchmal mitten im fröhlichsten Spiel, im übermütigsten Kränzchenbeisammensein raubte ihr diese innere Stimme alle Freude und jeden kindlichen Frohsinn. Liselotte war ärgerlich darüber, aber statt ihren Fehler gut zu machen, verschlimmerte sie ihn noch. Sie grollte Suse Bertram und maß ihr heimlich die Schuld an ihrem schlechten Gewissen bei. Sie war ungleich und launenhaft zu ihr, bald abstoßend, bald wieder freundlich, ja zärtlich; das war, wenn sie sich gar zu sehr vor sich selbst schämte. Meist aber war sie hochfahrender gegen sie als je.

Suse war am Tage nach Hildes Blumenfest mit übervollem Herz in die Schule gekommen. So glücklich war sie in ihrem ganzen Leben noch nicht gewesen. Sie hatte eine Freundin, eine Freundin, die sie geküßt, und diese langersehnte Freundin war Liselotte. Das blasse Mädelchen war ordentlich rosig vor innerer Freude.

Aber als sie der neuen Freundin herzlich die Hand zum Gutenmorgen entgegenstrecken wollte, da hatte diese gerade angelegentlich mit Hanni Diefenbach zu tuscheln und tat, als ob sie Suses angebotene Rechte nicht bemerkte. In der Stunde sah Liselotte, die ihre Augen sonst überall herumschweifen ließ, unausgesetzt zum Katheder, um bloß den still fragenden Augen ihrer Nachbarin nicht zu begegnen.

Zuerst entschuldigte die gute Suse sie vor sich selbst, aber dann war es auch dem besten Herzen nicht mehr möglich, die Kränkungen und Zurücksetzungen entschuldbar zu finden. Suse Bertram wurde still und gedrückt. Sie hörte mit traurigen Augen und freundlich lächelndem Munde zu, wenn man, über sie hinweg, davon sprach, wie lustig es wieder im gestrigen Kränzchen zugegangen sei. Daß man auf Maßliebchens Tennisplatz herrlich gespielt, was man beim Steckbriefschreiben neulich bei Apothekers gelacht, und daß man nirgends so ausgelassen umhertoben konnte als mit Baumeisters Rangen. Und im Winter, da wollte man Schillers Dramen mit verteilten Rollen lesen, das würde einfach himmlisch werden. Besonders letztere Vornahme erweckte in dem Herzen der für alle Dichtungen begeisterten Suse den stillen Wunsch: Wenn ich doch dabei sein könnte!

Auch der heutige Jahrmarktsbummel war von den Blumenschwestern mit glänzenden Farben ausgemalt worden. Die eine wollte dies sehen, die andere jenes, in der Rutschbahn aber trafen sich aller Wünsche.

„Also Punkt halb vier an der Stadtkirche – leb wohl, Glockenblume – auf Wiedersehen, Maßliebchen – Rosenelfchen, sei pünktlich – wenn nur der Glücksklee nicht auf sich warten läßt!“ Hilde von Thielen, die doch nicht gut Gärtnerin im Blumenbund bleiben konnte, war im ersten Kränzchen feierlichst „Glücksklee“ getauft worden.

„Mutti – ich darf doch heute auf den Jahrmarkt – das ganze Kränzchen hat sich verabredet –“ so stürmte Liselotte in das Speisezimmer.

„Au fein“ – die Braunaugen von Heinz strahlten – „au fein!“ wiederholten auch Neinerich und Weinerich wie aus einem Munde.

„Wieso denn – was geht euch denn das an, wenn ich mit meinen Freundinnen zum Jahrmarkt will?“ fragte Liselotte mißtrauisch.

„Muttel hat's uns versprecht – Muttel hat desagt, du dehst heute mit uns – Muttel, sie will niß!“ Der Weinerich verzog bereits den Mund weinerlich zu einem Viereck.

„Nein, ich will auch nicht,“ das große Mädel, das den Kleinen ein gutes Beispiel sein sollte, tramste mit dem Fuß auf, „ich habe mich mit meinen Freundinnen verabredet, und ich bin kein Kindermädel, daß ich ein Vierteldutzend Jören hinter mir herzotteln soll,“ auch ihr schossen die Tränen der Empörung in die Augen.

„Ja, Kind, dann wirst du eben zu Hause bleiben müssen, Vater und ich fahren heute zur Einweihung der neuen Kirche, die Vater gebaut hat, über Land. Ich habe es den Kleinen versprochen, aber wenn du dich so ungezogen benimmst, bleibt ihr allesamt zu Hause.“

Vierstimmiges Geheul folgte auf Mutters energische Worte.

„Auf nichts kann man sich mehr freuen, alles wird einem durch die kleinen Würmer verdorben,“ so schluchzte das Töchterchen.

„Immer will sie sich allein amesieren, immer schaniert sie sich mit uns vor ihren dämlichen Freundinnen –“ machte Heinz seinem gekränkten Herzen Luft.

„Was führt ihr denn schon wieder für ein melodisches Konzert auf?“ der eintretende Norbert hielt sich die Ohren zu. „Nicht alle auf einmal, ich verstehe ja keinen Ton, erst du, Lilo –“

„Ich soll die kleinen Krabben zum Jahrmarkt mitnehmen, wo doch unser Kränzchen sich dort verabredet hat – – –“

„Und wenn se so eklig is, denn gehen wir eben solu,“ schrie Heinz voll Unternehmungsgeist dazwischen.

„›Solu‹ zu gehen brauchst du nicht, mein Sohn,“ lachte Norbert gutmütig, „dich nehme ich an die Leine. Ich habe mich auch mit meinen

Jungs bei den dressierten Flöhen verabredet. Na, und die zwei Knirpse wird Liselotte schon unter ihre Fittiche nehwas?"

Sein gutes Vorbild wirkte. Liselotte brummte zwar noch etwas Unverständliches, aber sie schien sich allmählich mit ihrem Schicksal auszusöhnen.

„Gib mir gut auf die Kleinen acht und vertragt euch," rief Mutter noch zurück, als sie bereits im Wagen saß.

An der einen Hand den Neinerich, an der anderen den Weinerich, der sich mit seinen kurzen, dicken Beinchen etwas ziehen ließ, traf Rosenelfchen mit unglücklichem Gesicht Punkt halb vier auf dem Sammelplatz ein.

„Och – du bringst das Kleinzeug mit!" der Glücksklee schien nicht sehr erbaut.

„Mußte" – Rosenelfchen hielt sich für das bedauernswerteste Geschöpf auf Gottes Erde, während die beiden Vergißmeinnicht sich freundlich zu den hübschen, kleinen Burschen niederbeugten.

„Sie stören doch gar nicht, kommt, ihr geht mit uns," Hanni und Anni ergriffen jede eins der Patschhändchen.

Ja, die hatten gut reden, die hatten nur eine Schwester, dachte Liselotte, während ihr die Beschämung glühende Röte in die Wangen trieb.

„Wir sind srecklíß reiß, wir haben von Vatel ein Pfenniß deßenkt dekrist," Kurtchen öffnete seine fest zusammengepreßte Hand und wies Hanni zutraulich seinen aus zehn Pfennigen bestehenden Schatz.

„Was wollt ihr euch denn dafür kaufen?" fragte das jüngere Vergißmeinnicht lächelnd.

„'Nen tressierten Floh!" wie aus einem Munde stießen Weinerich und Neinerich das höchste Ziel ihrer Wünsche heraus.

Die Blümchen lachten, Liselotte aber meinte ungeduldig: „Gebt euch doch bloß nicht mit den kleinen Möpsen so viel ab, kommt lieber schnell zur Rutschbahn!"

Ohrenbetäubender Lärm empfing die hübschen Mädchenblüten auf den Jahrmarktswiesen.

„Ran, immer ran, meine Damen, hier ist der Fliegende Holländer zu sehen," so rief ihnen ein Budenbesitzer zu.

Das Kränzchen blieb stehen. Denn wenn so freundlich „meine Damen“ zu einem gesagt wird, hat man doch eine gewisse Verpflichtung.

„Wollen wir reingehen?“ Hilde zog ihr Portemonnaie aus der Tasche.

„Quatsch mit Soße – wir wissen ja nicht mal, was das bedeutet ›Fliegender Holländer‹, oder wißt ihr's etwa? Kummt ooch mitte zur Rutschbahn,“ Liselotte setzte sich als Leithammel in Trab.

Hilde machte ein Gesicht, als ob sie ganz genau wisse, was der „Fliegende Holländer“ sei, und dabei hatte sie in ihrem zwölfjährigen Leben weder etwas von dem holländischen Geisterschiff noch von der gleichnamigen Oper gehört.

„Ran, immer ran, mein Fräulein,“ rief jetzt der Budenbesitzer von neuem.

„Man muß etwas für seine Bildung tun,“ damit verschwand Hilde in Gesellschaft von Doktors Ilse in dem Leinwandzelt.

Aber nicht lange, so standen Glücksklee und Maßliebchen mit ziemlich verdutzten Gesichtern wieder draußen.

„Es war sehr sehenswert,“ bemerkte Hilde, aber was eigentlich so sehenswert gewesen, das schien sie allein nicht zu wissen.

Maßliebchen aber vertraute ihrer Intima Glockenblume an: „Unverschämt war's – ein großer Holländer Käse hing halt da an einer Schnur und flog durch das Zelt, das war alles – nischte sonst – dafür haben sie uns jedem 'nen Groschen abgeknöpft!“

Wie die anderen davon etwas herausbekommen hatten, war unverständlich, denn Freundinnen pflegen doch über anvertraute Geheimnisse unverbrüchliches Schweigen zu halten. Aber erfahren hatte man was, und die beiden Blümchen wurden mit dem Holländer Käse noch lange geneckt.

„Auf, zur Rutschbahn!“ hieß es jetzt.

Aber der Neinerich stieß ein energisches „Nein!“ heraus, und der Weinerich, der stets per „er“ von sich zu sprechen pflegte, jammerte: „Niß doch, er will siß die tressierten Flöhe ansehen.“

„Blökt doch nicht, ihr geht hin, wo ich will,“ Liselotte, die sah, daß die beiden Vergißmeinnicht sich ihrer jungen, heulenden Kavaliere zu schämen begannen, nahm Edchen und Kurtchen nicht gerade sanft an die Hand.

Ob sie wohl heute überhaupt noch mal zur Rutschbahn kamen? Bald zerrte der Neinerich nach rechts zu den Riesen hinüber, bald riß sie der Weinerich nach der entgegengesetzten Seite zu den “niedlißen Zergen“. Und was sie für ihren einen Groschen alles unternehmen wollten! Karussell fahren, schaukeln, in jede Schaubude hinein und würfeln. Wenn die dressierten Flöhe nicht gewesen wären, hätte Liselotte die beiden Jünglinge sicher nicht bis zur Rutschbahn bekommen.

„So, jetzt bleibt ihr hier artig stehen und seht zu, wie wir Rutschbahn fahren.“ Rosenelfchen postierte die beiden Kleinen gleich Schildwachen auf jeder Seite und nahm mit ihren Blumenschwestern hoch oben auf der Rollbahn Platz.

„Juchhu“ – da sauste das ganze Kränzchen wie die wilde Jagd zur Tiefe hernieder.

Die Augen blitzten, die Backen glühten, und die Locken wehten.

„Noch mal – famos –“ wieder sausten die jungen Damen unter Lachen und Schreien hinunter.

Der zweite Groschen war futsch.

„Ist mir höchst wurscht, ich fahre für meine fünfzig Pfennig nur Rutschbahn, das ist das Idealste an dem ganzen Jahrmarkt!“ Die wilde Rose war die wildeste von allen Mädchenblumen.

Rutschbahn fahren ist sicher ideal, aber nur – wenn man es selbst darf. Beim drittenmal fanden Edchen und Kurtchen die Sache reichlich langweilig.

„Er will auch Rutsbahn fahren, zugucken is dar niß ßön!“ plärrte der Weinerich.

Aber Liselotte hatte was anderes zu tun, als auf das unzufriedene Publikum zu hören. Die mußte ihr losgegangenes Zopfband in die Tasche bugsieren und flog jetzt mit wild im Winde flatternden braunen Locken die Bahn entlang.

„Wollen wa herleine zu den tressierten Flöhen dehen?“ schlug Kurtchen, zwar der Kleinere, aber doch der größere Tunichtgut, seinem Brüderchen vor.

„Nee“ – meinte Edchen, aber eigentlich nur aus Gewohnheit, denn er war mit Kurtchens Vorschlag durchaus einverstanden.

„Hier is langweilis, wenn de niß mittommst, denn rückt er danz herleine aus,“ Kurtchen setzte sich in Trab. Edchen gehorsam hinterher.

Liselotte bemerkte es nicht. Die war gerade im Begriff, ihre vorletzten zehn Pfennige dem Rutschbahnvergnügen zu opfern. Sie bemerkte auch nicht, daß zwei ernste graue Augen schon eine ganze Weile dem lärmenden, unmädchenhaften Treiben der Schülerinnen der vierten Klasse zugeschaut hatten. Aber als die Blümelein, die wilde Rose an der Spitze, jetzt mit einem jauchzenden Schluß-Juchhu wieder auf festem Boden anlangten, da wären sie vor Schreck beinahe vom Stengel gefallen. Denn vor ihnen stand ihre Klassenlehrerin, Fräulein Rau.

„Schämt ihr euch denn gar nicht,“ strafend sahen die gefürchteten Augen eine nach der andern an, „euch hier wie wilde Gassenjungen zu gebärden. Ich bin von meinen Schülerinnen gewöhnt, daß sie sich auch außerhalb der Schule als wohlgesittete Mädchen benehmen. Ihr beide auch dabei, Hanni und Anni Diefenbach, und sogar Ruth, eine Pastorstochter, das wundert mich doch sehr!“ Die Blondköpfe der Vergißmeinnicht und Glockenblume sanken tief herab, als ob sie kalter Rauhreif getroffen hätte. „Und Liselotte Günther natürlich wieder allen voran im Schreien und Toben, schämst du dich denn nicht, Mädchen, hier mit solcher Löwenmähne herumzulaufen,“ Liselotte griff entsetzt in ihre zerwehten Locken. „Ihr geht jetzt still und sittsam nach Hause, der Jahrmarktsbesuch ist künftig in meiner Klasse verboten!“ Damit schritt Fräulein Rau von dannen.

„Warum warst du auch nicht von der dummen Rutschbahn fortzukriegen, siehste, nu haste den Salat!“ sagte Glücksklee erbost zu Rosenelfchen.

„Na gestatte mal gefälligst, ihr habt ebensoviel Schuld wie ich, ihr habt auch geschrien, und du hast sogar immer ›all Heil‹ gerufen – – – –“

„Kinder, kabbelt euch doch nicht, wir haben uns alle ungehörig benommen, nun wollen wir wenigstens möglichst schnell nach Hause gehen, gelt,“ schlug die ganz geknickte Glockenblume vor.

„So 'ne Gemeinheit – ich habe noch gerade zehn Pfennige“ – Liselotte warf einen zärtlich abschiednehmenden Blick zur Rutschbahn hin.

Arm in Arm zogen die Blümchen traurig von dannen.

„Herrgott – wo sind denn meine Jören?“ Liselotte blieb plötzlich an dem Wachsfigurenkabinett stehen.

„Hanni, hattest du sie nicht – – –“ aber Hanni hatte keine Ahnung, und auch bei Anni waren sie nicht.

„Ich muß noch mal umkehren, Kinder, ich habe die Bälger an der Rutschbahn vergessen,“ sie lief im Sturmesschritt zu dem Ort ihrer Heldentaten zurück. Die andern, die froh waren, noch einen Grund zum längeren Verweilen auf dem Jahrmarkt zu haben, hinterdrein.

„Edchen – Kurtchen –“ Liselotte umkreiste rufend die Rutschbahn.

Kein Kurtchen und kein Edchen war zu sehen.

„Um Gottes willen, sie waren doch noch eben hier, wo mögen die Jungs bloß hin sein, am Ende haben sie sich versteckt, dann setzt es aber was,“ Liselotte kriegte es jetzt doch mit der Angst.

„Kurtchen – Edchen –“ so riefen die sechs Blumen verstört – umsonst!

Die krausen Blondköpfe blieben unsichtbar.

„Ach, wäre ich doch niemals Rutschbahn gefahren!“ Liselotte begann herzbrechend zu weinen.

„Jammern nützt nichts,“ sagte die praktische Ilse, „sie werden sich halt die Buden ansehen, wir müssen sie suchen.“

Mit pochendem Herzen machte man sich auf die Suche. Rosenelfchen wieder allen voran. Aber diesmal nicht lachend und jauchzend, sondern schluchzend und händeringend.

„Haben Sie nicht zwei kleine blonde Jungen in hellblauen Leinenkitteln gesehen?“ so fragte sie den Besitzer der Riesen und der Zwerge. Aber weder Zwerge noch Riesen hatten die beiden kleinen Flüchtlinge gesehen. Weiter – weiter – sie rannte wie besessen durch die lachende Menge – schimmerte es da unten nicht von blonden Löckchen – nein, es waren zwei junge Löwen, die ihre Kunststücke zeigten. Keinen Blick hatte Liselotte jetzt mehr für die Wunder des Jahrmarkts – „lieber Gott, laß mich bloß die Kleinen wiederfinden,“ so betete sie aus angsterfülltem Herzen.

Ob sie im Lachkabinett waren? Ja – vor kurzem seien zwei kleine Burschen drin gewesen, aber ob sie schon wieder heraus seien, das wollte der geschäftskluge Besitzer nicht wissen. Es half nichts, Liselotte mußte ihren letzten Groschen drangeben.

Sie raste durch das Lachkabinett, rechts und links, oben und unten sah sie sich in greulich verzerrten Linien in angebrachten Spiegeln, bald winzig klein und dick, bald mit wahrem Giraffenhals, lang und mager. Aber während die andern Besucher lachten und vor Vergnügen quietschten, weinte Liselotte selbst hier im Lachkabinett. Denn ach – Edchen und Kurtchen waren nicht drinnen.

„Am Ende sind sie bei den Zigeunern," tröstete Hilde die fassungslose Liselotte.

Ein netter Trost – Liselotte fühlte, wie ihr Herzschlag vor Schrecken aussetzte. Hatte das Kindermädel nicht erst gestern erzählt, daß die Zigeuner und Komödiantenleute kleine Kinder stahlen ... sie flog wie gehetzt durch die Reihen bis zu den lustigen grünen Wagen.

Es war keine Vorstellung.

Die Zigeuner lagen, in bunte Fetzen gehüllt, vor ihren Wagen auf der Wiese in der Sonne.

„Habt ihr zwei kleine Knaben gesehen?" Liselotte war die einzige, die sich an die braunen Gesellen heranwagte.

Sie antworteten nicht und zeigten grinsend ihre weißen Zähne.

„Habt ihr zwei Kinder gesehen?" Liselotte schrie, als ob sie taub seien.

Die zuckten die Achsel, sie verstanden nicht. Ein junges Zigeunermädel aber mit brennend schwarzen Augen trat auf die zurückweichende Liselotte zu.

„Nix sehen armes Zigeuner – aber wissen – viel wissen – Zukunft wissen – sollen kleines Dame Zukunft sagen?" sie streckte ihre braune Hand nach Liselottes weißer aus.

„Sage mir, wo meine Brüder sind, aber ich habe kein Geld mehr," flehte Liselotte.

„Dann kluges Zigeuner nix kann wissen," das schwarzhaarige Hexlein mischte sich wieder unter ihre Genossen.

„Sie werden sie in den Wagen versteckt haben, aber ich finde sie!" Liselotte kletterte wie eine Katze an den Rädern des fahrenden Häusleins empor und spähte durch die kleinen Fenster. Der Wagen war leer. Auch der zweite. Im dritten aber, an dem das Rosenelfchen emporturnte, erschien das Gesicht eines alten, häßlichen Zigeunerweibes plötzlich am Fenster. Da nahm selbst die mutige Liselotte Reißaus.

Aber was nun?

Ratlos sahen sich die Freundinnen an.

„Ich weiß, wo sie sind, wie konnte ich bloß so dämlich sein und nicht daran denken," rief Hanni plötzlich. „Bei den dressierten Flöhen finden wir sie ganz sicher," Hanni lief, so schnell sie nur konnte, der Freundin voran.

Liselotte folgte ein klein wenig hoffnungsvoller.

Ja – da würden sie ganz sicher sein!

Der Budenbesitzer lud die jungen Fräuleins freundlich zu einer Besichtigung seiner hervorragenden Pfleglinge ein. Aber die jungen Fräuleins hatten anderes zu denken als an dressierte Flöhe.

„Waren vielleicht zwei kleine Knaben in blauen Leinenkitteln hier?" fragte Liselotte mit stockendem Atem.

Der Flohbändiger lachte gemütlich.

„Jawoll, die sind da jewesen, so 'ne kleenen Schlingels, wollten sich durchaus einen dressierten Floh kaufen, aber als sie berappen sollten, da hatten sie ihr Jeld verloren. Na, ich habe ihnen jratis zu einer Vorstellung rinjelassen, weil se so drollig waren, und der eene jar zu jämmerlich mauzte."

„Das waren sie – das war der Weinerich – ach, lieber Herr, wo sind sie – sind sie noch drinnen?" Liselotte wollte spornstreichs durch den Zelteingang.

„Sachteken – immer sachte –" der Flohbesitzer kratzte sich bedenklich den Kopf – „bar Jeld lacht – wenn Se rin wollen, 'nen Jroschen Entree!"

„Ich borge dir, Rosenelfchen," Maßliebchen drückte der abgebrannten Liselotte flink ein Geldstück in die Hand.

„Sind sie denn auch sicher drin?" fragte Liselotte noch mal.

„Na woll – immer –"

„Gott sei Dank –" wie eine Bergeslast wälzte es sich von dem Herzen des kleinen Mädchens. Sie und Hilde, die auch dabei sein wollte, bezahlten ihren Groschen und betraten das Heiligtum.

Da zogen auf einem weißen Tischtuch sechs schwarze Punkte ein winziges Wägelchen. Von Edchen und Kurtchen keine Spur.

„Wo sind sie denn – wo?" Liselotte schaute erregt in alle Ecken.

„Na, da – kieken Se doch"– – –der Mann wies stolz auf die schwarzen Punkte.

„Ach, die" – machte Hilde verächtlich, – „wir meinen doch die beiden Kleinen" –

„Die sind ooch dabei, hier die zwee ans Ende, det sind die jingsten von die janze Flohjesellschaft."

„Aber meine Brüder, die kleinen Knaben von vorhin, Sie sagten doch, sie wären drin – – –"

Liselotte starrte den Mann fassungslos an.

„Die – nee – die sind schon längst wieder heidi – ick dachte, Se meinten meine dressierten Flehe," damit komplimentierte er die jungen Fräuleins hinaus.

Bestürzt sahen die Freundinnen sie ohne die Kinder zurückkommen.

„Das richtigste ist wohl, nach Hause zu gehen, vielleicht sind sie inzwischen heimgegangen," schlug Ruth kleinlaut vor.

Liselotte rang die Hände.

„Ich gehe nicht nach Hause, und wenn Fräulein Rau mir auch einen Tadel einschreibt, ich kann meinen Eltern nicht so vor die Augen kommen – und Muttchen hat noch extra gesagt, ich soll gut acht auf sie geben – ach, ich bin ja so unglücklich!"

„Warum denn, Lilo – war die Rutschbahn nicht fein – was macht ihr denn für Gesichter – was ist denn los, Mädels?" Norbert und seine Kameraden standen plötzlich vor der Blumenschar.

Heinz sprang an der Schwester empor.

„Es war viel famosiger als mit dir, geschaukelt hab' ich, und Karo – selbst bin ich gefahren, immer im Kreis rum mit Musik, und den gelehrten Pudel, den kauf' ich mir, der soll für mich die ollen Rechenarbeiten machen – – –" Liselotte hörte gar nicht, was der Kleine schwatzte.

„Norbert, hast du die Kinder nicht gesehen, unsere Kinder sind weg!“ sie packte den Bruder an einen Jackenknopf.

„Was – Deibel auch – wo hast du sie gelassen?“

„Bei der Rutschbahn waren sie zuletzt, und dann habe ich sie verloren, und nun suchen wir sie schon überall seit einer Stunde, ach, Norbert, was machen wir denn bloß – –“

„Wir suchen weiter, werden sie schon finden – weine doch bloß nicht so, Lilo – wart ihr schon im Irrgarten – nee – da sind sie sicher, da kann man sich eklig verbiestern.“

Der Hoffnungsschimmer war nur schwach, aber der Ertrinkende klammert sich ja an einen Strohhalm.

Man verteilte sich, die Mädchen und die Tertianer, jeder zog einzeln in die Wirrnis hinein, und wer die Verschwundenen fand, sollte am Eingang mit ihnen Posto fassen. Nur Heinz behielt Norbert fest an der Hand, damit er nicht etwa auch noch flöten ging.

„Wenn sie doch erst da wären – guter Gott, wenn sie doch bloß erst wieder da wären, wie lieb wollte ich sie haben! Ich war schlecht zu ihnen – und das ist jetzt die Strafe!“ so jammerte Liselotte vor sich hin.

Als sich die junge Schar wieder vollzählig aus dem Gewirr des Irrgartens zum Eingang zurückgefunden, hatte keiner einen Erfolg zu verzeichnen.

Die Abenddämmerung kam bereits zwischen den Buden hervorgekrochen, und auf den Wiesen stieg feuchter Nebel auf.

„Wir müssen nach Haus,“ sagten die Freundinnen leise.

„Wir auch,“ Norbert, der selbst voller Sorge war, ergriff herzlich den Arm der jüngeren Schwester. „Rege dich nicht so fürchterlich auf, Lilo, paß auf, die Bengel sind längst zu Hause.“ Er zog die verzweifelte Liselotte mit fort von dem lustigen Jahrmarkt.

„Wir kummen mitte,“ sämtliche Mädchen und Jungen begleiteten sie teilnehmend.

Jeden Vorübergehenden fragte man, ob er nicht die kleinen Brüder gesehen. Und bald wußte man es im ganzen Städtchen: „Baumeisters kleinste Rangen sind weg!“

Als sie in die Bahnhofstraße einbogen, in der die väterliche Villa lag, blieb Liselotte stehen. Das Herz klopfte ihr zum Zerspringen.

Da – was war das? Kamen da nicht zwei kleine blaue Bürschchen auf sie zugelaufen? Hingen sie ihr nicht am Halse – ja – Liselotte preßte die kleinen Brüder so fest ans Herz, als ob sie ihr im nächsten Augenblick wieder entschlüpfen könnten.

„Wir können niß dafür – du bist mit einemmal verloren gegangen," rief Edchen eifrig.

„Er is danz herleine bei den tressierten Flöhen dewesen," setzte Kurtchen stolz hinzu.

„Hauste uns auch niß?" erkundigte sich Edchen trotz der Liebkosungen noch vorsichtig.

Ach – Liselotte wußte, wenn einer Haue verdiente, dann war sie das!

Und wer stand denn dort mit glücklich leuchtenden Augen am Gartentor? Suse Bertram – wie kam die denn hierher?

„Ich habe sie gefunden – ich war mit meinen Geschwistern auf dem Jahrmarkt, da traf ich die weinenden Kinder. Sie suchten dich und ich half ihnen. Aber weil wir dich nicht fanden, glaubte ich, es sei besser, ich bringe sie nach Haus, denn dort würdest du doch sicher nachfragen. Du hast dich wohl schön gesorgt, du armes Ding," Suse streichelte Liselottes verstörtes Gesicht.

Wortlos streckte ihr Liselotte beide Hände hin. Wieder war es Suse Bertram, die Böses mit Gutem vergalt!

Sie wollte aber auch ganz gewiß niemals wieder häßlich zu ihr sein, das gelobte sich Liselotte heilig, als sie endlich nach dem aufregenden Tage erschöpft in ihrem Bette lag. Und ihre Brüder, die wollte sie von nun an so lieb haben – so lieb – wenn es auch nur Jungs waren.

Ja, für wie lange?

5. Kapitel. Zensuren

Oktoberferien.

Längst hatte Liselotte, was sie sich an jenem Jahrmarktsabend gelobt, wieder vergessen. Sie stupste und knuffte die Brüderchen zwar nicht mehr ganz so arg wie früher, aber wenn die kleinen Quälgeister sie gar zu sehr piesackten, rutschte ihr die Hand des öfteren nicht gerade liebevoll aus.

„Du sollst die Kleinen nicht hauen, mit Güte und Freundlichkeit erreichst du viel mehr bei ihnen," schalt die Mutter. Aber Liselotte war anderer Ansicht, die hatte ihre eigenen großen pädagogischen Erfahrungen.

Auch das Versprechen, das sie sich selbst Suse Bertram betreffend damals gegeben, hatte sie nur halb erfüllt. Sie kränkte die Suse nicht mehr wissentlich – o nein, das wäre doch hundsgemein von ihr gewesen – aber sie tat auch nichts, um die früheren Zurücksetzungen wieder gut zu machen. Sie sagte „Guten Tag" und „Auf Wiedersehen", geruhte, Suses Löschblatt mitzubenutzen, wenn sie selbst gerade keins da hatte, und auch hin und wieder beim Extemporal eine Vokabel abzuschielen. Aber des Mittags nölte sie möglichst lange in der Klasse, um nur ja nicht in die Verlegenheit zu kommen, mit Suse Bertram gemeinsam den Heimweg antreten zu müssen. Denn Suse eilte stets, so schnell sie konnte, nach Haus, um der Mutter noch in der Küche behilflich zu sein und um den Tisch zu decken.

Heute gab's Zensuren. Versetzung war zum Glück nicht, aber die Verteilung der Zeugnisse wurde immerhin als aufregende Sache betrachtet. Fräulein Rau überreichte die Zensuren in der Reihenfolge der neuen Rangordnung die sich nach den Zeugnissen ergeben hatte.

Sie stand auf dem Katheder und hielt die unschuldigen Blätter Papier, die doch über das Wohl und Wehe von so manchem Kinderherzen entscheiden sollten, in der Hand.

„Wie der Engel des Jüngsten Gerichts!" flüsterte Liselotte ihrer Intima Hanni zu, trotzdem ihr eigentlich gar nicht so scherzhaft zumute war. Denn gut wurde die Zensur keinesfalls.

„Das beste Zeugnis hat" – begann Fräulein Rau, machte eine Kunstpause und sah sich in der Klasse um. Sicher doch wieder Amtmanns Lenchen – keine zweifelte daran, und Lenchen selbst am wenigsten. „Das beste Zeugnis hat diesmal Suse Bertram," vollendete Fräulein Rau, „sie wird die neue Klassenerste. Ich freue mich, Suse, daß es dir durch musterhaftes Betragen und steten Fleiß gelungen ist, den Ehrenplatz in der Klasse zu erringen," sie reichte ihr die Zensur, auf der es von „sehr gut" ordentlich wimmelte.

Die bescheidene Suse wurde so rot wie das rote Musselinkleidchen, das sie trug. Jubel war es, glückseliger Stolz – wie werden sich die Eltern daheim freuen und der Großvater – und doch daneben ein beklemmendes Gefühl, daß sie, die stets zurückgestanden, jetzt plötzlich alle anderen überflügelt hatte. Was würde Amtmanns Lenchen nur dazu sagen?

Ja, Lenchen saß mit bitterbösem Gesicht da – „solche Ungerechtigkeit!" das war deutlich in ihren Zügen zu lesen.

„Wenn du diesmal den zweiten Platz einnimmst, Helene, so liegt das lediglich daran, daß du dich wohl allzu sicher in deiner Würde als Erste gefühlt hast. Die Aufmerksamkeit ließ öfter zu wünschen übrig, und auch die häuslichen Arbeiten waren hin und wieder flüchtig. Ich erwarte von dir, daß du dich im nächsten Halbjahr wieder zusammennimmst. Hanni Diefenbach, die dritte, ein recht gutes Zeugnis, in Französisch muß es noch besser werden."

„Jetzt komme ich dran –" Liselotte setzte sich in Positur, „na, wie Gott will!" sie senkte ergeben den lustigen braunen Krauskopf.

„Edith Wendler, die vierte – fünfte, Hilde von Thielen – sechste, Ruth Wegener – siebente, Ilse Peters – achte – –"

„Ich bin ausgelassen – Fräulein Rau, ich bin ausgelassen," rief Liselotte dazwischen, denn es war ja ganz klar, daß man sie nur vergessen hatte.

Fräulein Rau maß das vorlaute Mädel mit strafendem Blick.

„Achte – Liselotte Günther, so ungehörig, wie du dich soeben gezeigt, hast du dich auch sonst benommen, ich konnte nicht umhin, dir im Betragen das Prädikat ›im ganzen befriedigend‹ zu geben. Auch Aufmerksamkeit und Fleiß waren nur ›genügend‹. Wenn du trotzdem die letzte der ersten Bank geblieben bist, so hast du das nur deiner Begabung zu danken, die Fächer sind fast durchweg ›gut‹ und ›sehr gut‹. Wenn du dir Mühe geben würdest, könntest du die Erste sein. Um so mehr betrübt es mich, dir solche Schundzensur ausstellen zu müssen. Ich wünsche, ein derartiges Zeugnis nicht wieder bei dir zu sehen."

Weiter verteilte Fräulein Rau ihre Zensuren, glückselige Augen oder Jammermienen folgten jedem raschelnden Blatte, aber Liselotte vernahm nichts mehr davon. Die hatte das Gesicht in beide Hände verborgen und vergoß heiße Tränen über die Schlechtigkeit der Welt, und der Schule insbesondere. Denn daß sie die Zensur redlich verdient hatte, das wollte ihr durchaus nicht in den Sinn.

So 'ne Blamage! All ihre Freundinnen und Kränzchenschwestern saßen über ihr, und Suse Bertram, deren Vater doch Vatchens Untergebener war, die Allererste – das war das Niederdrückendste!

Liselotte schluchzte laut auf.

Da schob sich eine warme Hand liebkosend zwischen ihre kalten Finger, und eine gepreßte Stimme flüsterte:

„Liselotte, mir macht meine Zensur und der erste Platz gar keine Freude mehr, weil du heruntergekommen bist, ich wollte, es wäre alles beim alten geblieben."

Liselotte ließ die Hände sinken und schaute in Suses mitleidige Augen. Aber sie wollte sich nicht von Suse Bertram herumkriegen lassen – nein, die konnte viel reden, die freute sich ja doch, daß sie, die stets auf sie herabgesehen, jetzt so weit unter ihr saß – Liselotte dachte sich mit aller Gewalt in eine Feindseligkeit gegen Suse hinein.

Auch Hanni und die übrigen Freundinnen sahen voll Mitleid auf die weinende Liselotte, denn diese war ihres lustigen, lebhaften Wesens wegen allgemein beliebt.

„Zu Weihnachten kommst du wieder rauf," tröstete Hanni – und „ich werde dich das nächstemal schon wieder runterkriegen!" prophezeite Amtmanns Lenchen der gar nicht mehr so freudig in die Welt blickenden Suse.

„Vergnügte Ferien – nächsten Sonnabend ist Kränzchen – auf Wiedersehen – Lilo, weine doch nicht so, sonst weiß die ganze Stadt gleich, daß du eine schlechte Zensur bekommen hast," Hanni und Anni, die in der fünften Klasse Erste geworden, nahmen Liselotte in die Mitte.

Das Baumeistertöchterlein ging heute recht langsam durch den großen Garten dem elterlichen Hause zu. Mutter stand im Erker und sah sie mit verquollenen Augen ankommen – da wußte sie, was die Glocke geschlagen hatte.

„Fünf Plätze bin ich heruntergekommen – aber es ist so ungerecht – Suse Bertram wird immer vorgezogen – solche Ruppigkeit –“ Liselotte reichte mit abgewandtem Gesicht ihr Zeugnis hin.

Nun gab's gleich ein Donnerwetter, am Ende schlug's gar ein!

Aber Mutter sagte kein Wort, nur furchtbar traurig sah sie aus. Das konnte Liselotte nicht sehen.

„Muttchen, liebste Muttel, sieh nicht so aus, lieber gib mir eine Ohrfeige –“ bettelte das Töchterchen, das sonst gar nicht so empfänglich für Ohrfeigen war. „Ich will mich ja auch ganz gewiß bessern, paß auf, zu Weihnachten bin ich wieder auf meinem Platz,“ setzte sie hinzu, als die Mutter noch immer schwieg.

„Das hast du mir schon oft versprochen, aber wie du zu Hause bist, so bist du auch in der Schule, die Zensur ist durchaus gerecht – – –“

„Und wenn se uns immer so srecklis verwippst, denn muß se auch 'ne sleste Stensur triegen, niß, Muttel?“ Kurtchen ließ den Büfetttritt, auf dem er umhergeritten, stehen und stellte sich breitspurig vor die große Schwester.

Die schien nicht übel Lust zu haben, ihre Empörung an dem kleinen Frechdachs auszulassen, aber ein mahnender Blick von Mutter hielt sie in Schranken.

So sagte sie nur pflichtschuldigst: „Du Großmaul!“ und nahm dann ihre unterbrochene Tätigkeit, ihr Taschentuch zu befeuchten, wieder von vorne auf.

„Mutti – was ist besser, ›störte häufig den Unterricht‹ oder ›zu Störungen geneigt‹?“ der hellbraune Lockenkopf von Heinz tauchte vom Garten her am Erkerfenster auf. Gleich darauf erschien auch seine dralle, kleine Person im Fensterrahmen, und mit einem Satz sprang er zu dem im Hochparterre gelegenen Speisezimmer hinein. Mutter hatte Mühe, ein Lächeln zu verbergen.

„Junge, du hast doch nicht etwa schon wieder eine schlechte Zensur im Betragen?“

„›Zu Störungen geneigt‹ – ist das schlecht, Muttel? Norbert sagt, es wäre apart, und voriges Mal hatte ich ›störte häufig den Unterricht‹ – das ist doch viel schlechter, gelt?“ Der Kleine sah die Mutter treuherzig mit seinen großen Braunaugen an.

Mutti verbarg das Gesicht hinter dem Zeugnis des kleinen Abc-Schützen.

„Aber Heinz, was sehe ich denn hier, im Rechnen noch nicht genügend – da hast du doch sicher wieder andere Dinge im Kopf gehabt – – –“

„Nee, Muttel, aber Herr Niemann meint, ich sei ein wahrer Rechengenius –“

„Rechengenie“, verbesserte Liselotte hinter ihrem Schnupftuch hervor.

„Rechengenie“, wiederholte der Kleine, „ich sei sonst ganz furchtbar lentiert, nur für Rechnen habe ich zufällig kein Talent, pensiere mich doch vom Rechnen, wenn ich den Pudel nicht haben kann – ja, Muttel – Hauptmanns Fritz ist auch vom Zeichnen pensiert – kann man sich nicht überhaupt von allen Stunden pensieren lassen?“ Heinzens Fleiß berechtigte zu den schönsten Hoffnungen.

„Na, frag' mal Vater, ob er dich von allen Schulstunden dispensieren will, da kommt er gerade durch den Garten, und mit ihm Norbert – na, Gott sei Dank, doch einer, der ein vergnügtes Gesicht macht!“

Norbert schwenkte seine rote Gymnasiastenmütze schon von weitem. Während Liselotte heimlich erbittert feststellte, daß sie selbst zu Hause ungerecht behandelt werde – Heinz hatte viel weniger Schelte bekommen als sie! Daß Heinz noch ein kleiner Kerl war, der den Ernst der Schule kaum begriff, daran dachte Liselotte nicht.

„Hurra – Primus geworden!“ Norbert stolperte zur Tür herein. „Aber eigentlich nur, weil Wegener so lange gefehlt hat – mächtiges Schwein habe ich gehabt!“ setzte er ehrlich hinzu.

„Norbert, wie flegelhaft –“ rügte die Mutter, trotzdem ihr der Stolz über ihren Ältesten aus den Augen strahlte. Sie strich ihm über das kurzgeschorene blonde Haar. „Brav, Norbert, doch wenigstens einer, der uns Freude macht!“ nickte sie dem eintretenden Vater zu.

„Na, was haben denn unsere anderen Rangen für Zensuren bekommen, auch Erste geworden, Lilo – o weh, wohl von unten – hu, drei Tage Regenwetter – komm her, fünfter Junge, und erzähle, was du wieder ausgefressen hast!“

Liselotte sprang Väterchen aufs Knie. Das war der allerbeste Platz in der ganzen großen Welt. Da wurde einem das Herz immer wieder leicht, und wenn es vorher auch noch so schwer gewesen.

„Vatel – es ist so ungerecht – – –"

„Selbstverständlich, wann wäre dir jemals Recht geschehen, aber was denn eigentlich?"

„Soweit runter bin ich gekommen, und Suse Bertram Erste, denk doch nur, die Bertram-Suse –"

„Suse verdient den ersten Platz sicherlich, sie ist ein liebes, fleißiges Kind, aber deshalb brauchst du doch nicht solche Tränenüberschwemmung zu machen, wirst schon wieder heraufkommen, Kleines," Vater trocknete seinem Mädel das nasse Gesichtchen.

„Und ›im ganzen befriedigend‹ habe ich auch bloß im Betragen," noch einmal brach Liselottes ganzer Schmerz hervor.

„Im ganzen befriedigend – das ist doch nicht schlecht, dann hat doch dein Betragen immerhin noch befriedigt – hätte ich dir noch gar nicht mal zugetraut, Wildfang, hier zu Hause kriegt sie noch nicht mal ›im ganzen befriedigend‹, was, Mutter?" Der Baumeister sah jetzt erst, daß seine Frau ihm schon eine ganze Weile mit den Augen zuwinkte und jetzt lächelnd den Kopf schüttelte.

Richtig – er sollte ja streng sein, das hatte er doch wieder rein vergessen. Aber sei einer mal streng, wenn ihm solch eine Krabbe am Halse hängt!

„Also bessere dich, Strick," der Vater gab seinem Liebling einen aufmunternden Klaps und ließ sie vom Schoß herunter.

Heinz, der sich durchaus von der Schule „pensieren" lassen wollte, kam jetzt an die Reihe.

Endlich lagen die Zensuren, die solchen Aufruhr verursacht, harmlos und friedlich wieder in ihren Mappen, und man saß bei der Suppe.

„Mir tut nur Norbert leid," begann da die Mutter plötzlich.

„Wieso?" aus drei Mündern erscholl es zu gleicher Zeit.

„Du weißt doch, wegen Großmamas Brief," meinte die Mutter zum Vater hin und holte ein knisterndes Kuvert aus der Tasche.

„Ach so," Vater zog die Augenbrauen hoch.

„Was steht denn drin?“ erkundigte sich Fräulein Neugier schon wieder ziemlich getröstet.

„Es steht drin, daß die Großeltern Norbert und dich für die Oktoberferien nach Berlin einladen, wir sollen euch hinschicken – aber nach deiner heutigen Zensur kann natürlich gar keine Rede davon sein.“

Liselotte saß starr. Den Mund, in den sie gerade einen Löffel Suppe schieben wollte, weit aufgerissen. War das nicht wie die Fata Morgana, von der Fräulein Rau neulich erzählte, die dem Wanderer in der Wüste plötzlich in herrlicher Schönheit erscheint, und wenn er sie greifen will, wieder spurlos verschwindet?

„Mutti – ach Muttel – – –“ begann sie.

„Quäl mich nicht, Kind, denn das siehst du doch wohl selbst ein, daß du nicht noch eine Belohnung obendrein für deine Zensur verdient hast.“

„Vatchen, lieber, einziger Vatel – – –“ das Schmeichelkätzchen wußte, an wen es sich wenden mußte.

Vater räusperte sich.

Aber Mutter meinte: „Es nützt dir auch diesmal beim Vater nichts, Liselotte, Strafe muß sein, vielleicht zu Weihnachten, wenn du dich bis dahin gebessert.“

„Das ist noch eine Ewigkeit!“ Liselottes Tränen flossen in die Kartoffelsuppe.

„Ich kann doch nichts dafür, wenn sie runterkommt, ich bin doch Primus geworden,“ brummte jetzt auch Norbert.

„Was meinst du, Vater, können wir den Jungen allein nach Berlin fahren lassen?“

Aber ehe sich der Vater noch dazu äußern konnte, hatte sich Heinz bereits der Angelegenheit bemächtigt.

„Ich kann ja mitreisen, denn is er nich so allein,“ schlug er freundschaftlichst vor.

„Du – ›zu Störungen geneigt‹ – du hast doch wohl auch keine Ferienreise verdient,“ drohte Mutter.

„Er will mit zu Omama fahren, er tann ßon danz herleine fahren, er hat dehaupt teine fleste Stensur dekrist,“ begann nun auch der Weinerich zu mauzen.

„Na und du, Edchen, wie ist's mit dir?“ lachte jetzt der Vater aus vollem Halse.

„Nein – will niß,“ der Neinerich löffelte gemütlich seine Suppe weiter, wobei er den größten Teil auf das untergelegte Wachstuch verschwapste.

„Warum soll ich denn bloß nicht allein reisen?“ begann Norbert von neuem, in seinem Gymnasiastenstolz gekränkt, während Liselotte und der Weinerich sich, wenn auch nur pianissimo, zu einem kleinen Heulduett vereinigten. „Ich bin Tertianer – Großstädter – geborener Berliner – da werde ich doch wohl solche lumpige kleine Reise selbst unternehmen können.“

Vater und Mutter lachten. Bei jeder Gelegenheit prahlte Norbert damit, daß er Großstädter sei, denn er war gerade vier Wochen alt gewesen, als der Vater damals von Berlin nach der Rheinprovinz versetzt wurde. Baumeisters Rangen hatten jeder in einer anderen Provinz Preußens die Welt beglückt. Wenn man den Vater fragte, wo er schon überall beruflich gewesen sei, dann ließ er seine „fünf Jungs“ antreten und ihre Geburtsorte hersagen.

„Ja, Vater – einen geborenen Großstädter, den kann man wohl schon als selbständigen Reiseonkel in die Welt schicken, dann will ich nur deine Siebensachen zusammenpacken, Norbert, morgen früh kannst du dein Ranzel schnüren!“ sagte die Mutter lächelnd.

„Hurra – Hurra – Hurra!“ Norbert nahm das strampelnde Kurtchen auf den Arm und tanzte vor Freude mit ihm um den Tisch herum.

„Und unser Kiekindiewelt?“ der gute Vater blickte mitleidig auf das schluchzende Töchterchen.

„Für diesmal hat sie's verwirkt,“ die Mutter verließ das Zimmer, um den kleinen Handkoffer hervorzuholen.

Vater wurde von den drei Kleinen nach dem Hühnerhof gezogen, um die süßen kleinen „Puttel“, die am Vormittag erst aus dem Ei gekrochen, pflichtschuldigst zu bewillkommnen und zu bewundern.

Norbert stand am Fenster und starrte auf das blutrote Weinlaub, das die ganze Villa umrankte. Wie kam es nur, daß seine unbändige Freude mit einemmal so jäh erloschen? Er blinzelte zu dem Schwesterchen hin. Es war ein schwerer Kampf, der in dem dreizehnjährigen Jungenherzen tobte. Plötzlich schluchzte Liselotte besonders herzbrechend auf. Da war er mit drei Schritten neben ihr und packte sie beim Schopf.

„Heiliges Kanonenrohr – ich bleibe auch hier, ohne dich macht's mir gar keinen Spaß – Lilo, heule doch bloß nicht wie ein Schloßhund, wir fahren Weihnachten zusammen!“ Ehe Liselotte dagegen Einsprache erheben konnte, lief der gute Bruder schon aus der Tür, um der Mutter seinen Entschluß mitzuteilen.

Aber auch Liselotte hatte inzwischen eingesehen, daß es schlecht von ihr war, Norbert durch ihren Jammer die Freude an seiner Reise zu nehmen. Energisch trocknete sie ihre Augen.

„Ich nehme dein Opfer nicht an,“ sagte sie, als Norbert mit pfiffigen Augen, gefolgt von der Mutter, wieder ins Zimmer trat. „Ich habe es ja auch schließlich verdient, zu Hause zu bleiben!“ Ihre Stimme wollte ihr nicht so recht gehorchen.

„Selbsterkenntnis ist der erste Schritt zur Besserung!“ lachte Norbert, der auf einmal wieder ganz fidel war.

„Norbert hat für dich gebeten, Liselotte, und lediglich weil er selbst auf die Reise verzichten wollte, habe ich seinen Bitten nachgegeben. Aber ich erwarte von dir, daß du meinem Vertrauen entsprichst und dich im nächsten Schulvierteljahr der Ferienreise würdig zeigen wirst,“ sagte die Mutter mahnend.

„Was – ich kumm mitte?“ Liselotte faßte es noch gar nicht.

„Ja – aber sprich in Berlin nicht so schlesisch – du kannst dein Matrosenkleid unterwegs anziehen,“ überlegte Muttchen bereits.

„Hurra – hurra – hurra –“ johlte jetzt auch Liselotte wie Norbert vorhin. In wildem Indianertanz wirbelten sie nun alle beide um den Tisch herum.

„Ist es nicht doch am Ende besser, einen Bruder statt einer Schwester zu haben?“ darüber hätte Liselotte sicherlich den ganzen Tag nachgegrübelt, wenn sie nur einen Augenblick Zeit dazu gehabt hätte.

Aber was gab es heute alles noch zu tun!

Als allerwichtigstes hatte Liselotte ihr Käthchen reisefertig gemacht, aber als der Puppenkoffer bereits gepackt stand, protestierte Norbert gegen die Mitnahme des armen Puppenkindes.

„Wenn man ganz allein reist, paßt es sich nicht, solch kindischen Firlefanz mitzuschleppen!“ Liselotte war ihm heute so dankbar, daß Käthchen ohne jede Widerrede zu Hause blieb.

Mutter hatte eigentlich den ganzen Nachmittag damit zu tun, all den Unfug, den das Töchterchen als unerläßlich für den Berliner Aufenthalt anschleppte, wieder aus dem Koffer herauszuholen.

„Was willst du denn in Berlin mit der großen Gießkanne, da ist doch kein Garten, willst du die Straßen sprengen – und hier der Laubfrosch – um Himmels willen – das arme Tier erstickt ja unterwegs – Kinder, aber die Schlittschuhe braucht ihr doch jetzt im Oktober noch nicht, es ist ja noch Sommer draußen!“

„Ja, aber Berlin liegt halt nördlicher,“ wagte Liselotte ganz bescheidentlich zu äußern.

„Aber doch nicht am Nordpol,“ Mutter war ordentlich froh, als Liselotte sich aufmachte, um ihren Kränzchenschwestern noch schnell Lebewohl zu sagen.

Wie die staunten!

Rosenelfchen hatte es mal gut!

Es gab hundert Versprechungen, sich täglich zu schreiben, und tausend Abschiedsküsse.

An Suse Bertrams Haus aber lief Liselotte, so schnell sie konnte, vorbei, die wollte sie nicht sprechen.

Und dann hatten Baumeisters ihre beiden Ältesten endlich am andern Morgen glücklich in einem Abteil untergebracht. Unternehmungslustig blitzten die Augen der kleinen Reisenden.

„Grüßt die Großeltern, vertragt euch – seid bloß vorsichtig – geht nicht an die Tür –“ bis zum Abgang des Zuges gab es gute Ermahnungen.

„Wenn uns was passiert, ziehe ich einfach die Notbremse –“ Liselotte sah sich bereits danach um.

„Unterstehe dich – du bleibst noch hier –“ da pfiff zum Glück der Zug, und Baumeisters Rangen fuhren freudestrahlend in die weite Welt hinein.

6. Kapitel. Bei Großmama

„Jören – was seid ihr groß geworden, ich denke, zwei Kinder kommen mit dem Zuge an, und da steigt plötzlich ein junger Herr und ein junges Fräulein heraus!“ Großmama, die trotz ihrer weißen Haare noch so frisch und lustig war, zog bald den einen, bald die andere ans Herz.

„Hat er denn schon einen Schnurrbart, der Musjöh?“ jetzt kriegte Großvater den errötenden Norbert beim Wickel. „Und unser Prinzeßchen? Herrje, das Rattenschwänzchen ist um ganze zwei Millimeter gewachsen – na, immer noch solch Vagabund, Mädel – hier heißt's aber kuschen!“ lachend verlud Großpapa sämtliches Gepäck, zu dem er auch Norbert und Liselotte rechnete, in eine bereitstehende Droschke.

Liselotte saß wie betäubt neben Großmama und hielt sich an deren Hand fest. Das sonst nie still stehende Mäulchen war heute nur von Staunen geöffnet. Das Prusten und Fauchen der Lokomotiven, das Hasten und Drängen der vielen Menschen, das Gewirr von ratternden Lastwagen, bimmelnden Elektrischen, Droschken und tutenden Autos in den Straßen, machte das sonst nur allzu lebhafte Kleinstadtkind ganz benommen. Norbert dagegen lehnte überlegen in seinem Sitz, sog in tiefen Zügen die rußdurchtränkte Bahnhofsluft ein und sagte schnuppernd: „Heimatsluft!“

Da lachten die Großeltern und zeigten dem Herrn Berliner im Vorüberfahren das Museum, das einst sein Vater gebaut hatte.

„Was ist bloß mit unserem Prinzeßchen los, ist die kleine Wilde etwa zahm geworden – Lilo, deine Artigkeit ist geradezu beängstigend,“ scherzte Großvater.

Großmama aber meinte lächelnd: „Sie wird schon auftauen!“

Und sie taute auf – mehr als den guten Großeltern manchmal lieb war.

Gleich als man das Vestibül des stattlichen Mietshauses, das die Großeltern erst seit kurzer Zeit bewohnten, betrat, und sie in den selbsttätigen Fahrstuhl aus Eisendraht einstieg, der außerhalb des Hauses nach der Hofseite hin emporging.

„Herrje, das ist ja hier gerade wie eine Jahrmarktsrutschbahn – juchhu“ – so rief sie selig zum Gaudium sämtlicher Küchenfeen, die an den Fenstern erschienen, indes der Fahrstuhl mit ihnen emporstieg. „Großvatchen, wir wollen gleich wieder runterfahren, bitte, bitte, ich will hier in Berlin nichts weiter tun als Fahrstuhl fahren,“ bettelte sie begeistert, während Norbert sich eingehend in den Mechanismus vertiefte.

„Erst wollen wir mal Mittagbrot essen, und für später findet sich hier in Berlin vielleicht noch eine ersprießlichere Tätigkeit,“ Großvater nahm sie beim Grips wie seinen kleinen Foxterrier.

Großmama, die sehr ängstlich war, aber meinte: „Allein ist euch das Fahrstuhlfahren streng verboten, da ist mir die Verantwortlichkeit zu groß. Ihr habt junge Beine und könnt die zwei Treppen schon noch herauf- und herunterspringen.“

Liselotte schnitt ein Gesicht. Verboten – hier auch etwas verboten, ganz wie zu Hause – o weh – das war der erste Wermutstropfen in dem Berliner Freudenbecher.

Flock, der niedliche weiße Terrier, mit dem schwarzen Fleck am rechten Ohrläppchen, stand wohlerzogen mit dem Stumpfschwanz wedelnd zum Empfang droben an der Eingangstür.

„Unser Jüngstes,“ stellte Großpapa ihn vor und setzte den kleinen Köter ohne weiteres auf Liselottes Arm. Die herzte und streichelte ihn und zwickte ihn vor lauter Liebe in sein schwarzes Ohrläppchen.

„Prachtmädel,“ knurrte der Großvater in seinen eisgrauen Schnauzbart. Die war aus anderem Schrot und Korn wie die Kinder seiner jüngeren Tochter! Wenn die kleinen Dresdener Stadtdämchen mal zu Besuch kamen, dann gab das jedesmal ein Angstgebrüll, als ob der harmlose Flock ein junger Tiger wäre.

Auch die Begrüßung mit der alten Emilie, die schon so lange im Hause war, daß sie die Mutter der Kinder noch auf den Armen gewiegt, vollzog sich aufs herzlichste.

War das gemütlich bei Großmama! Alles so alt, und dabei doch so freundlich und blitzblank, wie die Großmama selber. Die blühenden Primeln am Fenster in den weißen Porzellantöpfchen, Großvaters

Goldfische, das lustig in seinem Bauer schmetternde Hänschen, die alte geschweifte Glasservante mit den merkwürdigen Nippsachen und Goldtäßchen, die man nicht anfassen durfte, und dann der Spion. Norbert und Liselotte waren einfach futsch von demselben. Die ganze Straße konnte man in dem Spion, dem kleinen runden Spiegelglas, das schräg am Fenster angebracht war, überblicken. All die durcheinander krabbelnden Menschen und Wagen.

Liselotte begann den langen Bruder, der sich vor dem Spion aufgepflanzt hatte und nicht fortzukriegen war, bereits ganz heimatlich in den Rücken zu knuffen, denn für dankbare Gefühle war kaum vierundzwanzig Stunden in ihrer raufl ustigen Seele Platz. Und wahrscheinlich wäre es mitten in dem traulichen Frieden des großelterlichen Heims sofort zu einer kleinen Keilerei gekommen, wenn nicht Emilie mit dem Mittagessen erschienen wäre.

„Jott, Lilochen," sagte die alte, treue Seele, „ick hab' dich ja noch ein Kinderlätzchen hinjelecht, dafier haste dir denn doch schon 'n bisken zu ville ausjewachsen, ick muß dich man 'ne richtig jehende Salvjette jeben."

Liselotte strahlte. Diesmal wurde sie doch wenigstens nicht mehr wie ein Baby in Berlin behandelt. Daß sie dadurch auch die Verpflichtung hatte, sich wie ein großes Mädel zu benehmen, das kam für sie erst in zweiter Linie.

„Seid ihr denn auch gern hergekommen?" erkundigte sich Großpapa.

„Na und ob!" erscholl es aus dem Munde beider kauenden Enkelkinder.

„Was hat's denn für Zensuren gegeben, gute, hm?" Die Frage kam ungelegen. Während Norbert stolz bejahte, hinkte Liselottes „Ja" ziemlich kleinlaut hinterher. Sie neigte sich, um die verräterische Röte zu verbergen, zu Flock herab, der jeden Bissen verfolgte, den sein Herr in den Mund schob und sehnlichst auf milde Gaben wartete. Eins – zwei – drei – hatte Liselotte ihm das verschmähte Kinderlätzchen vorgebunden.

„Teufelsmädel" – lachte der Großvater, und die eingehendere Behandlung der Zensurenfrage ging dadurch gefahrlos vorüber.

„Ach, wie schön, wieder eine kleine Haustochter zu haben," meinte Großmama mit glücklichem Lächeln, nachdem sie sich genugsam an der

Eßlust ihrer jungen Gäste erbaut hatte. „Nun kannst du den Tisch abfegen, Kind, das tust du doch zu Hause wohl auch?"

Schon wieder jagte eine Blutwelle über Liselottes frisches Gesichtchen. Aber bloß, weil der Norbert so dämlich und höhnisch grinste.

„Och ne–ee," sagte sie ziemlich langgedehnt, „dafür ist ja unser Hausmädchen da!" Sie war doch nicht Suse Bertram.

„Sieh an, das wundert mich, Lilo, als deine Mutter so groß war wie du, da hat sie sich das nicht nehmen lassen. Unsere Emilie, die hat alte Beine, von der darf man nicht allzu viel mehr verlangen," Großmama stand auf und schritt zu der Ecke, in der das Tischbesenzeug seinen Platz hatte.

Was – Großmama wollte selbst – nein, das konnte sie unmöglich zugeben – Liselotte sprang so ungestüm vom Stuhl auf, daß derselbe umkippte. Knacks – ein Stuhlbein war ab. Erschreckt blickte Liselotte auf die Trümmer.

„Er war schon etwas wackelig, unser altes Mobiliar ist nicht mehr für solchen jungen Springinsfeld berechnet," begütigte Großpapa, während Großmama sich die Brille aufsetzte, um den Schaden näher zu besehen.

Kleinlaut fegte Liselotte inzwischen das Tischtuch ab. Norbert, der Neckpeter, aber hatte sich in Positur gesetzt. Die Schultern hochgezogen, so saß er da, machte ernste Augen und nickte unaufhörlich vorwurfsvoll mit dem Kopf wie ein Teechinese. Das konnte Liselotte rasend machen.

„Oller Droschkengaul!" stieß sie hervor, als sie mit ihrer Krümelschaufel dicht neben ihm angelangt war, und ehe er sich dessen versah, hatte sie ihm temperamentvoll eins mit dem Tischbesen auf die Nase gegeben.

Norbert, der zur Vollblütigkeit neigte, begann sofort zu bluten. Großmama hatte das Intermezzo nicht beobachtet, sie stürzte besorgt herbei, brachte Wasser, Watte und Essig und wollte in ihrer übergroßen Ängstlichkeit sofort zum Arzt schicken.

Aber Großvater lachte sie aus.

„Hier steht der Missetäter, so ein kleiner Rowdy – du wirst uns noch das ganze Haus auf den Kopf stellen, Mädel. Na, nachmittags, während wir ein Stündchen schlafen, wird sie wie Flock festgebunden."

Ja, Großvater sollte Recht behalten – das Haus, in dem es sonst so still, friedlich und gleichmäßig herging, stellten Baumeisters Rangen den Großeltern so ziemlich auf den Kopf.

Selbst des Nachts gaben sie keine Ruhe.

Großvater, der nicht gut schlief, war gerade endlich eingeschlafen, da fuhr er von einem lauten Knall wieder empor.

Bums – Norbert, der auf der Chaiselongue schlief, war aus dem Bett geplumst!

Liselotte aber erzählte Mordsgeschichten im Traum. Von Kränzchenblumen, Rutschbahn und Fahrstuhl, von Suse Bertram, dem Spion und Flock. Wohl ein halbes Dutzend mal mußte Großmama, der es keine Ruhe ließ, aufstehen und nachschauen, ob dem Kinde auch nichts sei. Am andern Tage lachte sie wie ein Kobold darüber, was sie alles für Reden im Schlafe gehalten. Auch Norbert hatte keine blasse Ahnung mehr von seinem nächtlichen Ausflug.

Am ersten Morgen entwickelte das Enkeltöchterchen einen lobenswerten Eifer, Großmama in ihren Funktionen als Hausfrau behilflich zu sein. Es war merkwürdig, Großmama sagte alles so lieb und gütig, und doch traf ein leiser Tadel von ihr viel tiefer, als daheim eine ganze Strafpredigt von Mutter. Liselotte schämte sich, daß ihre Mutter, als sie so alt war wie sie, schon fleißig ihre kleinen häuslichen Obliegenheiten erfüllt hatte, während sie eigentlich für nichts zu gebrauchen war.

Erst Staub wischen. Das war ganz amüsant, denn Großmama wußte fast bei jedem Stück etwas aus früheren Tagen zu erzählen. Dies hatte nur das schlechte, daß Liselotte mehr auf die Geschichte als auf die Dingelchen in ihrer Hand achtete. Und als das erste Goldtäßchen daran glauben mußte, weil Liselotte den dünnen Henkel gar zu herzlich gedrückt, meinte Großmama schnell: „Laß nur, Kind, ich mach's schon selbst!“ Da schlich sich Liselotte zu Flock.

Aber als Großmama darauf die Goldfischchen fütterte, dem Piepmatz frisches Wasser gab, und die Primeltöpfchen begoß, stellte sich Liselotte wieder ein.

„Weißt du, Großmuttchen, das könntest du eigentlich jeden Tag mir überlassen, dann habe ich doch meine richtige regelmäßige Beschäftigung bei dir. Bloß immer nichts tun ist mopsig!“

„Schön, Kind,“ auch Großmama war dafür, einem kleinen Mädchen so früh als möglich einen bestimmten Pflichtenkreis aufzuerlegen, „aber ich bitte dich herzlich, vergiß mir meine Lieblinge nicht!“

Wie würde Liselotte denn bloß so etwas tun!

Einen Tag dachte sie auch noch höchst eifrig an die übernommenen Pflichten, auch am zweiten Tage fütterte sie noch die Goldfische, denn das machte ihr Spaß, wenn die Fischlein so gierig die rotblinkenden Köpfchen aus dem Wasser hoben und schnappten. Aber als Norbert sie jetzt ans Küchenfenster rief, weil ein Leierkastenmann im Hof so schön spielte, und die Portierkinder danach tanzten, da konnte Hänschen sehen, wo er heute frisches Trinkwasser herbekam, und Großmamas Primeln ließen traurig die bunten Köpfchen hängen.

Am nächsten Tage aber dachte Liselotte auch nicht einmal mehr an die Goldfische. Denn heute wollten die Großeltern mit ihnen in den Zoologischen Garten gehen. Das nahm all ihre Gedanken in Anspruch.

„Norbert, wir fahren Untergrundbahn – himmlisch – Großmuttel, darf ich meinen guten Hut aufsetzen – gibt's im Zoologischen Garten auch Fliegen, Großpapa?“ nicht einen Augenblick stand das kleine Mundwerk still.

„Lilo, hast du den Blumen und dem Vogel Wasser gegeben?“ fragte Großmama noch, als man endlich in den Fahrstuhl stieg.

Liselotte bekam einen Heidenschreck. Aber sollte sie jetzt eingestehen, daß sie die übernommenen Pflichten vernachlässigt – dann mußt sie am Ende noch zu Hause bleiben, wo sie sich doch schon den ganzen Morgen über auf den Zoologischen Garten gefreut hatte. Oder Großmama blieb am Ende selbst zurück, das war ebenso peinlich – sie konnte das Versäumte ja auch gleich nachholen, wenn sie wiederkam – blitzschnell schossen diese Gedanken durch Liselottes Kopf. Lieber schwindelte sie, lieber belog sie ihre Großmama, die immer so gut zu ihr war – und dabei hatte sie sich doch so fest vorgenommen, stets bei der Wahrheit zu bleiben. Aber das „Ja – natürlich" kam gar nicht natürlich heraus, sondern recht zögernd.

Ach – warum hat eine Großmama auch gerade so klare, bis in die Kinderseele dringende Augen wie eine Mutter! Liselotte wußte nicht, wo sie hingucken sollte, um den lieben alten Augen nicht zu begegnen.

In der Untergrundbahn war es wenigstens nicht tageshell, da konnte Großmama nicht so gut sehen, daß Liselotte bald blaß, bald rot wurde und gar nicht so fröhlich auf Großvaters Späße einging wie sonst. Die Fahrt unter der Erde, von der Norbert begeistert war, wirkte beklemmend auf das kleine Mädchen. Und als jetzt die Bahn plötzlich mitten in der schwarzen Erde anhielt, und die Passagiere aus den Fenstern zu spähen versuchten, was wohl der Grund davon sei, klopfte Liselottes Herz zum Zerspringen. Und sie war doch sonst durchaus kein Hasenfuß.

Sicher ein Untergrundbahnunglück – so früh sollte sie schon sterben – war das am Ende die Strafe für ihre Lüge – nein, sie wollte vorher noch schnell alles eingestehen – aber da gab es einen Ruck – die Bahn fuhr sicher weiter, dem Tageslicht entgegen – und Liselotte mußte mit schwer auf dem Herzen lastender Schuld in den Zoologischen Garten wandern.

Über die plumpen Bewegungen der Riesenelefanten, den lustigen Sprüngen des Känguruhs und den drolligen Kletteräffchen vergaß Liselotte nach und nach alles Quälende. Sie erlangte wieder ihren harmlosen Frohsinn, und als sie zu einem kleinen Affen, der die ihm gebotene Nuß fallen ließ, freundschaftlichst „Schafskopp" sagte, lachte alles. Ein Herr aber meinte: „Das kleine Fräulein scheint in der Zoologie nicht gerade bewandert zu sein."

Doch bei den Fischteichen, an denen Großpapa stehen blieb, gab es ihr plötzlich einen Stich durchs Herz, und auch bei dem Geflatter, Gekreisch und Gepiepse in den großen Vogelhäusern mochte sie nicht verweilen. Sie hatte wohl ihre Gründe dafür.

Das Schönste im ganzen Zoologischen Garten war Missy, die große Schimpansin. Ihr Käfig stand dicht umdrängt von Kindern. Sie saß an einem Tisch, hatte eine Serviette vorgebunden und aß mit einem Löffel wie ein richtiger Mensch. Als sie fertig war, schmiß sie dem Wärter Holzlöffel und Holzteller zum Jubel des kleinen Publikums an den Kopf.

Dann kroch sie in ihr Bett, deckte sich zu und schnarchte wie ein alter Herr.

Liselotte war nicht fortzubekommen von Missy.

„Nächsten Sonntag laden wir sie zur Kindergesellschaft ein, dann könnt ihr miteinander Busenfreundschaft schließen," schmunzelte Großpapa.

„Kannst sie ja in eurem Kränzchen aufnehmen, dann ist eben ein Affe mehr darin," bemerkte Norbert höchst ungalant.

„Wir können doch nicht alle zur Gattung der Trampeltiere gehören, wie die Herren Tertianer," erwiderte Liselotte schlagfertig. Norbert aber, noch schlagfertiger, gab ihr einen brüderlichen Klaps auf das boshafte Mündchen. Das ließ sich natürlich Liselotte nicht gefallen, sie stürzte zur Verwunderung von Missy und deren kleinen und großen Verehrern auf den langen Norbert los, um die Schmach an ihm zu rächen.

„Kinder – aber Kinder," Großmama ergriff Norberts Arm und Großpapa nahm mit festem Griff und kopfschüttelndem „Kleiner Raufbold!" das junge Fräulein in sicheren Gewahrsam.

„Nun geht's nach Hause, sonst steckt man euch am Ende noch zu den wilden Bestien in den Käfig," sagte Großmama ernst.

Nach Hause – wie ein Zentner lag es plötzlich wieder auf Liselottes junger Brust. Wenn sie bloß noch vor Tisch Zeit dazu fand, Großmamas Lieblinge zu versorgen!

„Großvater, dürfen hier im Zoologischen Garten denn auch Autos fahren?" ein gellendes Getute ließ sie zusammenschrecken.

„Irgendein kleiner Dreikäsehoch, der sich verlaufen hat und von einem Aufseher austrompetet wird," belehrte sie der Großvater.

„Das müßte man daheim beim Jahrmarkt auch einführen," dachte Liselotte, „dann könnten Edchen und Kurtchen so oft verloren gehen, wie sie Lust haben," Norbert aber hatte auf Wichtigeres zu achten.

„Lilo – das Luftschiff!" brüllte er plötzlich und schwenkte seine Mütze wie ein Wilder, so daß die Vorübergehenden lächelnd mehr auf den begeisternden Jungen blickten, als auf das Luftschiff, das man ja über den Dächern Berlins öfter mal kreuzen sah.

„Wo – wo" – Liselotte stürzte nach vorn und suchte in entgegengesetzter Richtung.

„Da – na da: du Schafsnäse," Norbert drehte sie wie ein Kreisel um ihre Achse. Aber diesmal nahm Liselotte seine Zärtlichkeiten nicht übel, alle beide hatten sie ihren handgreiflichen Streit über das Luftschiff vergessen.

Da schwebte es heran, wie ein Riesenvogel, es flog so tief, daß man deutlich die Gondel mit Menschen erkennen konnte, selbst das Arbeiten der Propeller zeigte Großpapa seinen Enkeln.

„Wie 'ne Zigarre," sagte Norbert bewundernd – „nee – wie 'ne große Leberwurst," überschrie ihn Liselotte – „Großmuttel, jetzt fliegt's gegen den Schornstein – Heil – all Heil!" brüllte das kleine Mädel aus Leibeskräften, als der Luftkreuzer jetzt gerade über ihren Kopf dahinschoß, und schwenkte ihr rotgerändertes Taschentuch.

Da hielten die Großeltern es doch für geraten, schnell eine Elektrische zu besteigen, denn das bildhübsche Dingelchen, das da tat, als ob es ganz allein in der Millionenstadt sei, erregte mehr Aufsehen, als angenehm war.

Das Luftschiff hatte Liselotte in solche Begeisterung versetzt, daß sie mit hellem Blick heimkehrte, ohne auch nur im geringsten an die vergessenen Pfleglinge zu denken.

Sie hatte sich sofort, noch vor dem Mittagessen, hingesetzt, um Hanni Diefenbach einen ausführlichen Bericht des ereignisreichen Tages zu geben, den sollte sie dann im nächsten Kränzchen vorlesen. Was würden die Kränzchenblümchen nur dazu sagen, daß sie das Luftschiff leibhaftig gesehen! An Großmamas Blümchen dachte sie nicht eher, als bis ein eigentümlicher Laut des Bedauerns aus dem Nebenzimmer, der „guten Stube", zu ihr drang.

„Meine Goldfische – was ist denn mit meinen Fischchen passiert," rief Großvater klagend, „sie liegen ja alle wie tot –" Großpapas Schmerz schnitt der lauschenden Liselotte wie ein scharfes Messer ins Herz.

Jetzt hörte man auch Großmama.

„Und meine Primelchen, schau nur, meine hübschen Primelchen ganz vertrocknet, ach, und Hänschen sitzt so matt auf seiner Stange, aber ich begreife nicht. Liselotte sagte mir doch –"

„Unser Kind lügt nicht!" unterbrach Großvater sie mit Bestimmtheit.

Da hielt es Liselotte nicht länger im Nebenzimmer aus.

„Doch, sie lügt – sie hat gelogen – sie ist so – so schlecht, so undankbar für all eure Liebe!“ schluchzend klagte Liselotte sich an.

„Kind – das hätte ich nicht von dir gedacht!“ sagte Großpapa, der die Gradheit und Wahrheitsliebe in Person war, sehr ernst. Dann wandte er sich den Wiederbelebungsversuchen seiner Goldfischchen zu.

Großmama aber ging, ohne ein Wort zu sagen, ohne das schluchzende Enkeltöchterchen auch nur anzusehen, aus dem Zimmer. Liselotte hinterher. Im dunklen Korridor hatte sie die Großmama erreicht. Dort schlang sie beide Arme um Großmamas Rücken.

„Großmuttel, ich kauf' dir neue Primeltöpfchen – Großpapa hat uns gestern jedem einen Taler geschenkt, dafür sollten wir uns kaufen, was uns am besten in Berlin gefällt – aber ich will nichts – ich besorge nur Primeln für dich – und Goldfischchen für Großvatel – aber verachte mich nicht so schrecklich!“

„Du weißt sehr wohl, Kind, daß, wenn es mich auch betrübt, meine Blumen, die ich wie lebende Kinder gehegt habe, aus Unachtsamkeit vernichtet zu sehen, mich etwas anderes noch viel trauriger macht,“ sagte Großmama so streng, wie Liselotte nie gedacht hatte, daß Großmütter überhaupt sprechen könnten.

„Ich will nicht wieder lügen!“ Liselotte senkte tief den braunen Lockenkopf.

„Du hast mich nicht lieb, wenn du deine Großmutter lieb hättest, würdest du ihr nicht diesen Schmerz angetan haben!“ Großmama schritt weiter. Aber Liselotte hielt sie an dem Band ihrer schwarzseidenen Schürze fest.

„Schickt – schickt ihr mich nun nach Haus?“ schluchzte sie.

„Wir werden es uns noch überlegen!“ da gab Liselotte endlich die Großmama frei und kauerte sich in verzweifelter Stimmung in der dunklen Ecke neben dem Gasometer nieder. Dort fand sie Emilie, als sie das Essen auftrug. Ihrem treuherzig liebevollen Zureden gelang es endlich, sie zum Mittagstisch zu führen.

Liselotte hob die Augen nicht. Erstens traute sie sich nicht, die Großeltern, die sie so gekränkt, anzusehen, zweitens fürchtete sie Norberts neckende Blicke. Das Essen auf ihrem Teller blieb unberührt.

Das war etwas noch nie Dagewesenes bei Liselotte, besonders wenn es Milchreis mit Zucker und Zimt gab. So tief war ihr zu Hause noch kein Kummer gegangen, daß es bis auf den Magen wirkte.

„Iß doch," Norbert versetzte ihr gutmütig einen kleinen Rippenstoß, „schmeckt fein – oder willst du dich dem langsamen Hungertode preisgeben?"

Liselotte rührte sich nicht.

Großvater warf unbehagliche Blicke auf sie, es tat ihm in der Seele weh, sein Herzblatt leiden zu sehen.

„Die Goldfische haben sich erholt, sie lassen es sich schon wieder schmecken," begann er. Aber seine junge Enkelin ließ es sich noch immer nicht schmecken.

„Auch die Primeln heben langsam die Blätter, Großmama hat sie ganz und gar gebadet," berichtete Großpapa weiter. „Und hör' nur, wie lustig Hänschen wieder tiriliert!"

Liselotte saß da wie aus Stein.

„Durch Eigensinn machst du's nicht gut, also iß jetzt, Kind," nahm nun Großmama das Wort.

„Ich bin nicht eigensinnig," Liselotte griff gehorsam zur Gabel. Aber nach einigen Bissen legte sie dieselbe wieder hin.

„Ich kann nicht," stieß sie hervor.

„Wieso nicht, bist du krank?" Großmama begann sich schon wieder zu ängstigen.

„Nein – aber – aber wenn ihr mich nach – nach Hause schickt – kann ich – kann ich keinen Milchreis essen," jammerte Liselotte plötzlich los.

Der innige Zusammenhang zwischen dem Zurückgeschicktwerden und dem Milchreis war zwar nicht ganz klar, doch den guten Großeltern griff der tiefe Schmerz ihres Enkelchens ans Herz.

„Aber wer wird dich denn nach Hause schicken, mein Seelchen, du bleibst bis zum letzten Ferientag bei uns, und Weihnachten kommst du wieder," tröstete Großpapa.

Großmama wischte sich sogar ganz heimlich die Augen.

„Wenn du uns in der nächsten Woche nur noch Freude machen willst, Lilo, soll der heutige Tag in unserem Gedächtnis ausgestrichen sein," sagte sie weich.

Ach – so viel Freude wie Liselotte von nun an ihren Großeltern bereiten wollte, gab es in der ganzen Welt nicht. Sie wanderte von einem Arm in den andern – und die gute Emilie wärmte inzwischen den Milchreis auf.

Ja, Liselotte gab sich redlich Mühe, die Großeltern in der letzten Ferienwoche nur noch zu erfreuen.

Sie zankte und prügelte sich des Nachmittags, wenn Großmama und Großpapa schliefen, fast nie mit Norbert, oder doch nur ganz lautlos. Bloß einmal, als Liselotte heimlich des Bruders Tuschkasten genommen, kam es zu etwas geräuschvoller Auseinandersetzung, daß die Großeltern von jeder Seite hereingestürzt kamen, ob sich die beiden auch nicht totschlügen.

Die Haare, die Großmama, die sehr penibel war, ihr stets so glatt kämmte, daß Liselotte versicherte, sie sähe wie ein abgeknabberter Kalbsknochen aus – am liebsten hätte Großmama ihr die widerspenstigen Locken mit Pomade festgeklebt – zog sie sich heimlich nur ganz wenig wieder heraus, weil sie die Großmama doch erfreuen wollte.

Und Flock setzte sie nicht, wie sie zuerst beabsichtigte, als Überraschung Großmamas neue Morgenhaube auf und gab ihm das gute Spitzentuch um, sondern er bekam die alte Haube und die wollene gestrickte Weste, die er denn auch mit seinen spitzen Zähnen in tausend Fetzen zerriß.

Liselottes Fehler war es nicht, wenn sie ihre Vornahme, Großmama nur Freude zu machen, nicht bis zuletzt durchführte, bloß der Fahrstuhl war dran schuld.

Am letzten Ferientag war's, da schickte sie Großpapa zur Post hinüber. Als sie zurückkehrte, war ihr Verlangen nach dem Fahrstuhl stärker als Großmamas Verbot. Sie wußte selbst nicht, wie sie plötzlich hineingekommen. Aber schon drückte ihr Fingerchen den elektrischen Knopf.

Langsam schwebte sie empor. „Wie im Luftschiff," dachte sie selig, als die Müllkasten auf dem Hof kleiner und kleiner wurden.

Aber plötzlich gab's einen Ruck. War sie schon angelangt?

Sie wollte die Tür öffnen, aber die Tür ging nicht auf. Sie drückte auf den Knopf – stärker – jetzt voller Angst – der Fahrstuhl rückte und rührte sich nicht.

Sie saß fest zwischen der ersten und zweiten Etage!

Als ihr diese furchtbare Gewißheit kam, begann sie aus voller Kehle zu schreien.

„Hilfe – Hilfe –" hörte denn kein Mensch?

Doch – an den Küchenfenstern belebte es sich zuerst, rote, dralle Köchinnengesichter erschienen lachend. Man hielt die Sache nur für einen Spaß des kleinen Besuchs.

Liselotte brüllte weiter wie am Spieß.

Jetzt steckten die Portierkinder ihre Flachsköpfe aus der Tür und zeigten grinsend auf die gefangene Liselotte.

Und nun – Gott sei Dank – Norbert öffnete oben ein Fenster.

„Was blökst du denn das ganze Haus zusammen?" rief er ärgerlich.

„Norbert, liebster, bester Norbert, ich sitze fest, hol' doch den Portier," bat die kleine Gefangene.

Aber Norbert kam die Sache vorläufig noch zu komisch vor.

„Du siehst aus wie Missy im Zoologischen Garten," rief er herab.

Der schmeichelhafte Vergleich war Liselotte ganz gleichgültig, wenn sie nur aus ihrem Käfig erlöst wurde.

„Sag es den Großeltern, bitte – bitte," flehte sie – auch das war ihr augenblicklich egal, daß dann das Zuwiderhandeln gegen Großmamas Verbot offenbar wurde. Wenn man sie nicht erlöste – grundgütiger Himmel – übermorgen fing ja die Schule an!

Die Portierkinder hatten inzwischen den Vater geholt. Der machte gerade kein schlaues Gesicht. Er versuchte hier – er versuchte da – er nahm die Zange, er nahm den Hammer – umsonst.

Und ob er auch noch so tröstlich rief: „Nu man bloß noch eenen Momang Jeduld, kleines Freilein, jleich haben wir det Nickel" – das Nickel von Fahrstuhl wollte und wollte nicht von der Stelle.

Großmama rang die Hände – Großvater schickte zum Mechaniker.

Der kam erst nach zwei Stunden – zwei langen, bangen Stunden – inzwischen blieb Liselotte in ihrem luftigen Gewahrsam.

Sie stand Folterqualen aus. Nicht nur die Angst, daß sie vielleicht hier ihr Leben lang, wie Johann von Leyden im Käfig zu Münster, hängen müsse, auch die Blamage war eine unglaubliche. Denn jetzt blickten nicht nur die dienstbaren Geister aus allen Fenstern, nein, auch deren Herrschaften schauten sogar durch Operngläser auf den seltsamen Vogel, der sich da in dem Eisengitterhaus gefangen hatte. Den Kindern wurde sie als warnendes Beispiel gezeigt.

Endlich kam der Mechaniker, und Liselotte wurde aus ihrer Haft erlöst. Großmama hatte kein Wort des Vorwurfs für sie, trotzdem sie um das ihr anvertraute Kind gezittert und gebangt hatte. Liselotte war durch die ausgestandene Angst genugsam bestraft worden.

Aber als der Zug am nächsten Morgen die Enkelkinder entführte, und Liselottes wehendes Tüchlein und Norberts rote Gymnasiastenmütze vor den schwimmenden Blicken der Großeltern verschwanden, da sagte Großpapa seufzend: „Nun sind wir wieder allein, Alte!“

Und Großmama trocknete sich die Augen und meinte: „Es war doch eine wunderschöne Zeit!“

Und dann sahen sie sich beide an und lächelten wehmütig – so, wie es eben nur Großeltern können.

7. Kapitel. Ungehorsam

Der Kastanienbaum im Schulhof klopfte mit dürren Zweigen an das Klassenfenster. Der Herbststurm zauste ihn umbarmherzig und fegte hohnlachend seine letzten gelben Blätter davon.

Das Winterschulhalbjahr hatte begonnen.

Suse Bertram war die Erste der ersten Bank, Liselotte die Letzte. Diese äußere Trennung war nicht dazu angetan, die innerliche zwischen den beiden Mädchenherzen zu überbrücken. Früher hatten die benachbarten Plätze doch noch so manche Gemeinschaft bewirkt, nun fiel auch diese fort. Liselotte sah jetzt erst, wieviel sie der fleißigen, bescheidenen

Nachbarin verdankte. Suse war immer präpariert, jede französische Vokabel schrieb sie sorgsam auf, und Liselotte, die sich mit derartigem „Kram", wie sie es nannte, nur flüchtig einzulassen pflegte, benutzte mit Seelenruhe Suses freundlich hingeschobenes Vokabelheft. Aber nun hieß es, selbst zu Hause die Vokabeln aus dem großen Lexikon heraussuchen, denn ihre neue Nachbarin, Ilse Peters, war ebenfalls gewöhnt, ihr Leben in der Schule von milden Gaben zu fristen. Das kam Liselottes Kenntnissen und ihrem Fleiß entschieden zustatten, weniger vorteilhaft war es, daß zwei Kränzchenschwestern nebeneinandersaßen. Denn das Doktortöchterchen war fast ebenso lebhaft und zu allerhand dummen Streichen aufgelegt, wie das des Baumeisters. Es bedurfte Rosenelfchens ganzer Willenskraft, um nicht auf Maßliebchens Schnurren und Flausen während des Unterrichts einzugehen, denn Liselotte hatte sich ein Ziel gesetzt.

Sie hatte sich fest vorgenommen, sich in diesem Vierteljahr die schöne Berliner Ferienreise nachträglich zu verdienen, nicht nur „gut" wollte sie im Betragen erringen, nein, sogar lobenswert. Das war für die quecksilbrige Liselotte, der in einer Sekunde zehn verschiedene Dummheiten durch den lustigen Krauskopf spukten, nicht viel leichter, als Chinesisch zu lernen. Fast jeden Tag erlitt sie bei einem Haar Schiffbruch.

„Aber meine Mutti war so rührend und hat mir trotz des Wischs von Zensur die Reise erlaubt, da muß ich ebenso anständig sein und ein frommes Tugendschaf werden," verkündete sie im Kränzchen, wenn Ilse sie als Vorbild eines Musterknaben aufstellte.

Das sahen alle Kränzchenblumen ein. Mit offenen Armen war die wilde Rose im Bund der Blümelein wieder empfangen worden.

„Einfach tranig war's ohne dich!" – „Denke bloß, Hilde hatte Amtmanns Lenchen dazu gebeten, was doch eigentlich gegen die Kränzchenstatuten verstößt, aber das quatschige Ding hat von nichts anderem geredet, als wie sie Suse Bertram übertrumpfen wolle –"

„Das soll ihr eklig schwer werden" – „Piepmatz, Suse rasselt bestimmt zu Weihnachten wieder runter" – „laßt doch erst Rosenelfchen erzählen" – so ging das im ersten Kränzchen hin und her.

„Haste den Kaiser gesehen?“ unterbrach der Glücksklee schon wieder, als Rosenelfchen nun endlich ihre Berliner Erlebnisse stolz zum besten geben wollte.

„Nee, aber sein Schloß, und den Kronprinzen und die kleinen Prinzen, süß sind die, und – – –“

„Na, denn kannste mir halt gestohlen bleiben, denn haste überhaupt nischte gesehen – – –“

„Du bist ja nicht recht bei Troste, als ob der Kaiser so einfach jeden Tag die Linden entlang spaziert, das denkt ihr Kleinstädter euch nur so – – –“

„Tu doch nicht, als ob du aus Paris bist –“

„Aus Paris ja gerade nicht, aber nicht weit davon, aus Düsseldorf –“

„Scheint mir schon mehr ›Duseldorf‹ zu sein –“

„Kinder, wer Streit anfängt, muß fünf Pfennige für die Kränzchenkasse blechen,“ mahnte das größere Vergißmeinnicht, der Bankier des Kränzchens.

„Na, wenn sie so duselig ist und sagt, Düsseldorf liegt bei Paris –“

„Bitte sehr, ich habe in Geographie ›sehr gut‹ und du bloß ›gut‹ –“

„Na natürlich, weil die Bertram-Suse beim Probeextemporal neben dir saß, abschreiben ist kein Kunststück –“ beide Kränzchenschwestern hatten bereits einen hochroten Kopf.

„Ich bitte euch, vertragt euch doch,“ bat jetzt die Wirtin, die sanfte Glockenblume, „Vater studiert nebenan seine Predigt zu morgen, was soll der bloß von uns denken!“

Da schwiegen die beiden ziemlich beschämt.

„Aber das Luftschiff habe ich gesehen, ganz deutlich, dicht über mir,“ spielte Liselotte jetzt ihren höchsten Triumph aus – „so dicht“ – sie zeigte eine Höhe, daß ihr das Luftschiff unfehlbar gegen den Lockenkopf gefahren sein mußte.

Das imponierte allen – selbst Hilde.

Mehr aber noch imponierte den Freundinnen die schaurige Mär von dem Fahrstuhl.

„Wie schade, daß du wieder rausgekommen bist, wir hätten dich alle besucht – dann wäre unser ganzes Kränzchen durch dich berühmt geworden– man hätte dich per Luftschiff holen sollen – warst du denn noch nicht verhungert?“ Liselotte hatte es mit der Anzahl der Stunden ihrer unfreiwilligen Gefangenschaft nicht so ganz genau genommen. Sie verneinte, nahm aber jedenfalls noch nachträglich das größte Stück Kuchen.

Wie im Kränzchen, so hatte man auch daheim den Wildfang mit freudigen Gesichtern empfangen.

„Gottlob, daß ich meine Rangen wieder beisammen habe, lieber ein bissel mehr Krach im Haus, aber keins entbehren,“ hatte Mutter voll Zärtlichkeit geäußert.

Liselotte hatte denn auch gleich Mutters Wunsch nach „ein bissel mehr Krach“ Rechnung getragen. Den Hampelmann, den sie Edchen von ihrer Weltreise mitgebracht, in der einen Hand, den Musikkreisel für Kurtchen in der anderen, so war sie auf den ersten besten Stuhl gehopst und ließ nun die Kleinen nach ihren Liebesgaben springen. Das waren natürlich unmögliche Anforderungen an die kurzen Ärmchen und Beinchen der Knirpse.

„Is sa abßeulis, er tann niß hauf – Muttel, se soll ihm sein Mitdebringe deben“ – so heulte der Weinerich denn auch alsbald.

„Nein“ – der Neinerich protestierte, „wenn de uns niß unser Geßenk gleich ßenkst, denn smeißen wir dich einfach vom Stuhl!“

Aber so einfach war die Sache doch nicht, Liselotte stand fest auf ihren beiden Füßchen.

Heinz, der bereits einen neuen Berliner Federkasten so genau untersucht hatte, daß der Deckel ab war, wurde als dritter im Bunde hinzugerufen.

Den vereinigten Riesenkräften gelang es endlich, die kreischende Schwester von dem gefährlich kippenden Stuhl herabzuzerren.

Aber freuen taten sie sich doch, die drei Kleinen, daß die beiden Großen wieder da waren. Denn wenn man sich erst mal an das Necken und Nörgeln gewöhnt hat, dann fehlt einem selbst das.

Und Vater nun erst gar – der schmunzelte sogar im Bureau bei seinen Zeichnungen, wenn er daran dachte, daß zu Hause nun wieder seine „fünf Jungen“ herumtobten.

„Habt ihr uns denn auch keine Schande bei den Großeltern gemacht?“ erkundigte sich Mutti gleich zuerst.

„Ih wo,“ versicherte Liselotte entrüstet, „im Gegenteil, wir sollen doch Weihnachten bestimmt wiederkommen, und dann laß ich Großmuttels Primeln nicht noch einmal verdursten, und in den ollen Fahrstuhl klettere ich mein Lebtag nicht mehr.“ Aus diesen Andeutungen, zu denen Norbert noch einen umfangreichen Kommentar lieferte, erfuhren die Eltern genugsam von den Berliner Heldentaten ihres Töchterchens.

Aber auch sonst machte sich der Berliner Aufenthalt bemerkbar, und zwar recht günstig. Liselotte war nicht umsonst in Großmamas Schule gewesen.

Am ersten Mittag warf sie nicht wie früher ihre Serviette, zu einem greulichen Klumpen geballt, auf den Tisch, sondern sie legte dieselbe fein säuberlich zusammen. Dann holte sie zu der Eltern und Maries grenzenlosem Erstaunen Tischbesen und Schaufel herbei und begann das Tischtuch abzufegen, als ob sie das von jeher so getan hätte. Die Eltern sagten kein Wort. Sie sahen sich nur frohlockend an. Am Ende wurde aus dem fünften Jungen doch noch mal ein mädchenhaftes Haustöchterchen.

Aber ach – „frühlocke nie zu froh!“ wie Norbert immer das Sprichwort umzukehren pflegte.

In dem gleichen Maße, wie die schönen Berliner Tage ihrem Gedächtnisse entschwanden, nahm auch Liselottes überraschender Fleiß und die beängstigende Ordnungsliebe wieder ab. Bald dachte sie gar nicht mehr daran, beim Tischabdecken zur Hand zu gehen, und sogar zum Zusammenfalten der Serviette bedurfte es immer noch einer besonderen Aufforderung von seiten Mutters.

Sie war wieder wilder und ausgelassener als alle vier Jungen miteinander.

Aber in der Schule – es war wirklich merkwürdig – da nahm sie sich diesmal zusammen. So schwer es ihr auch wurde, sie hielt sich tapfer. War wirklich nur das Versprechen daran schuld, das sie Mutti gegeben, oder war vielmehr nicht auch ein gut Teil Ehrgeiz dabei, den anderen zu zeigen, was sie konnte, wenn sie nur wollte – na, wir wollen es dahingestellt sein lassen!

Aber war sie dann endlich nach fünf langen Stunden dem Zwange der Schule entflohen, dann hielt sie sich im Umherstreifen, Toben, Klettern und Boxen dafür auch gründlich schadlos.

Heute hatte sie etwas ganz besonders Feines vor. Besonders Feines – weil es etwas Unerlaubtes war. Verbotene Früchte schmecken, wie man sagt, am besten, aber sie machen hinterher auch das größte Unbehagen.

Es war Richtfest auf Vaters Bau. Das neue Amtsgericht war heute gerichtet worden, da feierten die Arbeiter bei einer Tonne Bier. Liselotte hatte den Richtkranz mit den langen, bunten Bändern vorübertragen sehen, als sie des Mittags aus der Schule gekommen. Da war ihr Entschluß gefaßt.

Schon lange hatte sie sich gewünscht, mal auf dem neuen Baugerüst nach Herzenslust herumzuklettern, aber – das war den Kindern streng verboten. Und in bezug auf seinen Beruf ließ Vater nicht mit sich spaßen. Da gab es auch für seinen Liebling keinen Pardon. Überdies arbeiteten die „Klamotteriche", wie Liselotte die Maurer drastisch bezeichnete, stets bis zur einbrechenden Dunkelheit. Und nachher konnte man sich Hals und Bein brechen. Vorher zwar auch, aber das genierte einen großen Geist wie Liselotte nicht.

Heute also war ihr Entschluß gefaßt. Solch günstige Gelegenheit fand sich nicht wieder. Die Arbeiter feierten – Vater saß über den Grundrissen einer neuen Villa – nichts stand ihrer wagehalsigen Exkursion im Wege.

Nichts – wirklich nichts?

Dachte Liselotte denn kein bißchen an Vaters strenges Verbot?

O ja, ihr Herz klopfte recht mahnend und warnend, als sie sich mit scheuen Schritten hinten herum durch die schon herbstlich kahlen Gärten zu dem Baugelände schlich. Denn den geraden Weg wählt man höchst ungern, wenn man Unrechtes tut.

Aber Liselotte achtete nicht aus das Abraten ihres klopfenden Herzens, sie dachte nicht daran, daß sie ihrem Vaterchen, der sie so lieb hatte, einen Schmerz zufügen wollte. Sie sah nur den grünen Richtkranz hoch oben auf der Stange des Gerüstes – dort oben wollte sie stehen. Es führten gerade Leitern hinauf, schmale Bretter lagen von einer zur anderen, und Schwindel kannte Liselotte nicht – sie war ja ihres Vaters Tochter!

Schon hat sie das Füßchen auf die unterste Sprosse der grauweißen, kalkbespritzten Leiter gesetzt.

Kam da nicht jemand?

Liselotte zieht geschwind den Fuß zurück und blickt scheu umher. Nein – es ist nur ein Schwälbchen, das wie ein Pfeil vorüberschoß.

„Quiwit – quiwit –
Tu's nit – tu's nit!"

zwitschert die kleine Schwalbe aus den Lüften zu dem unfolgsamen Kinde herunter – Liselotte hört nicht. Die ist bereits die erste Leiter wie eine Katze emporgeklettert. Das Brett unter ihren Füßen schwankt bedenklich – was tut's – sie steht ja schon auf der zweiten Leiter. Weiter – vorsichtig weiter – Schweißtropfen perlen auf der Kinderstirn, je höher man kommt, je aufregender wird die Sache. Nur noch eine einzige kleine Leiter, und sie hat den Richtkranz erreicht. Dicht über sich sieht sie seine bunten Bänder flattern. Ihr rotes Kleidchen hat Mörtelflecke und Kalkspritzer – aber Liselotte läßt sich dadurch nicht aufhalten. Ein Schritt – das kecke, kleine Ding steht hoch oben neben dem Richtkranz. „Hurra" – so schreit sie frohlockend und verstummt sofort erschreckt.

Wenn einer sie hört – der Bau liegt zwar abseits – aber klangen da nicht Schritte – nein, es ist wohl nur das wüste Lärmen und Johlen der Arbeiter drüben in der Baukantine.

Langsam – ganz langsam und vorsichtig jetzt den Rückzug angetreten.

Aber ehe sie sich noch auf den schmalen Brettern gedreht, gellt ein entsetzter Schrei zu ihr empor.

„Jeses – Liselotte – komm herunter – um Gottes willen, sieh dich vor!"

Liselotte späht herzklopfend durch die Bretterspalten hinab. Da steht unter dem Gerüst die Suse Bertram und starrt voll Grausen mit weit aufgerissenen Augen zu dem Baumeistertöchterlein hoch oben neben dem Richtkranz empor.

Was hat auch die gerade hier vorbeizukommen – muß sie denn allenthalben herumkriechen! Liselotte ist wütend, daß gerade Suse Bertram sie entdeckt.

„Komm doch, liebe, gute Liselotte, komm doch herab!“ fleht Suse inzwischen in Todesangst.

Das reizt Liselottes Übermut.

„Famos ist es hier oben, herrliche Aussicht – kumm du ooch ruff zu mir,“ ruft sie lachend hinunter.

Suse antwortet nicht. Nur die gefalteten Hände streckt sie flehentlich zu dem waghalsigen Mädchen empor.

Am Ende ist es doch geratener, wieder in die Tiefen zu steigen, wenn noch andere Leute vorbeikämen – Liselotte beginnt den schwindligen Abstieg. Starr die Augen immer nur auf die nächste Sprosse gerichtet, klimmt sie sicher hernieder. Nun steht sie nur noch einige Meter über der schreckensbleich zuschauenden Schulkameradin.

Wie gemein, daß ihr lustiges Abenteuer bemerkt worden ist!

„Was hast du hier denn bloß herumzuspionieren?“ herrscht sie die Suse an.

„Ich – ich wollte meinem Vater eine Bestellung machen, er ist auf eine halbe Stunde zu dem Richtfest gegangen,“ Suse weist gekränkt mit dem Blondkopf zur Baukantine hinüber.

Wenn sie nur erst wieder unten wäre, die Liselotte. Sie hat ja das wilde Mädel trotz ihrer Kränkungen so lieb – sie bangt um sie!

„Liselotte, wenn mein Vater kommt – wenn er dich sieht – du weißt es doch, es ist uns streng verboten, das Gerüst zu betreten – – –“

„Dir vielleicht – mir hat dein Vater gar nichts zu sagen – verklatsche mich nur ganz ruhig, wenn du Lust hast“ – Liselotte weiß dabei ganz genau, daß Suse sich eher die Zunge abbeißen würde, als die Angeberin spielen.

Suse schweigt verletzt. Aber sie rührt sich nicht vom Platz. Ihre Sorge um Liselotte ist größer als ihr gedemütigter Stolz.

Liselotte hat jetzt das wackelige Brett betreten. Wie eine Wippe schwankt es unter der leichten Gestalt hin und her.

„Siehst du, jetzt bin ich wieder über dir, wenn du auch zehnmal in der Schule die Erschte bist,“ mit verächtlichem Lachen ruft es Liselotte der gerade unter ihr stehenden Suse zu und setzt den Fuß auf die letzte Leiter.

Da – das Brett hat sich durch die Erschütterung gelöst – fest krallen sich Liselottes Hände um die Leitersprossen – krachend stürzt das Brett hernieder.

Suse steht nicht mehr auf ihrem Platz. Das Brett hat sie zu Boden geschleudert.

Liselotte weiß nicht, wie sie die Leiter herabgekommen ist. Mit zitternden Beinen steht sie drunten auf der Erde und wälzt mit feuchtkalten Händen das schwere Brett von dem Körper ihrer Mitschülerin.

Suses Augen sind fest geschlossen, ihr Gesicht ist weiß wie Kalk, aus der Stirn sickern langsam dicke Tropfen roten Blutes hernieder.

Ist Suse tot – barmherziger Gott – hat sie die Suse getötet? Liselotte reißt ihr Taschentuch heraus und preßt es auf Suses Stirnwunde. Es färbt sich im Augenblick purpurrot.

Was soll sie tun – himmlischer Vater – was fängt sie an – schnelle Hilfe tut not – Liselotte jagt wie gehetzt zu der Baukantine hinüber.

Suses Vater – er wird sie schlagen, und Recht hat er, wenn er's täte – ihr Fuß stockt. Lachen und Johlen schallt aus dem Lokal. Aber dort auf der Erde stirbt vielleicht Suse, und sie – sie ist schuld – schon reißt Liselotte die Tür zu dem mit Bier- und Tabaksdunst erfüllten Raum auf.

„Herr Bertram – ein Unglück – Suse – – –“ mehr vermag Liselotte nicht hervorzubringen. Sie weist zitternd nach dem Bauplatz hinüber.

Mit drei Schritten ist Suses Vater an ihr vorbei, er eilt zu seinem blutenden Kinde. Die verstummten Arbeiter folgen erschreckt, Liselotte schleicht mit schlotternden Knien hinterdrein.

„Wasser,“ befiehlt Herr Bertram tonlos.

Liselotte sieht voll Entsetzen, daß auch Suses glatter, blonder Scheitel rote Blutstreifen zeigt.

Ein Arbeiter bringt das Verlangte. Behutsam wäscht der Vater seinem Kinde die klaffende Wunde. Leises Stöhnen löst sich von Suses Lippen – Gottlob – wenigstens lebt sie!

Unter der kühlen Kompresse schlägt sie plötzlich die Augen auf.

„Liselotte“ – stößt sie geängstigt hervor und versucht den Kopf suchend zu wenden. Aber mit einem Schmerzenslaut schließen sich ihre Augenlider wieder.

Liselotte beißt sich auf die Lippen, um nicht laut loszuheulen. Ihr galt Suses erste Sorge, ihr, die sie so gekränkt, die durch ihren Leichtsinn und ihren Ungehorsam Suses Schmerzen verursacht. Sie kniet neben Suse nieder und küßt zart und leise ihre Hand.

„Hier – hier bin ich ja, liebe Suse“ – flüsterte sie, und wie der Schein eines befriedigten Lächelns geht es da über Suses bleiches Gesichtchen.

Herr Bertram hat die leichte Gestalt weich in seine Arme gebettet.

„Zum Arzt – schnell lauf' einer zum Doktor Peters,“ der Maurerpolier ist schon davon.

Suses Vater verläßt die Unglücksstätte. Liselotte schleicht ihm scheu und gedrückt zur Seite.

Jetzt wendet sich Herr Bertram ihr zu.

„Hab' Dank, Kind, daß du gleich zur Stelle warst und meiner Suse die erste Hilfe geleistet hast – Gott gebe, daß sie uns nicht genommen wird!“

Liselotte stöhnt gequält auf. Sie schwankt – sie kämpft – kein Mensch weiß es, daß sie die Ursache des Unglücksfalles gewesen – Suse verrät nichts – wenn sie der liebe Gott überhaupt am Leben läßt!

Der liebe Gott – da ist Liselottes Kampf ausgekämpft, sie weiß jetzt, was sie zu tun hat.

„Herr Bertram – lieber Herr Bertram – ich – ich ganz allein bin ja schuld, daß die Suse von dem Brett getroffen worden ist! Ich bin heimlich auf den Bau geklettert – lieber Herr Bertram, verzeihen Sie mir doch bloß und sagen Sie doch auch Suse, daß sie mir nicht böse ist,“ Liselotte hebt das verweinte Gesicht zum Herrn Bausekretär? auf.

Der runzelt die Stirn.

„Will's Gott, daß dir die Suse noch einmal verzeihen kann, Kind – daß du nicht dein ganzes Leben an der schweren Last schleppen mußt, ein junges Menschenleben zerstört zu haben,“ so spricht er ernst und trägt das bewußtlose Kind in das kleine Häuschen.

An derselben Stelle, wo das Rosenelfchen damals der Suse warmherzig einen Kuß gegeben, birgt sie jetzt das tränenüberströmte Gesicht an den kalten Holzlatten. Ach – Suses Rosen sind längst verblüht, feuchtkalter Herbststurm zaust die kahlen Rosensträucher, zaust Liselotte, den Nichtsnutz, an den braunen Locken und läßt sie vor Kälte zusammenschaudern.

Aber sie geht doch nicht heim. Sie muß noch warten.

Soeben ist Doktor Peters in dem Bausekretärhäuschen verschwunden. Er hat sie zum Glück nicht gesehen, und nun wartet die Liselotte, daß er zurückkommt und ihr sagt, ob Suse Bertram sterben muß.

Endlos dauert es, bis der Doktor mit seiner Untersuchung zu Ende ist. Liselotte klappert vor Frost mit den Zähnen.

Endlich taucht sein grauschwarzes Lodencape im Türrahmen auf. Frau Bertram geleitet ihn, Liselotte sieht es trotz der inzwischen eingebrochenen Dunkelheit, daß ihre Augen in Tränen schwimmen.

Und daran ist sie – nur sie ist daran schuld!

„Und nun den Kopf hoch, liebe Frau Bertram, bei Gott ist kein Ding unmöglich, wenn es auch augenblicklich bös aussieht, wir werden sie mit Gottes Hilfe durchbringen – freilich, ob sie je wieder imstande sein wird, zu gehen, das kann ich Ihnen nicht versprechen, der Fuß ist zu unglücklich gebrochen – – –"

Frau Bertram schlägt aufschluchzend beide Hände vor das Gesicht, dann tritt sie in das Haus zurück.

„Lieber Gott – guter Gott, strafe mich nicht so hart für meinen Ungehorsam," eine gequälte Kinderstimme hat es ganz leise gejammert.

„Ist da jemand?" der Arzt tritt auf das am Boden kauernde Mädchen zu. „Baumeisters Liselotte – Kind – was tust du denn noch hier in dem häßlichen Sturm, wirst dir eine Erkältung zuziehen – – –"

„Herr Doktor – ach, lieber Herr Doktor Peters – wird die Suse niemals wieder laufen können?" angstvoll umklammert Liselotte die Hand des Arztes.

„Das wird von der Heilung des Bruchs abhängen, freilich, ob sie jemals wieder auf ihren beiden Beinen wird vergnügt umherspringen können wie andere Kinder – ich bezweifle es – ein leichtes Hinken wird wohl auf jeden Fall zurückbleiben – na, erst mal die Gehirnerschütterung der armen

Kleinen auskuriert, alles andere findet sich. Aber nun marsch nach Hause, Kind," Doktor Peters geht eiligst davon.

Die Holzlatten des Gartengitters beginnen sich plötzlich mit Liselotte im Kreise zu drehen. Suse Bertram hinken – weil sie, die wilde Liselotte, gegen Vaters Verbot gehandelt hat – die seelische Erregung ist zu groß für das impulsive Kind. Sie will nach Hause gehen, aber ihre Beine, die sind so schwer – so schwer – und der Kopf ist ihr so wüst – immer noch sieht sie die Gartenplanken auf- und niederhopsen – dann sieht sie nichts mehr. Ihre Augen sind fest geschlossen.

Als Suses Vater ein Weilchen später zur Apotheke geht, erblickt er einen dunklen Schatten am Gartentor. Erschreckt erkennt er das ohnmächtige Töchterchen seines Baumeisters. Wie vorhin sein eigenes Kind, so trägt er jetzt das fremde, das ihm all das Leid zugefügt, weich und behutsam ins Elternhaus.

Die Nacht breitet ihren schwarzen Schleier über das Städtchen.

Dunkel ist's – ganz dunkel.

Nur aus dem Häuslein des Bausekretärs und aus der Villa des Baumeisters leuchtet der fahle Zitterschein eines trüben Nachtlämpchens.

Hier wie dort wacht eine Mutter an dem Lager ihres kranken Lieblings, und beide beten sie aus Herzensgrund: „Lieber Gott, erhalte sie mir!"

8. Kapitel. Unterm Weihnachtsbaum

Wie leise und geräuschlos Baumeisters unbändige Rangen auf einmal sein konnten!

Seitdem Liselotte sich an jenem Abend im Herbststurm eine heftige Lungenentzündung zugezogen hatte, ging alles bei Baumeisters auf den Zehenspitzen.

Selbst Norbert, der sonst ein rechter Tapps war, trat, abgesehen von dem gräßlichen Knarren seiner Stiefel, so behutsam auf, daß er öfter in Gefahr war, das Gleichgewicht zu verlieren.

Heinz kam nie anders aus der Schule, als mit der teilnehmenden Frage: „Is se nu schon tot?“

„Nein, se is noch niß gesterbt, se is noch ganz labendiß, se verzählt so 'ne langen Geßißtens,“ versicherte Edchen, der öfter an der Tür des Krankenzimmers horchte, dann eifrig.

„Wird se ihn nu bald wieder verwippsen tönnen, Muttel?“ hatte Kurtchen heute morgen die Mutter, die nur auf Augenblicke von des Töchterchens Krankenbett wich, eindringlich gefragt.

Da hatte Mutti aus dem Fenster zum grauen Novemberhimmel hinaufgeguckt und schweren Herzens geseufzt: „Gott geb's!“

„Nee – nee – Dott deb's niß – er will niß wieder dehaut werden,“ schrie Kurtchen drauf so temperamentvoll, daß Mutti ihm schnell die Hand auf den Mund legen mußte. Denn der Herr Doktor hatte streng Ruhe anbefohlen.

Und dann kam ein Tag, da warf sich die kleine Patientin so wild im Bette umher, da rief sie unaufhörlich nach Suse und griff mit den Händen in die leere Luft, um sich den Richtkranz von der Stange zu holen. Da war das Fieber so hoch gestiegen, daß der Vater den ganzen Tag nicht in sein Bureau ging. Neben der Mutter saß er am Bett seines kranken Lieblings und sah voll schwerer Sorge auf sein Herzblatt.

Dreimal kam der Arzt an jenem bösen Tage, aber als er gegen Abend sich wieder über das bewußtlose Kind neigte, da streckte er Vater und Mutter beide Hände entgegen und sagte nichts als das eine Wort: „Gerettet!“

Und Mutter barg das Gesicht in heißem Glück an der Brust ihres Mannes, und Vater schämte sich nicht der Tränen, die ihm über die Wangen in seinen Bart liefen. Es waren ja Freudentränen!

Draußen an der Tür kauerte Norbert. Er war der einzige der Kinder, der den Ernst des Tages begriff.

Wollte der liebe Gott ihm seine Lilo nehmen? Sein Schwesterchen? Er hatte es ja so lieb, wenn sie auch oft miteinander zankten und rauften.

Da trat der Vater aus der Tür und strich seinem Jungen, der ihn mit großen, verängstigten Augen ansah, liebevoll das Haar.

„Junge – unsere Lilo wird gesund – heute war die Krisis – die Fiebertemperatur ist gefallen – da hast du fünf Groschen, Junge, kauf' dir davon ein Königreich!“ Vater war ganz aus dem Häuschen.

Norbert stürmte ins Kinderzimmer und verkündet dort die Freudenbotschaft. Und alsbald erschallte Heinzens Trompetenstimme drunten im Souterrain in die Küche hinein: „Liselotte wird wieder ganz lebendig, hat Vater gesagt, und heute abend gibt's Flammeri mit Himbeersoße!“

So schnell ging das mit dem Gesundwerden aber denn doch nicht. Kurtchen mußte noch viele Tage warten, bis er wieder von der großen Schwester „verwippst“ wurde, denn als Liselotte endlich das Bett verlassen durfte, da war sie so schwach, daß sie wie ein kleines Kind laufen lernen mußte. Ihre frischen, rosigen Wangen waren bleich und schmal, aus der wilden, roten Rose war ein zartes, weißes Röslein geworden.

„Aber ich werde sie mir schon wieder herausfuttern, meine alte, dumme Lotte,“ meinte Mutter voll Zärtlichkeit.

Gleich zuerst, als Liselotte ihr Bewußtsein wiedererlangt hatte, gab es eine ernste Aussprache mit ihrem Vaterchen. Aus ihren wirren Fieberreden hatten die Eltern ihren Ungehorsam erfahren, aber auch die Angst und Reue wegen ihrer Schuld an Suse. Der Vater brauchte sie nicht mehr zu strafen, denn die Strafe des Vaters droben im Himmel war schon hart genug.

„Suse – lebt Suse?“ Liselotte hatte es gar nicht zu fragen getraut.

Freudig konnten die Eltern es bejahen, sie wußten ja, welche Last sie damit von der Seele ihres Töchterchens nahmen.

„Wird sie laufen können?“ Ja, darüber konnte ihr keiner Auskunft geben, trotzdem die Eltern täglich mit Erfrischungen in das Bertramsche Haus schickten und sich nach Suses Befinden erkundigen ließen. Nicht einmal Doktor Peters konnte das genau sagen, der Fuß lag fest im Gipsverband. Ob sich bei der Heilung eine Verkürzung herausstellen würde, das konnte erst bei Abnahme des Verbandes ersehen werden.

„Lieber Gott – nur nicht hinken!“ Dieser Gedanke war es, der Liselotte unausgesetzt beschäftigte und ihre Erholung sicherlich beeinträchtigte.

Die Kränzchenschwestern kamen zur Erheiterung, sie trugen Grüße von Liselotte zu Suse, und von Suse zu Liselotte.

Nun war Liselotte schon wieder so weit, daß sogar das Kränzchen bei ihr stattfinden durfte, wenn die Blümchen sich verpflichteten, nicht zu viel Radau zu machen.

Mutter feierte diesen Tag mit einer großen Sahnentorte.

Aber als man nun zum ersten Male wieder vollzählig war und ganz unter sich, da hielt die kleine Genesene eine Rede.

„Ihr habt es wohl gehört," so sprach sie, im Anfang ein wenig stockend, „welche große Schuld ich gegen Suse Bertram wieder gut zu machen habe. Ich will euch nur sagen, daß Hanni Diefenbach jetzt nicht mehr allein meine beste Freundin ist, sondern daß ich von nun an zwei beste Freundinnen habe. Die andere ist Suse. Ich bleibe auch nur im Kränzchen, wenn Suse Bertram ebenfalls eine Blumenschwester wird!" Sie hielt erschöpft inne, sie hatte doch noch nicht ihre alten Kräfte wieder und die Rede hatte sie angestrengt.

Die Kränzchenschwestern aber umringten sie freudig und gaben feierlich ihre Einwilligung. Und Hilde, die manchmal einen kleinen Rappel hatte, wollte sogar darauf ein Theaterstück „Schuld und Sühne" dichten. Leider blieb es nur bei dem Titel.

Hanni aber, das selbstlose Vergißmeinnicht, gab Liselotte vor Freuden einen Kuß, sie hatte es ja schon so lange gewünscht, daß auch Suse Bertram zu dem Freundinnenkreis zählen sollte.

Suses bleiches Gesicht färbte sich vor Glück dunkelrot, als Hanni als Abgesandter bei ihr erschien und ihr von Liselottes Rede und dem Beschluß des Kränzchens erzählte. Sie fühlte die heftigen Schmerzen, die sie quälten, auf einmal kaum noch.

Aber es hatte gute Wege, bis das neue Blümelein dem Kränzchen beitreten konnte.

Als die Flocken lustig vom Himmel herniedertanzten, willfahrte Doktor Peters, der Liselotte des bösen Ostwindes wegen so lange ans Zimmer gebannt hatte, endlich ihrem Bitten und Betteln. Endlich durfte sie zu Suse.

In der Hand ein Veilchensträußchen, so betrat sie herzklopfend das kleine, nette Haus, in dem Suse schon lange krank daniederlag. Frau Bertram kam ihr auf dem Flur entgegen. Stillschweigend zog sie das fremde Kind, das ihr so viel Sorge bereitet, ans Herz und küßte es. Dann führte sie Liselotte zu ihrem Töchterchen.

Suse lag mit schneeweißem, schmalem Gesichtchen in ihren schneeweißen Kissen, aber als jetzt Liselotte zu ihr trat, streckte sie ihr beide Hände entgegen.

„Liselotte," flüsterte sie glücklich, „wie freue ich mich, daß du wieder gesund bist."

Da barg Liselotte den Lockenkopf aufschluchzend in Suses Kissen und umfing die zarte Gestalt mit beiden Armen.

„Suse – liebe, gute Suse, kannst du mir verzeihen und kannst du mich noch ein bißchen lieb haben? Ich bin dir ja jetzt so gut, du und Hanni, ihr sollt meine allerbesten Freundinnen sein! Und Blauveilchen sollst du heißen, das ist dein Kränzchenname, weil du gerade so hold und bescheiden bist und eben solche blaue Augen hast wie ein Blauveilchen!"

Suse sagte kein Wort. Sie zog nur Liselottes Kopf näher an sich heran und küßte sie zärtlich. Das war besser als alle Worte.

In dem kleinen, gemütlichen Zimmer mit der traulichen Petroleumhängelampe, da erstand eine Mädchenfreundschaft, fest und treu fürs ganze Leben.

„Suse, wenn du nicht wieder richtig gehen kannst, dann will auch ich nie wieder laufen und springen," flüsterte Liselotte immer noch aufgeregt nach einem Weilchen.

Suse streichelte beruhigend das Haar ihrer neuen Freundin.

„Du sollst dir deshalb keine Gedanken machen, meine Lilo, wie der liebe Gott es will, so müssen wir es hinnehmen," sagte sie leise.

„Suse, du bist so gut, hilf mir, daß auch ich so sanft und gut werde wie du!"

Aus einer wilden Rose wird niemals ein bescheidenes Blauveilchen, und aus einem braunen Krauskopf nimmer ein sanftes Blondchen! Das sollten die Freundinnen bald erkennen. Denn mit den zurückkehrenden Kräften fand Liselotte auch bald ein gut Teil ihrer früheren Ausgelassenheit und ehemaligen Ruppigkeit wieder.

Aber die Freundschaft der beiden so verschiedenen Mädchen blieb doch nicht ohne heilsamen Einfluß auf Liselotte.

Nun ging sie schon wieder in die Schule und war dort fleißiger und aufmerksamer als je, um die großen Lücken, die sich während ihrer Krankheit gebildet, wieder auszufüllen.

Wenn Suse erst wieder zur Schule durfte! Hanni und Liselotte machten täglich Pläne, wie sie dann zu dreien in der Zwischenpause umherwandern würden. Aber vor Weihnachten, hatte der Arzt gesagt, sei kein Gedanke daran.

Jeden Nachmittag, wenn Baumeisters Liselotte ihre Schularbeiten gemacht, ging es zu Suse.

Dort wurden erst die Ereignisse der Schule durchgesprochen und Liselotte bemühte sich, Suse, die durch ihre Schuld so lange fehlen mußte, behilflich zu sein, das Versäumte wieder einzuholen. Unmerklich lernte der flüchtige Wildfang dabei, gründlich und gewissenhaft zu arbeiten, denn sie wollte nicht um alles in der Welt hinter ihrer Suse zurückstehen.

Dann aber, wenn die Schulpflichten erledigt, gab es Geheimnisse im Bertramschen Häuslein.

Weihnachten stand vor der Tür, schon schaute der Nikolas des Abends in alle Kinderstuben und schrieb sich die braven und die bösen Buben und Mädel auf. Kurtchen und Edchen sahen ihn jeden Abend, wenn es dunkel wurde, durch den hohen Schnee im Garten stapfen, dann sagte der Neinerich nicht mehr „nein – iß will niß“ – und der Weinerich hörte sofort im ärgsten Gebrüll auf, selbst der mutige Heinz schielte etwas eingeschüchtert von seinem Soldatenspiel zum Kinderstubenfenster hin, und dabei hatte er doch einen Helm auf und einen Säbel um. Denn vor Weihnachten waren selbst Baumeisters Rangen möglichst wenig rangenhaft.

Nie hatte Liselotte bisher ihre Weihnachtsarbeiten fertig gekriegt. Sie hatte stets alles mögliche begonnen, und dann, kaum halb fertig gestellt, es immer gelangweilt liegen lassen. Das wilde Mädelchen hatte keine Ausdauer.

Jetzt war das anders. Im Verein mit Suse wurde das Handarbeiten zum lieben Weihnachtsfeste ein Vergnügen. Suse war geschickt, sie zeigte der Freundin allerlei zierliche Dinge und lachte dann hell auf, wenn Lilos ungeschickte Fingerchen sich vergeblich mühten, es nachzubilden.

Es war merkwürdig, ihrer Suse nahm Liselotte nichts übel. Während sie zu Hause und auch im Kränzchen gerade nicht die Verträglichste war, während sie bei Norberts Neckereien sofort zetermordio schrie, lachte sie, wenn Suse sie schelmisch uzte, mit dieser um die Wette. Sie war mit allem, was Suse vorschlug, einverstanden, das Zankteufelchen wagte sich im Bertramschen Haus nicht hervor. Für die Mutter die Tablettdecke war fast fertig, Vaters Pulswärmer, die er mal tragen sollte, wenn er wieder Influenza hatte oder ganz alt war, wiesen zwar einige große Prudellöcher auf und paßten besser für Kurtchens kleine Ärmchen als für Vaters, aber sonst waren sie ganz wunderschön! Großmama und Großpapa durften dieses Jahr auch nicht leer ausgehen. Liselotte hatte auf weißem Kartonpapier allerliebste kleine Primelchen gezeichnet und mit bunten Stiften ausgetuscht. Es sollten Blumentopfmanschetten für die vernachlässigten Primelchen werden. Vorläufig erst eine, sie konnte ja jedes Jahr eine dazu arbeiten, in zwölf Jahren war sie dann damit fertig – wenn die Primelchen inzwischen nicht eingegangen waren. Großvater bekam einen Tabaksbeutel – er rauchte gern einmal ein Pfeifchen – mit Goldfischen darauf gestickt.

„Was machst du deinen Brüdern?“ fragte Suse sie eines Tages.

„Nischte nich,“ lautete Liselottes Antwort auf gut schlesisch. „Sollt' mir einfallen, mich für die dummen Jungs auch noch abzuquälen.“

Suse sah sie groß an. Dann meinte sie leise: „Das finde ich nicht nett von dir, Lilo!“

Der ärgerlichste Tadel hatte Liselotte nie so getroffen wie diese liebevoll gesprochenen Worte der Freundin.

Sie senkte einen Augenblick den Kopf, hob ihn dann gleich wieder energisch empor und schüttelte ihre Locken, als ob sie damit alle überflüssigen Gedanken abschütteln wollte.

„Quatsch mit Soße, Suse, tu mir den Gefallen und mach' nicht ein Gesicht wie Fräulein Rau, wenn sie mich abkanzeln will. Siehste, erstens kann man für Jungs überhaupt nichts arbeiten, sondern nur für Schwestern, und zweitens habe ich keine Gelder mehr. Ratzenkahl abgebrannt! Ich werde wohl Norbert sowieso noch anpumpen müssen."

„Also dazu sind Jungs gut genug, zum Anpumpen –" lachte Suse. „Was du schlau bist! Aber du hast schlecht gewirtschaftet, Lilo, sieh mal, ich bekomme kaum die Hälfte von dem Taschengeld, das du kriegst, und es hat für alle gereicht. Ich habe sogar noch eine Kleinigkeit übrig, um den Kindern unserer Waschfrau eine Weihnachtsfreude zu bereiten."

„Ja du" – sagte Liselotte in bewunderndem Tone – „du bist auch meine einzige, liebe Suse, die alles kann und alles versteht – und ich bin ein Scheusal, das nichts kann als Dummheiten machen und allenfalls noch – ihre Suse lieb haben!" Und zur Abwechslung gaben sie sich wieder mal einen Kuß.

Aber Liselotte konnte doch noch mehr als Dummheiten machen. Sie hatte eine allerliebste Idee zur Ausführung gebracht, allerdings mit dem von dem gutmütigen Norbert erpumpten Gelde.

Jede Kränzchenschwester sollte einen kleinen Karton mit Briefbogen erhalten. Auf dem Deckel hatte sie höchst genial ein Kränzchen entworfen, bestehend aus allen dem Freundschaftsbund angehörigen Kränzchenblümelein. Die Briefbogen aber wurden für jede einzelne mit ihrer Blume geschmückt. Nur Suses Briefbogen zeigten einen wilden Rosenzweig, der sich zärtlich um ein Blauveilchen rankte.

Nicht einmal ihrer Suse hatte das kleine Mädchen etwas von der großen Überraschung verraten, denn vor Weihnachten dürfen auch die allerbesten Freundinnen Geheimnisse voreinander haben.

Sie wußte gar nicht, wie sie mit der vielen Malerei fertig werden sollte. Manchmal war sie drauf und dran, ihre Schularbeiten ein wenig ins Hintertreffen zu bringen. Aber sie hatte es ihrer Muttel ja versprochen, zu Weihnachten wieder heraufzukommen, und dann – sie wollte so schrecklich gern recht nahe bei Suse sitzen. So tat sie nach wie vor ihre Schuldigkeit.

„Eine Hundearbeit!" seufzte sie eines Tages nach dem Abendbrot. Denn das halbe Stündchen, das sie noch aufbleiben durfte, nahm sie nicht, wie sonst, zum Spielen, sondern sie malte mit feuerroten Backen an Vaters großem Zeichentisch mit diesem um die Wette.

„Muß sich mein Herzenskind so arg quälen," lachte Vater, „na, was gibt's denn noch alles zu tun?"

„Sieh nur, Vaterchen, das Maßliebchen wird gar nicht schön, es sieht aus wie eine Sonnenblume, und dann muß ich noch den Glücksklee malen und die Glockenblume – ach, und übermorgen ist schon Weihnachten!" Liselotte zog ihr Gesichtchen in schwere Sorgenfalten.

„Jetzt aber geht's schlafen, Kind, sonst findest du morgen wieder nicht aus den Federn," rief die Mutter aus dem Nebenzimmer.

Liselotte schnitt ein Gesicht. Gerade immer, wenn sie im besten Arbeiten war, mußte sie zu Bett gehen! Sie hatte es doch wirklich zu schlecht!

Aber sie wagte keine Widerrede, wäre sie doch bei einem Haar heute zu spät in die Schule gekommen.

Als Liselotte am anderen Morgen noch schnell einen Blick auf ihre künstlerischen Briefbogen warf, da machte sie große Augen. In der Nacht waren die Heinzelmännchen bei Baumeisters gewesen, sie hatten die Maßliebchen, die Liselotte nicht herausbekam, so wunderhübsch gezeichnet, als seien sie soeben frisch erblüht. Glücksklee und Glockenblume waren über Nacht auf dem Briefpapier gewachsen, und Liselotte war nun all ihrer Sorgen ledig.

„Hurra – die Heinzelmännchen!" rief sie selig und wirbelte wie ein Irrwisch im Kreise herum, sprang dann ihrem vergnügt lächelnden Vaterchen mit einem Satz aufs Knie und gab ihm einen zärtlichen Kuß mitten auf die Nase. Das kleine Fräulein wußte ganz genau, wer die guten Heinzelmännchen waren.

Nun konnte der Heiligabend kommen – Liselotte war fertig. Erst aber kam noch etwas anderes, nämlich die Weihnachtszensuren.

Rosenelfchen strahlte. Nicht nur, daß sie im Betragen „lobenswert" hatte, sie war auch wieder auf ihren vierten Platz gerutscht neben Hanni Diefenbach, und Fräulein Rau hatte ihr überdies ihre Anerkennung ausgesprochen. Nur eins war betrübend, Suse war von ihrem ersten Platz heruntergekommen, weil sie doch gar zu lange gefehlt hatte, da fühlte Liselotte wieder die ganze schwere Schuld.

Und besonders, weil Amtmanns Lenchen sich noch brüstete, daß sie die Suse Bertram nun doch glücklich „heruntergekriegt“.

Endlich, endlich kam auch der Heiligabend.

Lautlos, auf weichen, silbrigen Schneesohlen kam er, Hand in Hand mit der Dämmerung durch das festlich weiße Winterland geschritten. Er blickte durch die Eisblumen am Fenster in jedes Haus, in jedes Hüttlein, und lächelte Glück und Freude hinein. Kein Mensch hörte seine Stimme, und doch vernahm ein jeder seinen Willkommensgruß: „Friede auf Erden!“

Auch zu Baumeisters Rangen kam er. Dort war sein Friedensgruß gerade sehr angebracht, denn nicht einmal vor der Bescherung hielten die kleinen Streithammel Ruhe.

Der Neinerich schrie gerade: „Nein – iß will aber niß mehr in dem ollen Dunkeln sein,“ und der Weinerich brüllte noch lauter: „Er will nu seine ßönen Deßenke triegen!“ Heinz aber schlug mit den Füßen nach der Schwester, die ihn mit Gewalt an seinem Kittel von dem Schlüsselloch wegziehen wollte. Und er wollte doch bloß mal sehen, ob's denn noch immer nicht losginge.

Da wurde es mit einemmal still in der Kinderstube – ganz still. Keines der Kinder sah den Heiligabend, der durch das Fenster spähte, und doch empfand ein jedes seine heilige Nähe.

Aber als jetzt endlich das Klingelzeichen ertönte, und blendender Lichterglanz durch die geöffnete Tür in das Dunkel des Kinderzimmers flutete, da streiften die wilden Rangen wieder den seltsamen Bann, der sie gefangen gehalten, im Nu ab. Sie drängelten, sie schubsten, sie überpurzelten sich fast – ein jeder wollte der erste im Weihnachtszimmer sein.

Während des Weihnachtsliedes und der Gedichte mußte Mutter Kurtchen zweimal von Edchens Platz wegholen, wo er inzwischen immer von den seinen Spielsachen seines Brüderchens Besitz ergriffen. Dann aber gab es endlosen Jubel.

Am glücklichsten war Liselotte. Die hielt ein großes Blatt weißes Papier in der Hand, auf dem ein Rodelschlitten gemalt war, der die Schneeberge pfeilschnell herabschoß. Darunter stand: „Eine Erholungsreise mit Suse Bertram in Rübezahls Winterreich!"

Sie sah nicht die neue Babypuppe, die sie sich so sehnlichst gewünscht und die Muttchen mit einer ganzen Ausstattung versehen, nicht den allerliebsten kleinen Blumentisch mit den winzigen Kakteentöpfchen von der lieben Großmama und das Goldfischglas vom Großpapa. Sie sprang wie „besessen" – das war Norberts Ausdruck – mit ihrer Erholungsreise im Zimmer umher, und trat dabei Kurtchens neuen Trommler mausetot, was ein bitterliches Trauergeheul zur Folge hatte.

„Vatel – Muttel – ich freue mich ja diebisch – darf ich es Suse heute abend noch sagen – bitte – bitte – ich möchte ihr doch so gern auch meine Überraschung bringen," sie wollte sofort hinaus und Hut und Mantel holen.

„Hiergeblieben, Sausewind," befahl aber da der Vater, „ist das eine Manier, einfach wegzulaufen, ehe man sich die schönen Sachen, an denen die liebe Mutter viele Abende genäht, auch nur angeschaut hat. Ich hätte mein Mädel nicht für so undankbar gehalten."

„Ach, Muttel – Muttchen," jetzt erst griff Liselotte nach ihrem Wickelkind – „ich bin ja ganz dösig vor lauter Freuen – es ist so gut von dir, daß du mir das alles selbst gemacht hast – süß ist mein neues Kind, und Suse soll es heißen – ach, Muttchen, auch richtige Windelhöschen," des Töchterchens ganzer Jubel an dem jüngsten Puppensprößling brach jetzt erst durch. Mutter konnte mit dem Erfolg ihrer Mühe zufrieden sein.

„Schafsbock ich –". Liselotte schlug sich plötzlich, als sie gerade halb freudig, halb beschämt die Gaben der lieben Großeltern betrachtete, vor die Stirn. Sie hatte ja ihre Weihnachtsarbeiten total vergessen. Nun aber holte sie dieselben schleunigst aus ihrem Versteck, dem Hühnerstall, hervor.

Mutter strich ihrem fleißigen Mädel lobend über das widerspenstige Haar, sie freute sich herzlich, daß ihr Töchterchen endlich einmal bei einer Arbeit Ausdauer gezeigt. Und Vater zog die Pulswärmer lachend auf den kleinen Finger, wofür sie gerade passend erschienen. Dann kam

Norbert mit seinen Kerbschnitzereien – für Liselotte hatte er ein niedliches Bürstchen fabriziert, das er ihr mit den Worten: „Da, Kleinchen, weil du solch eine Kratzbürschte bist," überreichte.

Aber Liselotte vergaß seine Schmeichelei mit gleicher Münze heimzuzahlen – „er hat an mich gedacht – er hat sich für mich gemüht, während ich ihn nur angepumpt habe," dachte sie ziemlich beschämt. Sie hätte etwas darum gegeben, wenn sie jetzt auch etwas für die Brüder in Bereitschaft gehabt hätte. Na, aber nächstes Jahr bestimmt! Die Kleinen vermißten die Liebesgaben der Schwester übrigens durchaus nicht. Neinerich und Weinerich balgten sich brüderlich um eine heruntergefallene Pfeffernuß, während Heinz ein beängstigendes Interesse für Bruder Norberts neues Aquarium an den Tag legte.

„Solch Quarium ist noch viel famosiger als meine Laterna Maikäfer," meinte er bewundernd und liebäugelte sehnsüchtig mit Eidechse, Blindschleiche und Kaulquabben.

Liselotte aber hielt es nun nicht länger aus – sie mußte zu Suse. Norbert, in weihnachtlicher Liebenswürdigkeit, bot ihr sein Geleit an.

So zogen sie in die sternendurchblitzte Christnacht hinaus und zählten die Weihnachtsbäume, die man durch die Scheiben glitzern sah.

„Suse – eine Überraschung!" damit stürmte Liselotte in das Bertramsche Zimmer.

Aber jäh blieb sie in der geöffneten Tür stehen – sie wagte es nicht, ihren Augen zu trauen.

Da lag keine Suse mehr auf dem Sofa, sondern glückselig kam ihr die Freundin, zwar noch etwas langsam, in gleichmäßigem Gange entgegen. Die Heilung war glänzend vonstatten gegangen.

„Suse – das ist mein schönstes Weihnachtsgeschenk," flüsterte Liselotte unter Tränen und hielt die Freundin innig umfangen.

Aber auch Liselottes Überraschung wurde mit Jubel begrüßt – Suse wußte gar nicht, was sie zu so herrlichen Aussichten sagen sollte.

Lächelnd schaute das Wachsengelchen droben an der Spitze des glitzernden Tannenbaumes auf das Glück der beiden Kinder herab.

9. Kapitel. In Rübezahls Winterreich

Lustig schüttelte Frau Holle ihre Flockenfedern über das Riesengebirge aus. Es war echtes, rechtes Weihnachtswetter. Jeder Baum, jeder Strauch, ja auch das kleinste Zweiglein trug ein schneeweißes Feiertagskleid. Die hohen Berge hatten schlohweiße Allongeperrücken aufgesetzt, und die Häuslein im Schreiberhauer Tal trugen jedes eine dicke schneeige Pelzkappe.

Ein übermütiges Völkchen war es, das sich da im lustigen Flockengewirbel in Herrn Rübezahls Winterreich tummelte. Jauchzende Stimmen, helles Lachen und jubelnde Juchhurufe durchschnitten die klare, reine Bergluft.

Hier brausten die kleinen Rodelschlitten mit ihren rotbackigen und rotnasigen Insassen zu Tale, dort purzelten lachende Skiläufer und -läuferinnen auf den langen, spitzen Holzschuhen in den tiefen Schnee. Dazwischen erklangen fröhliche Kampfrufe bei ausgelassener Schneeballschlacht, und die Schlitten ließen ihre Glocken unternehmungslustig erschallen.

In dem warm durchheizten Lesezimmer des großen Hotels standen drei Kinder und hauchten voll Staunen Löcher in das schlanke Eispalmenmuster der hohen Fensterscheiben.

„Ist das schön – ist das märchenhast schön," sagte die Blonde leise und schaute andächtig in die Zauberwelt des Winters hinaus.

„Ein famoser Jux – hurra, das sollen mal feine Tage werden!" Die Braune rief es mit blitzenden Augen.

„Heiliges Kanonenrohr – was stehen wir denn hier noch wie die Ölgötzen, anstatt uns gleich ins Kampfgetümmel zu stürzen, komm, Kleinchen," der um einen Kopf größere Knabe gab seiner braunlockigen Nachbarin einen auffordernden Stoß mit dem Ellenbogen.

„ En avant, Riese Goliath, an die Arbeit, Blauveilchen, jede Minute ist kostbar," die Schwester war heute ungewöhnlich friedfertig.

Es bedarf wohl nicht erst einer Vorstellung, jeder hat sicher Baumeisters älteste Rangen und Suse Bertram in den jungen Herrschaften erkannt.

Wie der Wind wollten die drei durch das Lesezimmer ins Vestibül eilen. Aber Vater, der in einem ledernen Klubsessel seine Zeitung studierte, packte die vorüberrasende Liselotte beim Rattenschwänzchen.

„Nicht so hitzig, fünfter Junge, was meinst du wohl, wozu ich dich mitgenommen habe – bloß um zu rodeln und zu schneeballen – fehlgeschossen, erst hast du Hausfrauen- und Mutterpflichten an mir und Norbert zu üben. Droben stehen unsere Koffer noch unausgepackt, wollen sich die jungen Damen nicht ihrer erbarmen? Norbert mag inzwischen mit mir einen Spaziergang zur Josephinenhütte machen, denn wenn der euch da oben auf der Pelle sitzt, kommt nichts weiter als Unfug heraus."

Des Töchterchens hübsches, lachendes Gesicht wurde mit einemmal ganz brummig. Was – sie sollte hier im Zimmer hocken, anstatt sich draußen in der herrlichen Schneelandschaft zu tummeln, sie sollte hier Hausfrauenpflichten üben – na, dazu war sie doch wahrhaftig nicht mitgereist!

Suse schien die unzufriedenen Gedanken, die der Freundin ganz deutlich auf die Stirn geschrieben waren, gar nicht zu bemerken.

„Komm, Lilo," sie schlang zärtlich den Arm um die Schulter der Freundin, „wie nett, daß wir auch einmal etwas für deinen lieben Vater tun dürfen und ihm ein klein wenig unsere Dankbarkeit für die wunderschöne Reise beweisen können!"

Liselotte machte ein ziemlich verdutztes Gesicht dazu. So hatte sie die Sache wahrlich nicht aufgefaßt! Da stand auch schon wieder der eklige Norbert, der sein Schwesterchen in- und auswendig kannte, mit seinem krummgezogenen Buckel und nickte ihr unaufhörlich vorwurfsvoll zu. Wenn der alte, vornehme Herr nicht neben ihnen gesessen, dann hätte der Neckpeter jetzt ganz sicher eine schwesterliche Backpfeife fortgehabt. Aber vorläufig benahm sich Liselotte noch zahm und trat ihm nur im Vorübergehen erbost auf sein Hühnerauge.

Warum hatte sie sich nun eigentlich bloß geärgert, daß sie auspacken sollte? Liselotte wußte es nach fünf Minuten selbst nicht mehr. Es ging ja so lustig dabei zu, die beiden Mädelchen kicherten so herzlich bei ihrer

Arbeit, daß eine nebenan wohnende Dame sie die beiden Lachtäubchen taufte.

Sie hatten aber auch allen Grund zum Lachen. Wenigstens Suse! Denn Liselotte stellte sich so unglaublich ungeschickt und ungewandt bei dem neuen Amt an, daß Suse, die ihrer Mutter schon lange in allem zur Seite war, aus dem Lachen nicht herauskam.

„Aber Lilo – die Morgenschuhe doch nicht auf das Fensterbrett, die gehören doch in den Nachttisch – nein, so ein Mädel, da baut sie Pfefferkuchen und Marzipan neben Kamm und Zahnbürste auf, das ist doch eklig – und deine schöne weiße Sportmütze doch nicht zu den Stiefeln – Herrgott, bist du noch dumm, meine kleine Lilo!"

„Oho – Respekt, ich bin zwei Monate älter als du, Knirps," meinte Liselotte keine Spur empfindlich, „warte, wenn du dich über solch eine alte, würdige Dame, wie ich es im Vergleich zu dir, Kiekindiewelt, bin, lustig machen wirst!" Die alte, würdige Dame faßte den Kiekindiewelt rund um die Taille und wirbelte mit ihm zwischen Gummischuhen, Wäsche, Regenschirmen und Pelzsachen jauchzend im Zimmer umher, denn Suse wußte nichts mehr von einem kranken Fuß.

„Na, ihr seid mir ja zwei nette Hausfrauen, hast du die Mutter vielleicht schon mal beim Auspacken im Zimmer herumspringen sehen," lachend stand der Vater mit Norbert in der Tür.

Suse wurde rot und genierte sich ein wenig. Liselotte aber flog dem Vater wie ein Federball um den Hals.

„Gottvoll war's – haben wir gelacht – ihr habt euch sicher nicht so fein in der Josephinenhütte amüsiert, und dabei haben wir alles ganz schrecklich ordentlich gemacht!"

„Mehr schrecklich als ordentlich" – Norbert wies spöttisch auf das lustige Durcheinander auf dem Fußboden.

„Mach' dir's doch selber", Zankteufelchen wurde gleich wieder patzig und schleuderte Norbert geschickt einen seiner Morgenschuhe gegen den blonden Schädel.

„Du, es setzt Katzenköpfe!" drohte der Bruder.

„Jetzt kommt aber die Belohnung für euren Fleiß," zum Glück für die Erhaltung des europäischen Friedens mischte sich Vater ins Gespräch.

„Was denn – bitte, was denn, Vatel?“ Liselotte brannte vor Neugier.

„Erst fertig einkramen und dann warm vermummen, daß sich keins erkältet,“ im Nu wurde Vaters Anordnung Folge geleistet.

Und dann ging es hinunter. Unten vor der Tür standen kleine Rodelschlitten, hellgelb – mit einem Jubellaut saß Liselotte auch schon auf dem einen.

„Sind das unsere, Vaterchen, sollen wir die haben – au fein!“ sie wollte gleich losfahren.

Aber Vater, der schon öfters den Herrn Rübezahl zur Winterszeit in seinem Reich aufgesucht hatte, hielt es doch für ersprießlich, den Kindern erst einige Anweisungen, wie mit den Absätzen zu steuern, wie zu bremsen usw., zu geben, „denn wir haben an einem Beinbruch genug, nicht wahr, Suse?“

„Ach, wir sind ja schon so oft mit unserem kleinen Kinderschlitten den Eierberg zu Hause herabgegondelt – wir kennen den Rummel aus dem Effeff, was, Norbert?“ Liselotte kletterte allen voran den Schneeabhang hinauf und zog ihren kleinen Schlitten hinter sich her.

Suse aber kannte den Rummel nicht aus dem Effeff. Die sah mit recht bänglichen Augen den sanft geneigten Abhang hinunter.

„Juchhu“ – da flog die Liselotte schon an ihr vorbei jubelnd zu Tale.

„Holdrio-o-o,“ da folgte auch Norbert seinem mutigen Schwesterchen.

„Na, Suse, nun kommst du dran,“ meinte der Herr Baumeister, der als letzter den Beschluß machen wollte, freundlich.

„Ich – ach, ich mag nicht – ich glaube, es ist für meinen Fuß nicht gut, Doktor Peters meinte, ich dürfte ihm noch nicht allzu viel zumuten,“ Suse wurde ganz rot, denn flunkern tat sie für gewöhnlich nicht.

„Nun, Kind, wenn es dir keine Freude macht, dann läßt du es eben, es soll ein jeder vollen Genuß von seiner Reise haben. Komm, koppele deinen Schlitten an den meinen und lauf' so hinab,“ Suse tat erlöst, wie ihr geheißen.

„Hach, so 'ne Memme!“ empfing Rosenelfchen ihr Blauveilchen unten.

Suse errötete bis zu dem blonden Seidenhaar.

Aber Norbert schwang sich, trotzdem er in den Flegeljahren war, zu ihrem Kavalier auf.

„Schäme dich, Lilo, es braucht doch nicht jedes Mädel so jungenhaft zu sein wie du – bist mir ja eine nette Freundin!"

Jetzt war die Reihe, rot zu werden, an Liselotte.

„Ich bin ein Greuel, Suse, sei mir nicht böse," bat sie. Suse reichte ihr schon wieder versöhnt die Hand.

Von nun an machte Liselottes Vater, wenn seine zwei Rangen sich auf der Rodelbahn oder beim Skilaufen austobten, mit Suse Bertram und einem bekannten Ehepaar weite Spaziergänge in die wunderbare Winterwelt. Dabei lernte er den ganzen Gefühlsreichtum des kleinen Mädchens kennen, und er war glücklich, eine solche Freundin für sein Töchterchen zu haben.

Aber beim Schneeballen da durfte auch Suse nicht fehlen, und es war wirklich rührend anzusehen, wie Norbert bestrebt war, seine festen Jungsbälle möglichst sanft an Suses Kopf und Näschen gelangen zu lassen.

Liselotte dagegen wurde „feste" bombardiert.

„Au nich doch – nich so doll, du oller Grobian, warte – das wird aber gerächt," und hui – flog ein mächtiger Schneeball, von Liselottes Hand kunstvoll geschleudert, dem Bruder gegen die Nase. Die begann natürlich sofort zu bluten, und Norbert mörderisch zu schimpfen, aber das tat dem Vergnügen keinen Abbruch.

Liselottes Schneebälle, die „saßen", wie der fachmännische Ausdruck der Tertianer lautete, wo die hinschlugen, da wuchs kein Gras mehr.

Zu dieser traurigen Erkenntnis sollte auch ein Herr kommen, ein junger Student, der gerade mit einem Freunde den Kampfplatz durchquerte. Liselotte hatte ihr Lebtag nicht danach gesehen, ob sie irgendwelchen Schaden anrichtete, und nun gar im Kugelregen! So geschah es, daß der auf Norbert gezielte Schneekloß eine unbeabsichtigte Bahn nahm und dem nichtsahnenden Musensohn fast ein paar Backenzähne einschlug.

„Potzelement, seht euch doch vor!" räsonierte der junge Herr und hielt sich seine Backe.

Liselotte kicherte wie ein Kobold in ihre Muffe hinein, während Suse sie entsetzt anstarrte.

„Du mußt dich entschuldigen – schnell – lauf hinterher – oder tu's heute mittag bei der Table d'hôte, der Herr wohnt in unserm Hotel."

„Piepmatz – fällt mir nicht im Traume ein – so 'n junger Knopp, hat ja kaum 'nen Schnurrbart, gegen den bin ich ja ne Dame!“ Liselotte reckte ihr kleines Figürchen gewaltig.

„Was bist du, eine Dame – hahaha – kapitaler Witz – ein Quack bist du, ein ganz kleines Jör, das sich eben höchst ungezogen benommen hat,“ fiel Norbert herausfordernd ein.

Das ließ sich Liselotte nicht gefallen. Das Zankteufelchen sprühte ihr aus den Augen.

„Und du – du bist ein Großmogul – dämlicher Bengel“ – sie ergriff in Ermangelung von Kurtchens Kinderstühlchen, der zu Hause stets für Kriegszwecke benutzt wurde, den ersten besten Rodelschlitten und ging damit auf den sie durch Fratzenschneiden immer noch mehr reizenden Bruder los.

„Aber Lilo – pfui, Lilo!“ Vergebens versuchte Suse die Freundin zurückzuhalten.

Erst als hinter ihr eine tiefe Stimme erschallte: „Was ist denn das hier für ein Spektakel, schämt ihr euch gar nicht, den andächtigen Frieden der Winternatur so zu stören,“ ließ das aufgebrachte Mädchen ihre merkwürdige Waffe sinken und sah sich ein wenig erschreckt um.

Aber ihre Blauaugen wurden größer und größer – war das der Herr Rübezahl? Gerade so, wie er in ihrem Märchenbuche abgebildet, wie er hier allenthalben in den Verkaufsbuden auf Kästen und Pfeifen anzuschauen, stand er da. In seinem langen, weißen Bart hingen Eiszapfen.

„Der Herr Rübezahl duldet keine lärmenden Kinder in seinem Reich!“ damit schritt der Alte in den silbernen Bergwald.

Mit weitaufgerissenem Munde starrte Liselotte hinter ihm drein.

„Das war er – das war er bestimmt!“ flüsterte das sonst so kecke Mädel ganz eingeschüchtert.

„Wer denn – wer?“ fragte Suse erstaunt.

„Er – der Herr Rübezahl selber – hast du nicht seine buschigen Augenbrauen gesehen und den langen Eisbart – und er hat es ja selbst gesagt, der Herr Rübezahl duldet so etwas nicht – – –“ das wilde Kind blickte immer noch scheu über das Schneefeld zum Walde hin.

„Ach, Lilo, du bist ja verdreht – – –"

„Nein, sie ist gar nicht verdreht," fiel jetzt Norbert ein, der es für ersprießlich erachtete, ein Schreckgespenst für seine kampflustige Schwester, die sich sonst nicht vor Tod und Teufel fürchtete, bei der Hand zu haben. „Sicher war das der Herr des Riesengebirges, und wenn du noch mal so unverschämt bist, dann verwandelt er dich einfach in eine Gans – wird ihm übrigens nicht allzu schwer werden, die Verwandlung," setzte er schon wieder nörgelnd hinzu.

Aber Liselotte stand noch unter dem Eindruck der Erscheinung des Riesengebirgsgeistes. Sie hatte ein phantastisches Köpfchen, und wenn sie als Schülerin der vierten Klasse auch nicht mehr an Verwandlungen glaubte, daß Rübezahl hier in den Bergen hauste, das stand doch bombenfest. Sie blieb merkwürdig nachdenklich und bescheiden.

Auch mittags bei der Table d'hôte wirkte der Herr Rübezahl noch so weit auf sie ein, daß sie den Vorstellungen Suses nachgab und sich herabließ, sich bei dem jungen Herrn, der mit einer blauen Backe zur Table d'hôte erschien, zu entschuldigen.

„Aber was sage ich denn bloß – liebste, beste Suse, was soll ich denn bloß sagen?" Abbitten war für den kleinen Trotzkopf immer etwas Mißliches, und einem Fremden gegenüber noch viel peinlicher. Liselotte, die sonst stets den Mund auf dem richtigen Flecke hatte, tat auf einmal ganz kleinlaut.

„Du sagst einfach: entschuldigen Sie, bitte, aber ich habe es nicht gern getan," Suse schob die Freundin unauffällig zu jener Ecke.

Nun stand die Liselotte vor dem blaubäckigen Herrn.

„Entschuldigen Sie, bitte – aber – aber es war zu komisch, wie mein Schneeball Sie traf," drehte sie plötzlich Suses Worte um.

Die Herren blickten belustigt auf die hübsche Kleine.

„Ein Gruß von einer jungen Dame freut mich immer, selbst wenn er ein wenig schmerzhaft ist," sagte der junge Herr galant.

Liselottes Gesicht verklärte sich.

Eine junge Dame war sie, trotzdem sie um Entschuldigung gebeten hatte – das mußte sie sofort Norbert unter die Nase reiben.

Sie stürmte recht wenig damenhaft im Hopsaschritt davon.

Die Bekanntschaft mit den beiden Studenten, die einen so feindseligen Anfang gehabt, entwickelte sich nun aufs freundschaftlichste. Die beiden fanden an den niedlichen Mädelchen und dem aufgeweckten Jungen Gefallen, und da auch sie dem Herrn Baumeister sympathisch waren, unternahm man manch gemeinsamen Ausflug miteinander.

Zum Zackenfall stiegen sie empor, der donnernd zur Tiefe stürzt, der in Milliarden und aber Milliarden von Wassertropfen zerstäubt, und den auch der grimmste Winter nicht in Eisesfessel zu schlagen vermag.

Suse stockte der Atem vor dieser Allgewalt der Natur, sie preßte sich fest an Liselottes Seite. Die aber fühlte sich durchaus nicht überwältigt, sie redete unaufhörlich – „wie ein Wasserfall“, sagte der Schneeballstudent.

Aber auch den Riesengebirgskamm erkletterten die kleinen Hochtouristen. Ausgerüstet wie zu einer richtigen Gletschertour mit Rucksack, Nagelschuhe und Bergstock, so stiegen sie zur Neuschlesischen Baude auf. Es war kein leichtes Stück Arbeit, denn der Schnee war hart gefroren – man rutschte – man kreischte – man purzelte – stand wieder auf. Solch kleine Extratour erhöhte das Vergnügen nur noch. Von der Baude ging es weiter über die weiten, unabsehbar weißen Schneefelder, die im Sonnenschein wie lauter Silber flimmerten.

„Wie tapfer unsere kleinen Damen marschieren,“ meinten die Studenten anerkennend. Und Vater setzte hinzu: „Wenn meine Krabben sich beim Klettern so ausdauernd zeigen, nehme ich sie bald mal mit auf die Gletscher nach Tirol!“

Liselotte machte vor Freude einen Luftsprung, und im nächsten Augenblick lag sie mit der Nasenspitze im Schnee.

Aber als man endlich auf der Schneegrubenbaude anlangte, da fühlten die jungen Fräulein ihre Füßchen doch ganz gehörig, das kribbelte darin von der Kälte wie Selterwasser, und die Nasen leuchteten purpurn gleich Sonnenuntergang.

„Rosenelfchen hat eine Nase wie eine Rosenknospe,“ ärgerte Norbert sein Schwesterchen.

„Und du hast eine wie 'ne Mohrrübe!“ übertrumpfte ihn Liselotte.

„Wir sehen alle nicht viel besser aus," lachte der Student, „aber seht mal den Alten dort drüben in der Ecke, an dessen Nase kann man ein Nordlicht anzünden!"

Die Kinder drehten, trotzdem es nicht gerade schicklich war, den Kopf.

„Rübezahl!" entfuhr es Liselotte jäh.

„Getroffen," lachte der junge Mann, „der Herr des Gebirges in höchsteigener Person, nun heißt's aber schön brav sein!"

Ob der Berggeist Liselottes Ausruf gehört hatte, oder ob er die kleinen Raufbolde von neulich wiedererkannte, er drohte ihnen schmunzelnd mit seinem Krückstock und verließ die Baude.

Liselotte stürzte zum Fenster, da sah sie ihn in einem Nebelgewoge verschwinden. Nun war sie fest überzeugt davon, daß kein anderer als der Herr Rübezahl ihnen schon zweimal begegnet sei. Sie eilte zu dem Platz, auf dem er gesessen, ob die Tasse, aus der er getrunken, sich nicht in pures Gold verwandelt habe, wie es bei einem Berggeist so üblich – aber die Tasse war und blieb aus gang gemeinem Porzellan. Suses Scherzen gegenüber tat Liselotte allerdings, als ob sie über jeden Aberglauben erhaben sei, aber ganz im innersten Herzen sah es anders aus. Sie nahm sich fest vor, falls er ihr ein drittes Mal erscheinen sollte, sich aber bestimmt etwas Feines zu wünschen, denn man mußte die Gelegenheit dreist beim Schopfe packen, so stand es in ihrem Rübezahlbuch.

Der Abend wurde auf der Schneegrubenbaude zugebracht, denn am nächsten Tage sollte die Hochtour weiter zur Prinz-Heinrich-Baude gehen. Von dort aus beabsichtigte man dann per Hörnerschlitten über Agnetendorf ins Hotel zurückzukehren.

Es war der schönste Abend in Liselottes und Suses elfjährigem Leben. Zuerst wurden Gesellschaftsspiele arrangiert, und all die großen Leute, die auf der Baude übernachteten, spielten mit. Einfach gottvoll war's!

Und dann wurde getanzt. Ein Grammophon machte die Musik dazu, alles tanzte. Sogar die jüngsten Damen der Gesellschaft, Rosenelfchen und Blauveilchen, wurden von den Studenten aufgefordert. Sie waren nicht wenig stolz darauf, daß nicht nur Vater und Norbert, sondern auch fremde Herren mit ihnen tanzten. Es war doch gut, daß Liselottes Schneeball die Bekanntschaft vermittelt hatte.

Am nächsten Morgen aber, als die beiden Mädchen durch das Fenster ihres gemeinsamen Zimmerchens schauten, da sah es aus, als ob sie in das Land der Schneekönigin blickten. Die Silberflocken wirbelten im lustigen, wilden Tanze um die Baude, noch toller, als Liselotte und Suse am Abend vorher. Graue, gespenstische Wolken jagten als große, zerrissene Nebelfetzen über den Gebirgskamm, man mußte von einer Fortsetzung der Wanderung Abstand nehmen. Zum Glück standen Hörnerschlitten oben bereit, und wie der Wind sausten sie jetzt durch das dichte Flockengetriebe ins Schreiberhauer Tal hinab.

Suse hatte wahnsinnige Angst, sie umklammerte Liselottes Arm so fest, daß diese: „Au – kneif' mich doch nicht so!" losbrüllte.

Den Weg, zu dem sie viele Stunden beim Aufstieg gebraucht, brausten sie jetzt wie die wilde Jagd in wenigen Minuten hinab. Dagegen war die schönste Jahrmarktsrutschbahn bloß „madig".

Wie die Schneemänner sahen sie aus, als sie endlich glücklich in ihrem Gasthaus anlangten.

Als der Schneefall nach einigen Stunden aufgehört hatte, glich der Platz vor dem Hotel einem großen Bildhaueratelier. Die Gäste hatten sich sämtlich in fröhliche Künstler verwandelt. Der frisch gefallene Schnee ließ sich wie Ton ballen und kneten und sah aus wie der weißeste karrarische Marmor. Bald entstanden allenthalben Statuen. Unter den drolligen Gebilden, aus denen die Phantasie ebensogut einen Elefanten wie eine Göttin herauslesen konnte, war auch manches von wirklich künstlerischem Wert. So erregte der aus Schnee geformte Skiläufer des Baumeisters Günther allgemeine Bewunderung.

Sein Töchterchen hatte das von Vater ererbte Talent in drastischer Weise benutzt. Ihr Rübezahl glich halb einem Eskimo, halb einem auf den Hinterbeinen schönmachenden Pudel.

Aber der Kopf mit dem langen Rübezahlbart und dem großen Schlapphut war unverkennbar.

Das fand wohl auch der alte Herr, der sich mit lustigem Gesicht hinter die kleine Künstlerin gestellt hatte und plötzlich mit einem „Also das kleine Fräulein versteht auch noch etwas anderes als nur zu raufen!" aus seiner Verborgenheit hervortrat.

Liselotte fuhr wie der Blitz herum.

Rübezahl – da war er selbst!

Aber dieses Mal wollte sie ihn nicht wieder so entwischen lassen, unbekümmert um die Umstehenden, rief sie mit erregter Stimme:

„Herr Rübezahl – ich wünsche mir einen neuen Federkasten mit der Schneekoppe und einen Federhalter mit Ansicht zum Durchgucken!"

Das waren augenblicklich ihre heißesten Wünsche.

Das allgemeine Gelächter, das sich rings erhob, machte das kecke Mädel verstummen. Irrte sie sich, oder hatte Rübezahl freundlich mit dem Kopf genickt? Ohne ein Wort zu sprechen, wandte er sich zum Gehen.

Liselotte blieb in begreiflicher Aufregung zurück. Suses Vorstellung, daß sie sich kindisch benommen habe, Norberts Neckereien, daß sie einen fremden Herrn angebettelt, und Vaters fröhlichem Lachen setzte sie erhabene Überlegenheit entgegen.

Aber am nächsten Tage lachte sie. Und wer zuletzt lacht, lacht am besten!

Da kam ein großes Paket an Fräulein Liselotte Günther. Und als sie dasselbe voll begreiflicher Neugier öffnete – und sogar den Bindfaden zerschnitt, damit es rascher ging, anstatt ihn aufzuknoten, was Mutter stets verlangte – da kamen drei prächtige Federkästen mit Schneekoppe und dem gewünschten Federhalter zutage. Dabei lag ein Zettel: „Für Liselotte und ihre beiden Gefährten von dem Berggeist Rübezahl."

„Was sagt ihr nun?" Liselotte sah triumphierend von einem zum andern.

„Daß sich jemand mit dir einen Scherz gemacht hat!" sagte Norbert von oben herab, nahm aber freudig von dem ihm zugedachten Kasten Besitz.

Als die Weihnachtsferien längst vorüber waren, und die kleine Gesellschaft neugestärkt und erfrischt wieder daheim bei Muttern, da liebäugelte Liselotte in so mancher Schulstunde mit ihrem Schneekoppenfederkasten. Und sie träumte dabei von den herrlichen Tagen im Winterreich des Herrn Rübezahls.

War er es nun selbst – oder war er's nicht – Baumeisters Liselotte hat es nie erfahren.

10. Kapitel. Kleinstadtfreuden

Es gab einen recht strengen, langen Winter diesmal in Schlesien. Die armen Leute stöhnten über die vielen teuren Kohlen, und die reichen ließen jeden Mittag einen Teller warmer Suppe mehr kochen, denn fast täglich stellte sich ein ausgehungerter und ausgefrorener Gast ein. Aber die Stadtjugend tummelte sich selig mit ihren blanken Schlittschuhen auf dem fest zugefrorenen Mühlenteich, dem die fahle Februarsonne nichts anhaben konnte. Und das Kränzchen blühte trotz Schnee und Eis.

Der Sonnabendnachmittag war der schönste Tag in der Woche, darin waren sich sämtliche Kränzchenblumen einig. Nicht nur, daß darauf der Sonntag mit seiner Schulfreiheit winkte, das Beisammensein der jungen Blümchen gestaltete sich auch von Mal zu Mal lustiger und anregender. Selbst den Müttern, die im Nebenzimmer den fröhlich lachenden Mädchenstimmen lauschten, erschien der Winter nicht mehr so grau und trostlos, denn der leibhaftige Frühling war ja nebenan eingekehrt.

Man las jetzt Maria Stuart mit verteilten Rollen, zwar reichlich früh, wie Frau Baumeister Günther meinte, denn ihre Lilo verstand sicher noch nicht den erhabenen Ernst der Dichtung. Aber da Liselotte gekränkt: „Bitte sehr, Muttel, ich habe am allermeisten dabei geheult," geäußert hatte, mußte die Mutter die Waffen strecken. Ja – heulen taten sie alle sechs bei ihrer Lektüre, aber das Regenwetter hielt zum Glück nicht lange vor. Die geringste Kleinigkeit, ein falsch betontes Wort, genügte schon, um die Lachmuskeln zu entfesseln und im Augenblick Sonnenschein hervorzuzaubern.

Wenn nur das Verteilen der Rollen nicht gewesen wäre! Dabei setzte es meist Streit und Zank. Denn auch Kränzchenschwestern sind nicht immer verträglich.

Die Maria Stuart, die arme gefangene Königin, wollte jede gern lesen, aber Elisabeth, die so schlecht zu Maria war, mochte keiner sein. Besonders Glücksklee und Rosenelfchen, die beide etwas herrschsüchtig waren und einen harten Schädel hatten, gerieten häufig aneinander. Keine gönnte der andern die Rolle.

„Ich lese viel seelenvoller als du, folglich muß ich den Monolog sprechen,“ spielte sich Hilde von Thielen auf.

„Du hast ja 'n Piepvögelchen, zieren tust du dich, und zwar eklig, daß man's gar nicht mit anhören kann, Fräulein Zierlappe, ich lese wenigstens natürlich,“ widersprach Liselotte.

„Das lasse ich mir nicht gefallen, sie hat Zierlappe zu mir gesagt, das sage ich aber meiner Mama,“ Glücksklee sprang empört auf.

„Kinder, seid doch bloß nicht so greulich zueinander, wir kommen doch zusammen, um fidel zu sein, und nicht, um miteinander zu zanken,“ begütigte Glockenblume.

Vergißmeinnicht aber zog ihr Kassenbüchlein aus der Tasche und notierte: „Glücksklee und Rosenelfchen je fünf Pfennig für Zanken.“ Es half nichts – jede mußte ihr Strafgeld entrichten. Danach war der Friede dann wieder geschlossen.

Die einzigen, die sich nie kabbelten, waren Rosenelfchen und Blauveilchen. Wenn Suse etwas sagte, nahm Liselotte Vernunft an, und wenn sie sich auch noch so sehr in eine Idee verrannt hatte. Abgesehen davon, daß sie die Freundin innig lieb hatte, konnte sie sich auch nicht von dem Gedanken frei machen, daß sie gegen Suse immer noch etwas gutzumachen habe.

Das Kränzchen hatte sich eine eigene „Kaschelbahn“ im Schulgarten glatt geschliddert, auf ihr Eis durfte keine andere. Liselotte hatte von Vaters Bauten eine verwitterte Tafel ergattert, die hatte sie an dem kahlen Kastanienbaum daneben befestigt. Darauf stand: „Unbefugten ist der Eintritt streng verboten.“

Heute aber hatte das Kränzchen anderes im Sinn, als Maria Stuart und Kaschelbahn. In der französischen Grammatikstunde gingen kleine Papierrollen herum. Zettelchen waren es, auf denen stand: „Versammlung sämtlicher Kränzchenblumen in der Zehnuhrpause am Kastanienbaum.“ Keine wußte, von wem die Zettelchen ausgingen, und was sie zu bedeuten hatten – alle brannten sie vor Neugier. Für die unregelmäßigen Verben hatte keine mehr auch nur die Spur Interesse, und es regnete Tadelstriche.

Als die alte, rostige Klingel zur Zwischenpause bimmelte, stürzte das Kränzchen zur angegebenen Stelle; Liselotte nahm sich nicht mal Zeit, ihr

Cape umzubinden und wurde von der inspizierenden Lehrerin zu ihrem Ärger zurückgeschickt.

Endlich standen die Kränzchenblüten vollzählig um den beschneiten Kastanienbaum. In ihrer Mitte Amtmanns Lenchen, die überhaupt nicht zum Kränzchen gehörte und keine Gelegenheit unbenutzt ließ, um sich „anzumeiern", wie es in der Kränzchensprache hieß. Sie machte ein höchst geheimnisvolles Gesicht.

„Nu sag' doch schon, was los ist, du willst dich bloß wichtig machen!" drängte Liselotte.

„Also heute ist Basarsitzung!" begann Lenchen großartig, nachdem sie sich noch ein Weilchen an den wißbegierigen Gesichtern geweidet hatte.

„Pah, na und – das wissen wir doch schon seit Adams Zeiten," fielen die Blümelein enttäuscht ein.

„Ja, aber was dort beschlossen werden soll, davon habt ihr keine blasse Ahnung," Lenchens Mutter war erste Vorstandsdame und leitete den alljährlichen Basar zum Besten des Armenhauses.

„Wahrscheinlich wieder solch mopsiger Kinderreigen wie im vorigen Jahre, wobei man sich die Beine ausrenken muß, gelt?" meinte Günthers Liselotte geringschätzig.

„Angeführt mit Löschpapier – etwas viel Feineres, eine Kindersinfonie soll der Herr Kapellmeister mit uns einstudieren und wir dürfen verkaufen helfen, vielleicht sogar in Kostümen, damit wir höheres Eintrittsgeld erheben können – ach, ich freue mich halbtot!"

Das Kränzchen war begeistert. Der alljährliche Basar bildete den Mittelpunkt der winterlichen Geselligkeit der kleinen Stadt; seit einigen Jahren wurden auch die Kinder der Vorstandsdamen dabei zugezogen.

In der darauffolgenden Geschichtsstunde war die Aufmerksamkeit eine recht geteilte. Das Kränzchen dachte entschieden mehr an Verkaufsbuden als an das Gotenreich.

„Geliebtes Hundeviechel, wir wollen beide ganz gleich angezogen gehen und in einer Bude verkaufen," schrieb Liselotte auf ihr Löschblatt an Suse Bertram, während Herr Doktor Schwarz das glorreiche Ende der letzten Gotenkönige vor der Klasse entrollte.

Suse machte ein betrübtes Gesicht. Weniger wegen des Todes Totilas als wegen Liselottes Zeilen. Sie war bisher noch nie zu diesen Basarveranstaltungen hinzugezogen worden, da ihre Mutter nicht dem Komitee angehörte. Sie fühlte sich plötzlich ausgestoßen aus der fröhlichen Gemeinschaft der andern Blümchen. Von ihren Veilchenaugen löste sich unbewußt eine große Träne.

„Nun, Suse Bertram, wenn dir das traurige Schicksal der gotischen Helden so nahe geht, so sollst du uns noch einmal das Erzählte wiederholen," sagte da Doktor Schwarz.

Suse, sonst stets eine aufmerksame Schülerin, hatte heute keinen Schimmer von der gestellten Aufgabe. Blutübergossen sah sie mit hilflosen Augen zum Katheder hin. Ihre Hand umklammerte wie einen Talisman Liselottes Löschblatt.

„Suse Bertram, hast du die Sprache verloren?" Doktor Schwarz war wegen seines Spotts gefürchtet.

„Nein – aber ich habe nicht aufgepaßt – entschuldigen Sie, bitte!" stieß Suse, wieder blaß geworden, heraus.

So 'ne Dämlichkeit – Liselotte hätte die Freundin wegen ihrer bornierten Aufrichtigkeit prügeln mögen – das sah doch Doktor Schwarz schon ganz allein, daß sie unaufmerksam gewesen, wie konnte man nur so grützdumm sein und ihn noch mit der Nase daraus stoßen!

„Das ist ja recht feierlich – nicht einmal solche erhebenden Heldentaten vermögen die Aufmerksamkeit der Klasse zu fesseln! Suse Bertram, darf ich fragen, wofür du dich mehr interessiert hast?"

Suse schwieg.

„Was hast du dort in der Hand?" examinierte Herr Doktor Schwarz, den die erste Klasse ob seiner guten Witterung heimlich den „Polizeihund" nannte, weiter.

Suse Bertram schwieg noch immer. Aber sie versuchte im Interesse der Freundin das verräterische Löschblatt zu einem roten Knäuel zusammenzuballen.

„Hergegeben," erschallte da der kurze Befehl vom Katheder.

Mit schlotternden Knien, Liselotte einen Blick tiefster Verzweiflung zuwerfend, brachte Suse das belastende Blatt nach vorn.

„Geliebtes Hundeviechel –" las Doktor Schwarz stirnrunzelnd, während die Klasse hinter Taschentüchern, Heften und Zöpfen verstohlen kicherte.

„Das sind ja recht erfreuliche Sachen, mit denen man sich während der Geschichtsstunde beschäftigt, wer hat diesen Wisch geschrieben?"

Tiefe Stille in der Klasse. Keine kicherte mehr.

„Suse Bertram – ich frage dich, wer dieses Löschblatt beschrieben hat – soll ich noch lange warten?" Mit Doktor Schwarz war nicht gut Kirschen essen, wenn er böse war.

Trotzdem verharrte Suse in Schweigen. Sie biß sich auf die Lippen, daß sie bluteten. Lieber wollte sie die härteste Strafe erleiden, als die Freundin angeben.

„Ich frage zum letzten Male – willst du es mir sagen, oder wird sich die Betreffende selbst melden?" Doktor Schwarz' Brillengläser funkelten von einer zur anderen. War es Zufall, daß sie auf Liselottes Gesichtchen besonders durchdringend hafteten?

Liselotte machte eine möglichst unbefangene Miene. Suse war als fleißige Schülerin beliebt, vielleicht kam sie mit einem bloßen Rüffel davon – zum Tadel hatte man immer noch Zeit!

„Gut – sagst du es mir nicht, so wirst du es vielleicht Fräulein Bergmann mitteilen, folge mir zur Schulvorsteherin, Suse Bertram."

Suse mußte sich am Katheder festklammern. Der Boden schwankte mit ihr. Nur einmal war es vorgekommen, daß eine Schülerin zu Fräulein Bergmann geführt wurde, als sie den Lehrer belogen hatte – es galt als die furchtbarste Strafe.

Dennoch machte Suse einige Schritte hinter dem vorangehenden Lehrer her – sie litt ja für ihre Lilo, dieses Bewußtsein hielt sie aufrecht.

Aber Liselotte ließ ihre Suse auch nicht im Stich. Mit einem Satz war sie aus der Bank heraus und hinter Doktor Schwarz her.

„Herr Doktor – ich war's – ich habe ›geliebtes Hundeviechel‹ geschrieben, ich will es auch nie wieder tun, aber Suse kann nichts dafür!" so rief sie.

Doktor Schwarz stand still.

„Dacht' ich mir's doch – ich finde, daß eure Freundschaft recht wenig veredelnden Einfluß ausübt, anstatt daß du günstig auf Liselotte einwirkst, läßt du dich von dieser zu allerlei Allotria verleiten. Ihr werdet alle beide eine Strafarbeit zu morgen machen, da Liselotte ja schriftliche Ergüsse sehr zu lieben scheint. Ihr werdet mir einen Aufsatz über den Untergang des Gotenreiches anfertigen." Doktor Schwarz nahm seinen unterbrochenen Vortrag wieder auf.

Suse saß mit beschämtem Gesicht da, Liselotte mit einem mißvergnügten. Heute hatte sich das ganze Kränzchen auf dem Mühlenteich zum „Schlittschuhfahren", wie es in Schlesien heißt, verabredet, eine lange Schlange wollte man bilden und einen Omnibus. Es würde famos werden. Und sie sollten statt dessen eine Strafarbeit machen – es war nicht zum Blasen!

Aber alles heimliche Räsonieren half nichts. Während die Kränzchenschwestern jubelnd die glatte Bahn entlangfuhren, hockten Liselotte und ihr „geliebtes Hundeviechel" am Arbeitspult daheim und zerbrachen sich ihren armen Kopf über die letzten Tage der beiden heldenhaften Gotenkönige.

„Was mich der dämliche Totila angeht!" wütete Liselotte und knabberte gelangweilt am Federhalter.

Das waren die ersten Freuden des bevorstehenden Basars.

Aber es kam doch besser, als es den Anschein hatte.

Frau Baumeister Günther kehrte von der Vorstandssitzung zurück und teilte ihrem aufhorchenden Töchterchen mit, daß sie einen Teeausschank zum Basar übernommen habe. Ob Liselotte dabei helfen wollte?

Na, ob sie wollte – gut, daß auch Teja bereits ins Jenseits befördert war, sonst hätte Liselotte ihn sicherlich nicht mehr dorthin gelangen lassen.

„Aber Suse auch – liebe, gute Muttel, laß meine Suse auch in der Teebude helfen, gelt, Muttel?" bestürmte Liselotte die Mutter.

Frau Baumeister Günther überlegte einen Augenblick. Es war beschlossen worden, daß die Kinder in Kostüme gesteckt werden sollten, entsprechend den Waren, die sie feilboten. Dann mußte sie für Suse Bertram ebenfalls ein japanisches Teemädchenkostüm anfertigen – aber wiederum freute es sie, daß ihr Kind voller Gutherzigkeit sogleich an die Freundin dachte. So nickte die Mutter zustimmend mit dem Kopf und sagte: „Wenn du dich musterhaft artig bis dahin benimmst!"

Liselotte jubelte. Sie sprang im Zimmer umher, daß sofort von der Erschütterung eine kleine Vase ebenfalls vom Wandbrett sprang, und begann auf diese Weise sofort ihre musterhafte Artigkeit.

Auch bei der Kindersinfonie, die der Herr Kapellmeister einstudierte, durfte Suse mitwirken. Sie blies die Nachtigallflöte, und Liselotte die Wachtelpfeife.

„Tü–tü–tüü", wo Liselotte ging und stand, pfiff sie wie eine Wachtel – „tü–tü–tüü" – sogar in der Geographiestunde, als man sich gerade in Afrika befand, ertappte sie sich dabei, daß sie plötzlich ihre Lippen zum Wachtelruf spitzte. Zum Glück hatte es der Lehrer nicht gehört.

Alle Kinder aus dem Kränzchen waren beteiligt. Eins war Pirol, eins Drossel, Amsel, eins schlug Triangel, eins brummte als Waldteufel. Unglaublich dumm stellte sich Amtmanns Lenchen dabei an. Liselotte konnte ein klein wenig Schadenfreude nicht unterdrücken, denn Amtmanns Lenchen mochte sie wirklich nicht recht leiden. Lenchen war ein wahres Genie an Unmusikalischkeit. Sie sollte der Kuckuck sein. Aber sie brachte es nicht fertig, den Kuckucksruf richtig im Takt aus einer kleinen Handharmonika herauszubringen, immer klang es, als ob eine Katze miaute.

Die Proben waren zu ulkig. Der Herr Kapellmeister schlug den Takt mit einem kleinen Stöckchen und zappelte dabei mit Händen und Füßen. Das sah aus, als ob er ein Hampelmann sei. Zählen mußten die Mädel wie die Maikäfer, wehe derjenigen, die sich verzählte und nicht Takt hielt, der hopste das Stöckchen des Herrn Kapellmeisters auf dem Rücken herum.

Es kam öfters vor, daß die kleinen Musikanten nicht volle Aufmerksamkeit für ihr Geblase und Geflöte hatten, denn in den blonden, braunen und schwarzen Kinderköpfchen spukten die Kostüme. Zu Hause wurden die Anzüge angefertigt, und keine wollte der andern verraten, als was sie komme. Jede aber dachte: „Ich bin ganz sicher die Schönste!" denn in solch einer kleinen Evastochter sitzt schon ein gut Teil Eitelkeit.

Liselotte hatte eine doppelte Überraschung. Sie hatte es sich von der Mutter ausgebeten, daß Suse nichts davon erfahre, daß sie auch als kleine Geisha in der Teebude verkaufen würde. Erst am Basartage wollte Liselotte die Freundin damit überraschen. Manchmal wurde es Liselotte nicht leicht, reinen Mund zu halten, wenn die andern so geheimnisvoll mit ihren Kostümen taten, und Suse still und gedrückt daneben stand. Dann war sie oft drauf und dran, der Freundin um den Hals zu fallen und ihr zuzuflüstern: „Sei nicht traurig, Suse, du gehörst dazu, du wirst sicher eine der Hübschesten sein!“ Aber sie biß sich noch immer rechtzeitig auf die Lippen – sie wollte Norberts flegelhaften Ausspruch, daß „Weibsleute ewig schnabbern und sabbern müssen,“ nicht wahr machen.

Mutter freute sich über ihr Mädel. Sie hätte ihr solche Uneigennützigkeit gar nicht zugetraut. Zwei japanische Kostüme fertigte die alte Näherin Gustel nach Mutters Angabe an, ein hellblaues und ein rotes. Liselotte war von dem hellblauen begeistert, immer wieder hielt sie sich den entzückenden „Kimono“ an. Mutter beobachtete die kleine Eitelkeit lächelnd. Aber plötzlich sagte Liselotte mit einem tiefen Stoßseufzer: „Wir wollen Suse das hellblaue Kostüm geben, Muttchen, es wird ihr wunderhübsch zu ihren blonden Haaren stehen.“ Nicht einmal die Mutter ahnte, wie schwer dem kleinen Mädchen dieses Opfer geworden.

Aber auch Liselottes Kimono wurde bildschön, und als sie sich das erstemal zur Probe anzog, die dunklen Locken hoch oben auf dem Köpfchen zum japanischen Knoten gedreht, von kleinen Fächern durchsteckt, über den Ohren große tiefrote Rosen und einen Riesenfächer im Rücken, da konnte sich selbst Norbert des Ausrufs nicht enthalten:

„Heiliges Kanonenrohr – warum biste nicht lieber ein Japaneschen geworden, Kleinchen, statt 'ne europäische Jöre?“

„Och, se is überhaupt kein richtiger Teechinese,“ meinte Heinz abfällig, „sie hat ja gar keinen Zopf und gar keinen traurigen Schnurrbart, und denn mußte immer los mit dem Kopf nicken, siehste, so!“ und er nickte so energisch mit seinem hellbraunen Lockenkopf, daß die weiße Konditormütze bedenklich ins Schwanken geriet. Heinz durfte nämlich auch mit zum Basar – er war unglaublich stolz darauf – Mutter hatte ihn in einen kleinen Konditor verwandelt, er sollte das Teegebäck verkaufen.

„Wie 'n Hemdenmatz siehste aus!“ äußerte sich Edchen anerkennend zu Heinz, während Kurtchen japanische Trachtenstudien an Suses blauem Kimono unternahm und ihm alle fünf Pflaumenmusfinger aufdrückte.

Liselotte war außer sich. Sie revanchierte sich sofort und drückte dem Brüderchen ebenfalls ihre fünf Finger auf, aber flammend rot, auf die Backe. Heinz ergriff Partei für den kleinen Bruder, und bald lagen sich die kleine Japanerin und der Konditorjunge in den Haaren. Es war ein Anblick für Götter. Norbert hielt sich den Bauch vor Lachen, während der Weinerich mit wildem Geheul die Mutter herbeibrüllte.

„Kinder, ihr bleibt noch zu Hause – es kommt keiner mit zum Basar, wenn ihr nicht sofort Ruhe gebt –" noch nie war Mutters Worten so prompt Folge geleistet worden wie heute. Das Wort „Basar" übte eine wahre Zauberkraft aus; Japanerin und Konditor ließen voneinander ab, wie zwei bissige Köter immer noch vor sich hinkläffend. Nur der Weinerich blökte unentwegt seine Naht weiter.

„Nu kann Suse nicht mitgehen, mit solchem dreckigen Pflaumenmuskostüm kann sie sich doch nicht sehen lassen!" jammerte Liselotte.

Aber Muttchen wußte Rat. Mütter wissen immer Rat und machen alles wieder gut, was unverständige Kinderhändchen verdorben. Es war noch genügend Stoff da, daß ein neuer Teil eingesetzt werden konnte, bald war der Schaden repariert.

Auch Norbert mußte seine Kräfte in den Dienst der Wohltätigkeit stellen. Er und einige andere Knaben waren zum Programmverkauf erwählt worden.

Endlich kam der 27. Februar heran. Die Kostüme waren fertig, die Kindersinfonie klappte, sogar der Kuckuck miaute nicht mehr. In der großen Turnhalle des Gymnasiums war man eifrig am Werk, denn dort fand der Basar statt. Neugierige Jungennasen preßten sich während der Schulzwischenpausen gegen die hohen Fenster, an Vorsprüngen, Dachrinnen und Baumzweigen hingen die Schlingel, um einen Blick in das vorläufig noch verschlossene Paradies zu erlangen.

Die nüchterne, grau getünchte Turnhalle war nicht wiederzuerkennen. Längs und quer, über Eck und in schlanken Bogen spannten sich grüne Girlanden von duftenden Tannenzweigen, die Wände waren mit roten

Stoffen bespannt, blaue, grüne und gelbe Fähnchen schauten lustig daraus hervor. In der Mitte standen in einem kleinen Lorbeerhain die Büsten des Kaisers und der Kaiserin. Bude reihte sich an Bude, eigenartig drapiert, jede für sich ein kleines Kunstwerk. Die Damen hatten die Ausschmückung ihres Verkaufszeltes selbst übernommen, da konnte man so recht sehen, wer über Geschmack und künstlerisches Empfinden verfügte.

Frau Baumeister Günthers Teebude erregte allgemeine Aufmerksamkeit. Aus japanischen Schirmen, Fächern, Papierservietten und großen leuchtenden, selbstgefertigten Chrysanthemen hatte sie ein richtiges japanisches Zelt hervorgezaubert. Liselotte träumte von nichts anderem mehr, als wie sie und Suse sich in diesem japanischen Häuslein als kleine Geishas ausnehmen würden.

„Willst du heute nach Tisch zu uns kommen und mir beim Anziehen helfen, Suse?“ fragte Liselotte scheinheilig, als sie sich an dem großen Tage mittags von der Freundin trennte.

Suse schwankte einen Augenblick, sie wußte, daß ihr das Herz dabei weh tun würde, denn sie war die einzige vom Kränzchen, die nicht im Kostüm verkaufen durfte. Aber gleich darauf kam sich das gute Ding bodenlos schlecht vor, daß es ihr nicht genügte, sich an dem Aussehen der Freundin zu erfreuen.

„Ich komme, Lilo, natürlich komme ich und helfe dich fein machen,“ sagte sie mit neidlosem Blick.

„Also Punkt drei,“ Liselotte kam sich noch viel schlechter vor, daß sie die Freundin täuschte. Aber nur so war die Überraschung möglich.

Als Suse pünktlich nach Tisch erschien, war Liselotte schon frisiert.

„Komm, Suse, wir haben noch reichlich Zeit, Marie muß dich auch mal gerade so wie mich frisieren,“ bat Liselotte.

„Ach, wozu denn,“ wandte Suse ein, aber sie war doch ein ganz klein wenig neugierig, ob sie wohl ebenso hübsch aussehen würde wie Lilo.

Bald waren die weichen Blondhaare zur japanischen Frisur geordnet – „Mutter hat noch Rosen,“ rief Liselotte und holte sie geschwind herbei.

„Süß siehst du aus, mein Susenkind, nun mußt du aber auch noch ganz bestimmt mein Kostüm anprobieren, wir sind ja in einer Größe," lachte Liselotte. Sie war ganz aus dem Häuschen.

Suse wollte absolut nicht heran. Aber Lilo machte kurzen Prozeß. Wie einem Baby zog sie ihr das weiße Batistkleidchen aus und warf ihr dafür den hellblauen Kimono über. Das rote Gewand hatte sie wohlweislich fortgeräumt.

„Ach, Suse, flink, komm zum Spiegel und sieh dich an, du mußt heute so bleiben, du siehst einfach zum anknabbern aus!" jubelte Liselotte.

„Rede doch keinen Unsinn," die sanfte Suse wurde ordentlich ärgerlich, daß Liselotte so wenig Zartgefühl bewies. Sie wollte so schnell wie möglich das fremde Kleid wieder abstreifen.

Jetzt aber war der Zeitpunkt gekommen, den Liselotte ersehnt.

„Suse, versprich mir, daß du fünf Minuten – nur noch fünf Minuten so bleibst, ja?" sie wartete gar nicht die Antwort der Freundin ab, sondern verschwand im Nebenzimmer. Suse sah Zweifelhaft zu Liselottes Mutter hin, die lächelte ihr freundlich zu. „Na, tu dem Mädel den Gefallen!"

Es waren noch nicht zwei Minuten verstrichen, da tat sich die Flügeltür auf und in ihrem Rahmen erschien eine ganz allerliebste kleine Japanerin in leuchtend rotem Kimono. Zierlich trippelte sie auf die kleine Blaue zu und machte ihr eine tiefe Verbeugung.

Suses Veilchenaugen weiteten sich unnatürlich.

„Lilo – was soll das bedeuten?"

„Das bedeutet, daß wir alle beide Mutter beim Verkauf helfen dürfen – Suse, hast du denn wirklich im Ernst geglaubt, ich werde ein Kostüm anziehen, wenn du keins hast?"

Suse vermochte kein Wort herauszubringen. Aber sie eilte auf Liselottes Mutter zu und küßte ihr voll Dankbarkeit die Hand.

Und dann lagen sich beide kleine Japanerinnen so fest in den Armen, daß Mutter Einhalt gebieten mußte, damit die schönen Kostüme nicht zerknautscht wurden.

„Fehlen bloß noch die Schlitzaugen!" sagte Norbert, kritisch um die beiden jungen Schönen aus dem Lande der Chrysanthemen herumgehend. Endlich hatte Mutter ihre kleine Gesellschaft beisammen.

Heinz wurde das Brett mit Teegebäck vorläufig noch nicht anvertraut, das war bei dem Naschmäulchen zu gefährlich.

Unter dem zweistimmigen Gebrüll von Neinerich und Weinerich: „Nein – wir wollen niß zu Haus gelaßt werden." – „Er will niß herleine bleiben, er will auch mitdenimmt werden!" setzte sich die Karawane in Trab.

Als man die große, durch bunte Flämmchen und Lampions erleuchtete Turnhalle betrat, in der bereits eine festlich frohe Menge hin- und herwogte, wurde es selbst der roten Japanerin ganz beklommen zumute. Der Basar hatte schon am Vormittag begonnen, die Teebude aber wurde erst zum Fünfuhrtee eröffnet.

„So, Mädels, nun übernimmt eine die Sahnentöpfchen hier und eine die Zuckernäpfchen, immer drei Stücken zu einer Tasse, an meiner Teekanne habt ihr nichts zu schaffen," damit stellte Mutter ihre kleinen Hilfstruppen an. „Du, Heinz, gehst als ›fliegender Händler‹ im Saal auf und nieder und hältst deine Kuchen feil. Das Geld kommt hier in diese Büchse – Junge, wirst du wohl nicht als erster drauflosfuttern!" Heinz hatte den Verkauf bereits eröffnet, indem er sich eine Schokoladenwaffel, die es ihm angetan, zwischen die frischen Lippen schob.

Aber Frau Baumeister Günther mußte sich jetzt ihren Kunden zuwenden, denn von allen Seiten kamen die Bewohner des Städtchens und die Besitzer der benachbarten Landgüter, um bei ihr eine Tasse Tee zu trinken und mit den reizenden kleinen Japanermädeln zu scherzen.

Suses und Liselottes Wangen glühten. Bildschön sahen sie aus, besonders das Baumeistertöchterlein, das mit seinen dunklen Locken noch echter wirkte als die blonde Suse. Amtmanns Lenchen schielte denn auch des öfteren zu den Schulkameradinnen herüber und warf dann wieder einen vergleichenden Blick auf das eigene Kostüm. Sie hatte bestimmt geglaubt, daß sie alle andern ausstechen würde – sie war eine kleine Ägypterin und verkaufte Zigaretten – und nun mußte sie es erleben, daß Liselotte und Suse, die dummen Dinger, viel mehr Zuspruch hatten als sie selbst.

Die beiden kleinen Geishas hatten in der Tat nicht Hände genug, um all den Wünschen gerecht zu werden. Suse war gewandt und wußte sich schnell zu drehen, aber Liselotte pfefferte in der Eile sofort ein

Sahnentöpfchen um, daß Suse mit ihr tauschte und sie bei dem ungefährlicheren Zucker postierte. Endlich flaute der Strom ein wenig ab, und die beiden Mädelchen hatten Muße, auch die andern Buden und vor allem die übrigen Kränzchenschwestern einer genaueren Musterung zu unterwerfen.

Landrats hatten den Vogel abgeschossen, die hatten sicher wieder das Originellste. Frau Landrat von Thielen stand einer Würfelbude, die sich ganz besonders des Besuches der kleinen Welt erfreute, vor. Ihre Hilde und Herbert hatte sie in eine Puppe und in einen Hampelmann verwandelt. Sie saßen da unter all den schönen Spielsachen, als ob sie auch mit erwürfelt werden konnten.

Ilse Peters kredenzte die Kelchgläser mit dem perlenden Sekt, den ihre Mutter verschenkte. Sie trug ein grünes Gazekleidchen mit Weinlaub und Trauben geschmückt, auf dem dunkelblonden Gelock einen Rebenkranz. „Kleine Bacchantin" wurde sie genannt.

„Sieh nur, Lilo, Pastors Ruth als Schwedin, da drüben – die mit der spitzen Mütze bei den schwedischen Handarbeiten, und dort die kleine Italienerin mit den Südfrüchten – ach, das ist ja Amtsrichters Edith, die hätte ich beinahe nicht erkannt."

„Wo mögen nur unsere beiden Vergißmeinnicht stecken?" Liselotte stellte sich auf die Zehenspitzen. „Da – sind sie das nicht – au Wetter, sind die niedlich, dort, Suse – Knallbonbon und Kotillonorden," die kleine Japanerin winkte Hanni und Anni Diefenbach mit beiden Armen, daß die weiten Ärmel ihres roten Kimonos wie Schmetterlingsflügel flatterten.

„Famos seht ihr aus, darf man euch plündern?" so empfing sie die Freundinnen.

„Das Berühren
Der Figüren
Mit den Pfoten –
Ist verboten!"

lachte Hanni.

„Erst nach der Kindersinfonie, wenn die Fidelitas beginnt, ist das Plündern gegen Moneten erlaubt“, setzt Anni hinzu.

Die Kindersinfonie – richtig – sie gab der schüchternen Suse einen Stich ins Herz. Wenn sie doch bloß nicht die Nachtigall wäre, die mußte besonders schön schlagen, viel lieber hätte sie als Waldteufel gebrummt.

„Na, bekomme ich auch eine Tasse Tee, kleine Geisha?“ Der Freiherr von Rothenburg war an das japanische Zelt getreten. Mutter unterhielt sich gerade mit einer Bekannten und hörte nicht. Liselotte mochte sich nicht das Armutszeugnis ausstellen, daß sie eigentlich an die Teekanne nicht herandurfte, was hätte der Freiherr, der ihr eine Verbeugung wie einer richtigen Dame gemacht hatte, wohl davon gedacht! So griff sie vorwitzig nach Tasse und Kanne, warf noch einen schnellen Seitenblick zu der ruhig plaudernden Mutter und verschenkte dann mit möglichst erwachsener Miene den heißen Trank. Da wollte es das Unglück, daß gerade der „Wurst-Aujust“, ein Schulkamerad Norberts, mit seinen warmen Würsteln vorüberging, der interessierte die kleine Japanerin mehr als ihr Amt.

O weh – Liselotte sah nicht, was sie tat, die Tasse flog vom Verkaufstisch in tausend Scherben zu Boden, und der kochende Tee ergoß sich über die freiherrlichen Hosen.

Diese Blamage!

Der Herr von Rothenburg rieb seine nassen Beinkleider und begütigte und bat dabei für das kleine Japanermädel, denn die erzürnte Mutter wollte sie zur Strafe sofort nach Hause schicken.

„Ich kann ja gar nicht gehen, sonst fehlt ja die Wachtel,“ zum Glück war Liselotte die Kindersinfonie noch gerade zur rechten Zeit eingefallen.

Und nun holte sich der Herr Kapellmeister seine Musikanten. Er schärfte ihnen nochmals Piano und Forte, Takthalten und genaues Zählen ein – und dann ging's los.

Famos klappte es! Endloses Händeklatschen belohnte die kleinen Künstler.

Liselotte konnte sich von ihrer Wachtelpfeife gar nicht trennen – „tu-tü–tüü“ – bald erschallte es hier, bald dort im Saal.

Und als die kleine Japanerin endlich schlaftrunken in ihren Kissen daheim lag und dachte: „Ach, wie schön, daß morgen auch noch Basartag ist!“ da erklang es noch einmal ganz leise schon halb im Schlaf: „Tü–tü–tüü.“

11. Kapitel. Versetzt

Frühling wurde es – lachender, goldener Frühling. Im Garten blühten Schneeglöckchen und Krokus. Die Hühner scharrten wieder lustig im Hofe, und Baumeisters jüngste Rangen hockten den ganzen Tag bei ihrer „Sandkute“ und kullerten bunte Murmeln. Heinz sah man nur noch mit Triesel und Peitsche bewaffnet, während Norbert und Liselotte ihre Tätigkeit auf die Wiesenspielplätze verlegt hatten.

Norbert und seine Kameraden spielten mit Begeisterung Fußball und „Weißer und Indianer“, wobei sich Liselotte, Baumeisters fünfter Junge, meist wildlärmend beteiligte. Denn für die zahmeren Mädchenspiele, wie Reifenwerfen, Dritten abschlagen und „Lange, lange Leinewand“ hatte sie nur wenig übrig. Allenfalls war sie noch für Jagd- oder Käseball zu haben.

Ja – es wurde Frühling.

Die Schwalben zwitscherten es vom Dachfirst, der Kastanienbaum, der mit seinen winzigen Babyblättchen zur Schulstube hineinlugte, erzählte es, Herr Doktor Schwarz hatte wieder seine gelbe Kanarienweste angelegt, und die schlesische Jugend ging „Sommersingen“. Das war der famoseste Jux im Jahr, darin war sich die ganze junge Generation, ob arm, ob reich, einig.

Bereits am Tage zuvor klebten Jungs und Mädels wie die Fliegen an dem kleinen Schaufenster des Bäckerladens. Bäcker Liebig war der Held des Tages. Krummbeinig stand er in seiner Backstube, aus der Riesenvorräte von Schaumbrezeln und Mehlweißchen das Licht der Welt erblickten. Denn ohne diese war das Sommersingen nicht denkbar. Es gab wohl kein Haus im ganzen Städtchen, in dem nicht die grauen, spitzen Tüten mit Mehlweißchen ihren Einzug hielten.

Bei Baumeisters bohrten neugierige Kinderfinger, trotzdem Mutter die eingekauften Schätze wohlweislich versteckt hatte, so lange an den endlich entdeckten Tüten, bis zwei fürwitzige Mehlweißchen herausrollten, um die sich alle fünf Rangen gierig balgten. Norbert, der glückliche Eroberer des einen, teilte als guter Bruder seinen Raub unter die beiden kleinsten Gierschlunde, während Liselotte das Prinzip „selber essen macht fett“ vertrat. Trotz Heinz' sehnsüchtigen Blicken ließ sie das erkämpfte Mehlweißchen in den eigenen Mund wandern, was ihr ein wütendes „Freßlise!“ von seiten des kleinen Bruders eintrug und diesem eine tüchtige schwesterliche Maulschelle.

Nachmittags zog man in den Wald und pflückte dort Wacholderzweige, die mit bunten Bändern und Papierschnitzeln ausgeputzt wurden.

Das Kränzchen hatte sich verabredet, zusammen Sommersingen zu gehen, jede schmückte den Wacholderzweig in der Farbe ihrer Kränzchenblume.

Schon in aller Herrgottsfrühe begann es. Am Sonntag vor Frühlingsanfang. Die ersten Lenzesboten bei Baumeisters waren zwei winzige Hosenmätze.

Nicht lange nach Hahnenschrei mochte es sein, da stellte sich Kurtchen, der noch im Schlafzimmer der Eltern schlief, in seinem Gitterbettchen hoch. Und mit schallender Stimme begann er die Frühlingshymne schmettern:

„Rot Dewand – rot Dewand –
Szöne güne Linden,
Suchen wir – suchen wir,
Wo wa welße finden!“

Vater fuhr entsetzt hoch und starrte den kleinen Sänger entgeistert an. Er dachte an alles andere eher als an Sommersingen.

Mutter aber kannte ihre Jören. Die wußte trotz herzbrechenden Gähnens sofort, was los war.

„Schscht – pst – huuuh – willst du wohl still sein und dich sofort wieder hinlegen, es ist ja noch Mitternacht – huuuh –“

„Er is ßon danz ausdeslaft," erklang es tröstlich aus dem weißen Kinderbettchen. Kurtchen stellte sich breitbeinig mit seinen kleinen Nachthöschen in Positur, die lieben Eltern mit einem neuen Vers zu erfreuen.

Aber sein Brüderchen, das nebenan schlief und durch die totenerweckende Stimme des Weinerichs ebenfalls an die Wichtigkeit des heutigen Tages erinnert worden war, wollte nicht zurückstehen. Erst ein Kratzen an der Tür, wie von Hundepfoten, dann ein leises Knarren und Quieken der Türangel, und nun ging's los:

„Frau Wirtin, sind Se drinne?
Sind Se drin, denn kummen Se raus,
Denn teilen Se uns 'n Trinkgeld aus!"

„Ich werde sofort kommen und euch was austeilen, aber das wird euch schlecht schmecken!" die Frau Wirtin schien noch recht wenig lenzesfroh zu sein.

„Er will Mehlweißen und Szaumbezeln haben, weil er so ßön desingt hat," machte jetzt der kleinste der Musikanten sein Recht geltend.

„Is kann noch viel, viel ßöner," übertrumpfte ihn Edchen – o Schrecken, er hub schon wieder an, und Kurtchen fiel frühlingsjubelnd ein:

„Rote Rosen – rote –
Sie blühen uff 'n Stengel,
Der Herr is ßön – der Herr is ßön,
Die Frau, die is wie n Engel!"

„Potzelement noch mal – kann man denn nicht mehr seine ungestörte Nachtruhe haben" – der „Herr" schien trotz der galanten Schmeichelei von dem Singsang seiner beiden Sprößlinge nicht allzu erbaut zu sein.

Auch dem „Engel" riß die himmlische Geduld, Mutter verwandelt sich in den Engel der Gerechtigkeit.

„Wer noch einmal muckst, kriegt dolle Hiebe und den ganzen Tag weder Mehlweißchen noch Schaumbrezeln!"

Ein zweistimmiges indianermäßiges Geheul folgte Mutters energischen Worten. Erst als der Vater Miene machte, sein Lager zu verlassen, ging das wilde Gebrüll der kleinen Frühlingsboten in ein sanftes Pianissimo über. Dann folgte ein ruckweises Schluchzen, bis sich dasselbe in tiefe Kinderatemzüge auflöste – die beiden kleinen Störenfriede gingen im Traumland weiter Sommersingen.

Aber nicht lange durften sich Baumeisters der zurückeroberten Nachtruhe freuen.

Mit dem Glockenschlag sechs vernahm man draußen auf der Diele ein vielfüßiges Tappeln und Scharren – und diesmal wurde es Ernst.

„Der Herr sitzt uff der Ofenbank,
Er hält den Geldsack in der Hand,
Er wird sich wull bedenken,
Er wird uns wull was schenken!"

so erdröhnte es von plärrenden Knaben- und Mädchenstimmen. Das waren die armen Kinder des Städtchens, die schon vor Tau und Tag den Sommer einsangen.

Herr und Frau Baumeister Günther sahen sich an. Sie wußten nicht, ob sie lachen oder sich ärgern sollten.

„Polizeiwidriger Radau –" brummte Vater, „diese Sitte kann einem faktisch den Aufenthalt hier in Schlesien verleiden!"

„Na, sie findet ja gottlob nur einmal im Jahre statt," Mutter ging seufzend daran, Toilette zu machen. Denn eher rührten sich die jugendlichen Sänger nicht von der Stelle, als bis ihnen ihr Recht an Mehlweißchen geworden. So lange leierten sie ihre Verse mit ohrenbetäubender Ausdauer:

„Wir könn'n nicht lang mehr stehn,
Uns friert schon an de Been,
Wir müssen 'n Häusel weitergehn!"

„Geht in drei Deibels Namen!" der sonst so liebenswürdige Herr Baumeister stopfte sich die Bettzipfel in die Ohren. Denn auch der Neinerich und der Weinerich waren wieder wie elektrisiert emporgefahren und vereinten ihre mauzenden Stimmchen mit denen draußen.

Als Mutter, mit Tüten beladen, in den Flur hinaustrat, bot sich ihr ein erfreulicher Anblick. In Reih und Glied standen die barfüßigen Frühlingsverkünder, die blaugefrorenen Händchen in die vielfach geflickten Schürzen und zerlöcherten Hosen vergraben. Auf dem Treppengeländer aber ritten, höchst mangelhaft bekleidet, ihre eigenen ältesten drei Rangen.

„Jören, wollt ihr wohl ins Bett, ihr könnt euch ja den Tod holen!"

„Frau Wirtin, die steht vor der Tür,
Sie hat die schönste Schürze für,
'ne Schürze mit 'nem Bande,
Sie ist die Schönst' im Lande!"

statt jeder andern Antwort quiekte Liselotte, der unverbesserliche Strick, diese Zeilen in den höchsten Tönen.

Mutter machte kurzen Prozeß. Wie junge Dachshunde ergriff sie ihre Rangen beim Genick und spedierte sie in die Schlafzimmer zurück, mit der Weisung, sich erst anständig anzuziehen. Sie selbst aber machte sich ans Verteilen der Schaumbrezeln. Dann regnete es Mehlweißchen in seltsame dazu aufgehaltene Geräte. Schulmappen, vorsintflutliche Taschen, hier zerknüllte Filz- und ausgebissene Strohhüte, die Kleine der Waschfrau hielt einen riesigen roten Bauernregenschirm aus, und Kutschers Karlchen sogar eine Hose von Vatern, unten erfinderisch mit Bindfaden zugebunden.

„Kumm ooch" – einer stieß den andern an, und dann stolperten und schurrten sie mit einem „Vergelt's Gott!" wieder hinaus, um das Nachbarhaus zu beglücken.

Marie machte sich brummend an das Fortwischen der kleinen Fußtapfen, aber sie hatte ihr Werk noch nicht beendigt, da erschien schon wieder ein neuer Trupp von Frühlingsboten. Die Lenzesbotschaft nimmt heute kein Ende, bis auch – die Mehlweißchen zu Ende sind.

Baumeisters Rangen halfen redlich dabei, ihnen den Garaus zu machen. Ihre Backen blieben in beständigen Kaubewegungen. Die drei Kleinen zogen mit dem Kindermädchen zu den bekannten Familien zum Sommersingen. Liselotte untergeärmelt mit sämtlichen Kränzchenschwestern, sechs Mann hoch. Norbert aber sah von der Höhe der Tertia mit verächtlichem Lächeln auf die kleinen Würmer, die sich noch an solchen Kindereien beteiligten, herab. Er selbst beteiligte sich lediglich an dem Vertilgen der Mehlweißchen.

Der Sommer war eingesungen, nun konnte er kommen.

Und er kam. Zwar ganz allmählich, aber die Kleinstadtkinder sahen ihn doch eher als die Großstadtjugend.

Die Fliederbüsche setzten Dolden an, der Apfelbaum hüllte sich in ein rosenrotes Knospenkleid, und der Holunder sandte wieder seinen betäubenden Duft.

Ostern stand vor der Tür. Es fiel spät diesmal, man hatte ein langes Schuljahr hinter sich. Morgen war Zensurentag und gleichzeitig Versetzung.

Da schlug manch Kinderherz banger, auch bei Baumeisters warf der Versetzungstag seine düsteren Schatten voraus.

Norbert war seiner Sache ganz sicher. Wenn der Primus nicht in die Obertertia kam, wer sollte denn dann hinein!

Liselotte war schon weniger siegesfroh, das „geliebte Hundeviechel" neulich bei Doktor Schwarz verdarb ihr sicher das „lobenswert" im Betragen, und Mutter hatte Weihnachten geäußert, sie wünsche von nun nur noch die erste Nummer zu sehen, denn das Betragen sei die Hauptsache bei einem wohlerzogenen Mädchen. Versetzt würde sie wohl werden – in die dritte Klasse! Noch ein Jahr, dann mußte Doktor Schwarz „Sie" zu ihr sagen! Dieser Gedanke war so überwältigend, daß kein Raum mehr für Vorahnungen blieb.

Am gedrücktesten schlich der sonst stets fidele Heinz umher. Er hatte es leider bei Vater nicht durchgesetzt, vom Rechnen „pensiert" zu werden, auch zu Störungen war er nach wie vor geneigt, er hatte mächtigen

„Bammel" vor der Zensur. Zwar wußte er nicht recht, was „Bammel" eigentlich war, aber Norbert sagte es, folglich mußte er es, als getreues Echo des großen Bruders, wiederholen.

„Hurra – versetzt!" damit steckte Liselotte den braunen Krauskopf in das geöffnete Parterrefenster von Vaters Baubureau. Vater saß an einem Zeichentisch, aber er hatte heute keinen Blick für seine Entwürfe und Berechnungen. In der Hand hielt er ein großes amtliches Schreiben.

Nanu – und Mutti um diese Zeit auch im Bureau, mit roten, erregten Wangen, das schlaue Töchterchen sah auf einen Blick, daß da nicht alles in Ordnung war.

„Ich bin versetzt!" wiederholte sie noch einmal, um einige Grade kleinlauter.

„So –" Vater sah von seinem Schreiben auf, „hm – ich auch!"

„Was – du bist doch kein Schulkind, Vaterchen –" sie sah zum Vater hin, der ein so komisches Gesicht machte. Halb betreten und halb vergnügt. Dann ging ihr fragender Blick weiter zu Mutti, aber aus Mutters Mienen wurde sie schon gar nicht klug.

„Es ist wirklich so" – lächelte jetzt der Vater, „du bist in die dritte Klasse versetzt, und ich – nach Königsberg in Ostpreußen, wo sich die Füchse und Wölfe Gutenacht sagen."

Jetzt endlich begriff das Beamtenkind.

„Was – fort von hier – von Suse und vom ganzen Kränzchen, gerade jetzt, wo ich in die dritte Klasse gekommen bin – ich gehe aber nicht – ich gehe nicht – das kannst du dem Herrn Minister nur schreiben!" das temperamentvolle Mädel trampelte auf offener Straße mit beiden Füßen.

Gerade ging der Barbier vorüber, der seinen Kunden sofort die große Neuigkeit mit dem Seifenschaum zusammen unter die Nase rieb. Und bald pfiffen es allenthalben im Städtchen die Spatzen von den Dächern: „Baumeisters sind versetzt!"

„Komm' herein, Kind," befahl der Vater.

Liselotte erschien mit empörtem Gesicht im Baubureau.

„Da es dir so schwer fällt, dich von deinen Freundinnen zu trennen, nun, so will ich dich hier in Pension geben, vielleicht bei Fräulein Rau, die nimmt ja Pensionärinnen auf, zum ersten Mai, denn dann muß ich mein neues Amt bereits antreten."

„Wenn es nur nicht so schnell gehen müßte," seufzte nun auch die Mutter. „Schon in zehn Tagen und noch dazu das Fest dazwischen, wie soll man das nur schaffen."

„Ja, das hilft nun mal nicht, dafür sind wir Beamte, aber mein tüchtiges Weib hat ja noch schnellere Umzüge bewerkstelligt, weißt du, Kind, damals vom Rhein nach Kiel innerhalb dreier Tage. Na, Lilo, wie ist's, sollen wir dich hierlassen?"

Das Töchterchen hatte inzwischen gründlich alle Für und Gegen erwogen.

Bei Fräulein Rau in Pension – schrecklicher Gedanke, sie genoß sie in den Schulstunden gerade zur Genüge. Der Abschied von den Freundinnen war zwar sehr schmerzlich, noch dazu wo man in diesem Sommer einen Tennis- und Schwimmklub gründen wollte, aber wiederum wurde man auch durch die Versetzung zu einer höchst interessanten Persönlichkeit. Und das war ausschlaggebend. Baumeisters Liselotte liebte es sehr, ein wenig den Mittelpunkt zu bilden.

„Suse muß mich besuchen, schon zu den großen Ferien, ja, Vatel – ja, Muttel – und die andern auch, das ganze Kränzchen – au, das wird fein!" das Fräulein Tochter war mit einem Male von der Umwälzung ihres Geschicks höchst begeistert.

„Das ist das Vorrecht der Jugend, uns wird's schwerer, uns von der lieb gewordenen Stätte und den guten Freunden zu trennen, was, Alte?"

Frau Baumeister Günther nickte schweigend mit dem Kopf.

Nun erschienen auch die Brüder. Norbert mit seinem schlarksigen Jungenschritt, und Heinz auffallend langsam hinterdrein trottend.

„Nach Obertertia gekommen, aber Wegener ist wieder Primus, ich bin runtergerasselt, der Kerl büffelt ja auch den ganzen Tag!" Norbert fand absolut nichts Besonderes an der außergewöhnlichen Versammlung in Vaters Bureau. Das weibliche Spürnäschen der Schwester fehlte ihm.

„Na und du?" Trotz des wichtigsten Ereignisses hatte Mutter noch volles Interesse für den etwas betrübt dreinschauenden Heinz.

„Ich weiß nicht, ob ich versetzt bin, Herr Niemann sagte bloß, ich sollt' halt den Zirkus noch mal durchmachen, ich wäre woll für die neue Klasse noch a bissel zu schwach," Heinz fühlte die Muskeln an seinen kleinen Ärmchen.

Sein sehnlichster Wunsch war, solche Muskeln zu haben wie Norbert.

„Was – sitzen geblieben" – der mütterliche Ehrgeiz begehrte jetzt auf. „Schäme dich –"

„Nee – ich bin doch nicht sitzen geblieben – wirklich nicht – ich bin doch halt bloß für den neuen Zirkus zu schwach," beteuerte der Kleine.

„Schwach – zu dämlich meint Herr Niemann, du bist eben für den neuen Zyklus zu vernagelt," mischte sich jetzt Zankteufelchen hinein.

„Na – vielleicht kommst du in Königsberg in eine höhere Klasse," begütigte Vater.

„Wo?" Norbert sah in diesem Augenblick nicht gerade geistvoll aus.

Jetzt lachten die drei Wissenden geheimnisvoll.

„Siehste – Vater ist sogar versetzt, und du nicht!" Liselotte konnte es nicht lassen, das kleine Brüderchen noch ein wenig zu piesacken.

„Versetzt – und nach Königsberg – au famos!" Norbert vollführte einen Luftsprung über ein Reißbrett weg.

„Wieso freust du dich denn so darüber?" fragte Mutter erstaunt.

„Na, doch natürlich wegen des Königsberger Marzipans," Norbert verstand gar nicht, daß ein Mensch nicht zu allererst daran denken konnte.

„Das ist auch ein Gesichtspunkt," lachte Vater. „Und nun marsch, ihr Rangen, ich habe noch viel zu erledigen."

Pläne machend und Luftschlösser bauend, zogen sie zu ihrer im lichtgrünen Frühlingsgarten versteckten Villa, die sie nun bald verlassen sollten.

Mutter blieb an der Geißblattlaube, die so viele frohe Stunden gesehen, mit nassen Augen stehen. Sie blickte auf das Blütenmeer der Obstbäume, auf das trauliche, grünumsponnene Heim und seufzte leise: „Wer weiß, ob wir es noch mal im Leben wieder so schön kriegen!"

Dann ging sie energisch an die Umzugsvorbereitungen.

Auch die Kinder machten sich, nachdem sie sich herumgestritten, ob Königsberg am Hals oder am Schnabel des Hahnenkopfs läge, den Deutschland in jener nordöstlichen Ecke bildet, an das Zusammenkramen ihrer Siebensachen.

Norbert hatte drei Tage lang mit seiner Menagerie zu tun. Da war die Schmetterlings- und Käfersammlung, die Karnickelzucht im Verschlag auf dem Hof, die beiden weißen Mäuschen und das Aquarium. Besonders der Transport des letzteren machte viel Kopfzerbrechen, wenn nur Laubfrosch, Eidechse und Blindschleiche die lange Reise gut überstanden!

Aber Norbert hatte einen erfinderischen Kopf und schaffte Rat. Nur daß Mutter sich damit nicht so recht einverstanden erklären konnte. Zu ihrem Entsetzen entdeckte sie den grünen Laubfrosch plötzlich in einem leeren Gurkenglas, die Eidechse hatte der Bengel in seinen weißen Sonntagsstrohhut einquartiert, und die Blindschleiche, die ausgekniffen, besaß sogar die Unverschämtheit, es sich in Vaters rotem Klubsessel bequem zu machen. Liselotte, die viel Humor hatte, legte ihr noch Zeitung und Aschbecher hin, während Heinz und die beiden Kleinen schreiend Reißaus nahmen.

Liselotte hatte ihren Puppenkoffer, den sie mal von Großmuttchen geschenkt bekommen, hervorgeholt. Da hinein pfefferte sie, was ihr gerade in die Hand kam. Schuhchen und Puppenkorsetts, Windelhöschen, abgebrochene Buntstifte, zerrissene Oblaten, Gummizucker, einen Puppenkopf ohne Augen und ohne Haare, Reißnägel, einen abgelutschten Bonbon, und was der Herrlichkeiten mehr waren. Ein fürchterlicher Wirrwarr! Zum Glück kam Muttchen dazu und spedierte den größten Teil des Krempels auf den Komposthaufen hinten im Garten.

Liselotte aber entwischte zu ihrer Suse. Die mußte vor allem erfahren, welches heimliche Komplott man in Berlin im Ministerium gegen ihren Freundschaftsbund gesponnen.

Suse jätete Unkraut im Garten und hob bei Liselottes Näherkommen den Kopf nicht. Sie weinte.

Da wußte Liselotte, daß die Freundin schon durch ihren Vater von der Versetzung erfahren hatte. Beide Arme schlang sie von hinten um die kniende Freundin und preßte ihre heißen Wangen an die tränenbetauten der Freundin.

„Suse – liebe, einzige Suse, das hilft doch nun nischte, ich bin doch nun mal Beamter“ – unter Tränen mußte die reifere Suse über den kleinen „Beamten“ im kurzen schottischen Kleidchen lächeln.

Als Liselotte ihre Suse erst lächeln sah, da glaubte sie auch schon gewonnenes Spiel zu haben.

„Heule bloß nicht, Susenkind, in den Sommerferien besuchst du mich – gelt ja – und dann wohnen wir wieder zusammen in einem Zimmer, wie in Schreiberhau, und eine Festung ist da, sagt Norbert, da können wir fein „Soldat“ spielen, du bist Marketenderin – und denn ist es ganz dicht beim Meer. Und nach Rußland ist auch gar nicht weit, dahin machen wir mal 'ne Landpartie,“ Liselotte war bereit, Königsberg sogar nach Sibirien zu verlegen, nur um Suses Tränen zu trocknen.

Die aber flossen immer rascher.

„Lilo, es ist so schrecklich weit weg,“ schluchzte das kleine Mädchen.

Das konnte Liselotte als gute Geographin nicht bestreiten, und so wußte sie nichts Besseres zu tun, als ihren Braunkopf an Suses Blondkopf zu lehnen, und mit dieser um die Wette zu heulen.

Zehn Minuten ungefähr gaben sie sich dieser etwas feuchten Beschäftigung hin, dann richtete Liselotte energisch ihr Gesicht empor.

„Nützt nichts – von dem Gejaule und Gemauze wird's halt auch nicht näher – Suse, schwörst du mir ewige Treue bis über das Grab hinaus? Sieh mich mit deinen nassen Hundeaugen an!“

Suse blickte mit dem feuchten Blick eines Hundes, der seinen Herrn verloren, der Freundin in das frische Gesichtchen. Und dann schlang sie in jäher Aufwallung beide Arme um Liselottes Hals und küßte sie innig. „Bis über das Grab hinaus!“ wiederholte sie feierlich. Die Freundschaft der beiden Mädchen wurde durch die Trennung nur noch gefestigt.

Arm in Arm gingen sie zu Liselottes Heim zurück, denn Suse hatte der Freundin ihre Hilfe beim Einpacken der Spielsachen angeboten, und Lilo wußte, daß dieselbe nicht zu unterschätzen war.

Dort war das ganze Kränzchen versammelt. Alle waren sie herbeigeeilt, um näheres über die interessante Begebenheit zu hören. Alle machten sie betrübte Gesichter, denn sie hatten die gutherzige, lustige Liselotte lieb, aber so traurig wie Suse war doch keine. Nicht einmal Hanni. Daraus schloß Liselotte eine große Wahrheit: „Man kann nur eine beste Freundin haben!"

Bis Ostern merkte man vom Umzug noch nicht viel bei Baumeisters, denn die Mutter mochte es die Festtage noch nicht ungemütlich haben.

Kurtchen und Edchen befanden sich in grenzenloser Aufregung, daß der Osterhase am Ende denken könnte, sie seien schon in Königsberg, und ihre Eier dort verstecken würde. Aber am Ostersonntag schimmerte es allenthalben im Garten zwischen Gräsern und Buschwerk von farbigen Ostereiern, jubelnd und sich schubsend machten sich die fünf ans Suchen. Denn selbst Norbert und Liselotte, die beiden Großen, verschmähten die Gaben des Osterhasen durchaus nicht.

Am zweiten Feiertage zog das ganze Kränzchen zum Eierberg hinaus, dort wurden die Ostereier herabgerollt, und wer sie auffing, konnte sie behalten. Dabei gab es natürlich stets Zank und Tränen, auch ab und zu eine kleine Mogelei.

„Ob's in Königsberg auch einen Eierberg hat?" diese Sorge beschäftigte Liselotte so sehr, daß sie gar nicht einschlafen konnte.

Am nächsten Morgen kamen die Packer. Riesige Verschlußkisten brachten sie mit. Als erstes setzten sie in die eine den neugierig zuschauenden Neinerich, der mit lebhaftem „Nein" protestierte, und in die andere den daumenlutschenden Weinerich, der wie am Spieß schrie, weil er glaubte, er solle in der Kiste nach Königsberg verschickt werden.

Es war hochinteressant für Kinderaugen. Die drei Kleinen krochen überall herum und waren jedem im Wege, und die beiden Großen sahen mit strahlenden Blicken zu, wie Kästen und Schränke ihren Inhalt hergeben mußten, an dem sonst nie Kinderhände rühren durften. Den Tumult und die Unordnung, über welche die Eltern stöhnten, fanden ihre Sprößlinge geradezu gottvoll, darum allein lohnte sich eine Versetzung schon.

Und nun war alles untergebracht. Die sonst so gemütliche Villa zeigte kahle Wände und gardinenlose Fenster, nur im Garten sprießte und blühte es, als ob er ihnen das Fortgehen noch besonders schwer machen wollte.

Die Abschiedsbesuche waren erledigt. Auch die Kinder hatten allen Freunden und Bekannten Lebewohl gesagt. In der Schule bei den Lehrern waren sie gewesen, und sogar Fräulein Rau hatte ganz freundliche graue Augen gemacht, als sie Liselotte „viel Glück“ für die Zukunft wünschte.

Am letzten Tag brachte Suse der Freundin ein Buch. Ein Poesiealbum war's, in das alle Kränzchenschwestern einen Vers geschrieben. Suse aber hatte selbst gedichtet. Mit gerührtem Blick las Lilo:

„Ach – wir liebten uns so treulich,
Doch das Schicksal kam, das harte,
Lenkt' dein Lebensschiff – 's ist greulich –
Hin zum Pregel – nicht zur Warthe!
Diese Blätter drum, nimm du se,
Und behalt' lieb deine

Suse.“

Auch die letzte Nacht ging vorüber. Die Kinder schliefen wenig vor Aufregung, und Mutters Besorgnis, daß sie nicht zur Zeit aufwachen würden, war umsonst.

Noch einmal gingen sie durch die leere Wohnung. Mit erstaunten Augen sahen die Kinder, wie Vater die weinende Mutter an sein Herz zog mit den Worten: „Wir haben hier glückliche Jahre verlebt, aber das alte Glück nehmen wir mit in das neue Heim, nicht wahr?“

Mutter lächelte unter Tränen.

An seinen Rosenstöcken, die er mit so viel Liebe gepflegt, stand Vater lange. Wer würde sich diesmal an den duftschweren Blüten erfreuen?

Auch Mutters Hand strich liebkosend noch über jeden Obstbaum; jedes Erdbeerpflänzchen umfaßte sie mit liebevollem Blick.

Dann schlug die Gittertür hinter ihnen zu.

Immer wieder wandten die Eltern den Kopf zu dem blütenumsponnenen Haus zurück, aber die Kinder, denen es viel zu langsam ging, zerrten sie weiter.

Junge Menschen blicken vorwärts, nicht rückwärts.

Auf der Bahn war das Kränzchen vollzählig versammelt, alle trugen sie Blumen in den Händen. Auch die Freunde der Eltern hatten sich zum letzten Lebewohl eingefunden. Es war den Kindern doch jetzt auch etwas seltsam zumute. Liselotte wollte ihre Suse gar nicht los lassen.

„Einsteigen" – schrie der Schaffner.

Taschentücher flatterten – Grüßen und Winken hüben und drüben – dann wurden der alte Stadtturm, der als letzter Freund seinen Abschiedsgruß zu ihnen herübersandte, kleiner und kleiner, bis er ganz verschwand.

Liselotte zerdrückte ein paar Tränchen im Auge, Norbert aber, der seinen Schmerz „männlich" bemeistern wollte, begann mit einer durch den Stimmwechsel nicht gerade verschönten Stimme laut zu grölen: „Nun ade, du mein lieb' Heimatland!"

Da fielen auch die andern vier schon ziemlich getröstet mit ein, und unter diesen Klängen rollten Baumeisters Rangen einem neuen Leben entgegen.

12. Kapitel. Klasse IV M

Durch ein Meer schneeiger und rosenroter Obstblüten brauste der Zug, aber je weiter der Tag vorrückte, je höher sie nach Norden hinaufkamen, um so mehr nahm die Vegetation ab. Die Bäume, die in Schlesien schon in voller Blüte gestanden, hatten hier kaum die allerersten Knospen herausgesteckt. Immer kahler und kahler wurde es und schließlich schrie Norbert:

„Schnee – richtiger Schnee – hier ist ja noch Winter!"

„Ich glaube, wir kommen nach Sibirien, Vatel," Liselotte lehnte den Kopf reisemüde an Vaters Ärmel.

„Scheint mir auch so – Königsberg bietet uns nicht gerade einen warmen Empfang," Vater warf einen Blick von seinem Kursbuch auf die tote Landschaft, welche die Dämmerung schon in ihre grauen Tücher hüllte.

Mutter bemühte sich, die beiden Kleinen zu wecken, welche endlich nach unaufhörlichen Quängeleien in den Armen Maries, die voll Treue die Herrschaft begleitete, eingeschlafen waren. Denn schon tauchten die Lichter der alten Krönungsstadt auf.

Königsberg am ersten Mai tief im Schnee!

Vorläufig sahen die Kinder, soweit sie die Augen auch aufrissen, recht wenig von ihrer neuen Heimat, über einen Platz, auf dem ein fürchterlicher Sturm tobte, ging es gleich ins Hotel, und nach kurzem Imbiß sofort ins Bett. Selbst den Großen fielen die Augen fast zu vor Müdigkeit.

Am anderen Morgen, als Liselotte erwachte, mußte sie sich erst besinnen und zurechtfinden.

Ging sie denn heute erst um neun Uhr in die Schule?

Herrgott – sie war ja in Königsberg – wie der Wind war sie aus dem Bett und barfuß ans Fenster. Aber was sie hier sah, war nicht gerade überwältigend. Den grauschwarzen, räucherigen Bahnhof, der dort wie ein großes Ungeheuer kauerte, kannte sie schon vom Abend zuvor. Die elektrische Bahn, die bimmelnd die Straße entlangsauste, konnte ihr, die bereits in Berlin gewesen, auch nicht imponieren. Sonst nur vielstöckige Häuser ohne Gärten, hohe, qualmende Schornsteine, nirgends ein grünes Fleckchen, nur auf dem Platz ein paar spärliche, tief eingeschneite Bäume.

„Ulkig, die Straße hier heißt Klapperwiese –“

„Wohnen hier die Klapperstörche?“ erkundigte sich Heinz interessiert.

Kurtchen und Edchen begannen sogleich mit lauten Stimmen zu plärren:

„Kapperstock, du duter,
Bring' uns 'nen tleinen Bruder –“

„Um Gottes willen nicht –“ fiel Liselotte entsetzt ein, „ich habe an euch vier gerade mehr wie genug!“

Aber die beiden waren jetzt wie zwei aufgezogene Automaten.

„Kapperstock, du bester,
Bring' uns 'ne tleine Swester!"

ging es weiter.

„Na, das ließe sich eher hören, aber sie müßte gleich so groß sein wie Suse!" sehnsüchtig dachte Liselotte der fernen Freundin.

Vater warf sich in Wichs, um sich beim Landespräsidenten und seinen neuen Vorgesetzten zu melden, Mutter ging mit ihren beiden Großen auf die Wohnungssuche. Die Kleinen blieben bei Marie im Hotel, denn draußen wirbelten lustig die Schneeflocken vom grauen Maienhimmel.

„Das nennt sich hier den Wonnemonat", lachte Norbert, mit neugierigen Augen die „Kneiphöfsche Langjasse", die Hauptstraße der alten Stadt, betrachtend.

„Weißt du, was das ist, Norbert – ein Königsberger Klops –" ein großer Schneeball flog dem Bruder gegen die Mütze.

Norbert machte Miene, die Schlacht weiter fortzusetzen, aber Mutter, die sich ihrer Rangen vor den eleganten Vorübergehenden schämte, beendete schnell den übermütigen Kampf.

„Benehmt euch anständig – sonst bringe ich euch ins Hotel zurück! Seht mal, dort ist das alte, alte Schloß, in dem Preußens Könige gekrönt werden!" staunend schauten die Kinder zu dem herrlichen, ehrwürdigen Bau aus, der schon vielen Jahrhunderten getrotzt. Der Schloßteich mitten in der Stadt mit seinen Anlagen und Uferpromenaden erregte allgemeine Bewunderung. Nun ging es durch ein großes Tor mit Zinnen, Türmchen und schweren eisernen Türen. Scheuen Auges streifte die sonst so kecke Liselotte den mit geladenem Gewehr auf Posten stehenden Soldaten.

„Als ob man ins Gefängnis kommt," flüsterte sie Norbert zu. Der warf sich in die Brust.

„Mumpitz – jetzt wird's doch gerade fein, jetzt kommen doch die Festungswälle, auf denen wir ›Krieg‹ spielen werden." Er sah mit leuchtenden Augen auf die hohen Wälle, welche die Stadt wie einen Gürtel umgeben.

„Aber wenn man in den Festungsgraben fällt, ist's eklig," meinte Liselotte, sich schon vorher wie ein nasser Pudel schüttelnd. Mutter aber zeigte lächelnd auf eine kleine Tafel.

„Das Betreten der Festungswälle ist streng verboten!" war darauf zu lesen.

„Ei verflixt und zugeknöpft!" Trotzdem Mutter unzufriedene Augen machte, wiederholte Norbert den etwas derben Ausruf noch einmal voller Heftigkeit.

„Was sollen wir denn dann überhaupt hier in Königsberg?" Liselotte war nicht weniger enttäuscht als der Bruder. Auf den Festungswällen herumzutollen, darauf hatten sie sich beide am allermeisten gefreut. Und nun war es damit Essig!

„Na, zum Glück gibt es hier für den Vater noch eine andere Beschäftigung," Mutter mußte wider Willen lachen. Sie schritt den beiden recht kleinlaut folgenden Kindern voraus.

Zu den „Hufen" ging es hinaus, das war das neue Villenviertel außerhalb des Stadtwalls, dort wollten sie nach einer geeigneten Wohnung Umschau halten. Hier draußen gab es doch wenigstens kleine Gärten und Bäume, da würden sie ihr altes Heim nicht allzu sehr vermissen. Bald hatte man auch eine wunderhübsche Wohnung herausgefunden. Allerdings hatten andere Bewohner das Parterregeschoß inne. Sehr ruhige Mieter, ein älteres Ehepaar, wie die Wirtin zur Beruhigung mitteilte. Frau Baumeister Günther fühlte sich aber dadurch durchaus nicht beruhigt – im Gegenteil, sie empfand geradezu einen beklemmenden Druck, wenn sie an ihre fünf lärmenden Raufbolde dachte. Aber die Wohnung erschien so passend, daß die Mutter versprach, mit ihrem Gatten wiederzukommen.

„Sieh mal, einen Garten hat's auch – mieserig ist er man," raunte Norbert der Schwester zu.

Die aber hatte dafür kein Interesse. Die ganze Zeit über kicherte sie schon recht jörenhaft in ihr Taschentuch hinein, und als man jetzt wieder auf der Straße stand, prustete sie laut heraus.

„Ich lach' mich tot – die Frau hat ja zum Quieken gesprochen – „eï neï, Se sallen mal sehen, es ward Ihn' schon bei mir jefallen, und das Zimmer für das trautste Mariellche ist doch scheen, necht?" Das boshafte kleine

Ding ahmte den „ostpreißischen Dialekt“ so wahrheitsgetreu nach, daß Norbert in ihr Lachen einstimmte.

Mutter aber lachte nicht. Die untersagte ihrem Töchterchen streng, sich über eine alte, würdige Dame lustig zu machen. „Meinst du, die Leute werden sich hier nicht auch über deinen schlesischen Dialekt amüsieren?“ da schwieg Liselotte betreten still.

Das ironische kleine Fräulein sollte bald genug erfahren, wie weh es tat, ausgelacht zu werden.

Die Wohnung wurde gemietet, desgleichen eine ostpreußische Küchenfee, die sich rühmte, die beste Königsberger Fleck zu fabrizieren, und die – o Wonne – zu Norbert und Liselotte „Sie“ sagte.

Liselotte hatte, als sie zuzog, ihr längstes Kleid angelegt und die Halbschuhe mit den hohen Absätzen, und siehe – ihr heißester Wunsch ging in Erfüllung. Die neue Anna sagte wirklich „Sie“ zu ihr.

Aber beinahe hätte dadurch die kindliche Liebe und Ehrerbietung des Töchterchens zur Mutter gelitten. Denn Mutti meinte lächelnd: „Nein, Anna, zu Norbert mögen Sie meinetwegen ›Sie‹ sagen, der ist ja schon Obertertianer, aber Liselotte hat damit noch ein paar Jährchen Zeit, was, mein Mädel?“

Mutters Mädel war jedoch durchaus nicht derselben Ansicht. In ihrer jungen Brust tobte ein wahrer Vulkan von wütender Erregung, und sie hatte so schlechte, häßliche Gedanken und solch ein Neidgefühl gegen Norbert, daß sie sich später, als sie sich allmählich beruhigte, ganz entsetzlich derselben schämte. Durch doppelte Liebe und Zärtlichkeit versuchte sie ihre Gedankensünden wieder gut zu machen. Aber jedesmal, wenn Anna „Herr Norbert“ sagte, gab es ihr einen Stich durch das Herz, ob das gutherzige Mädchen sie auch noch so freundlich „trautstes Angelche“ nannte. Sie wollte kein Engelchen sein – nein – sondern „Fräulein Liselotte“!

„Vielleicht wird hier in der dritten Klasse schon ›Sie‹ gesagt,“ das blieb noch ihr einziger Trost. Norbert und Heinz waren bereits eingeschult, letzterer mußte auf Wunsch der Eltern die Nona, die neunte Klasse, noch einmal durchmachen.

„Ob ich überhaupt geprüft werde?“ fragte Liselotte, als Mutter mit ihr zum Direktor der städtischen Mädchenschule ging. „Vielleicht genügt meine letzte Zensur – schade, daß ich nicht lobenswert habe!“ dachte sie weiter.

Der Herr Direktor war ein dicker, freundlicher Herr. Er sah erst das kleine Mädel durchdringend durch seine Brillengläser an, dann die Zensur, und machte darauf „hm, hm“, woraus man nicht recht klug werden konnte, ob es abfällig oder beifällig gemeint war.

„Ei, da wollen wir mal sehen, was das Mariellchen kann,“ sagte er darauf wohlwollend.

Liselotte hatte Mühe, ernst zu bleiben. Der Herr Direktor sprach ja gerade so ulkig wie die Frau Wirtin und wie die Anna zu Haus, sie kniff sich tüchtig in den Daumen, um bloß nicht zu lachen.

„Also arst mal Französisch, nanne mir mal unrejelmäßije Varben – aber, Kindchen, das ist doch jar nicht schwer!“ der Direktor nickte der schweigenden Liselotte aufmunternd zu.

Die aber kämpfte. Sie wußte, wenn sie jetzt nur den Mund aufmachte, mußte sie unfehlbar kichern.

„Ei, weißt du kein einzijes?“ der Direktor machte ein mißbilligendes Gesicht.

Liselotte nahm sich zusammen.

„ Faire, savoir, pouvoir“ – stieß sie heraus, und dann ging es nicht weiter. Sie lachte laut und ungeniert los, zum größten Erstaunen des Herrn Direktors und zum sprachlosen Entsetzen der Mutter.

„Ei – was ist denn an diesen Varben so janz besonders lächerlich?“ erkundigte sich der Direktor.

Es half nichts – das kleine Mädchen mußte antworten.

„An den Verben nicht –“ stotterte sie, nun doch ein wenig verlegen, „aber Sie – Sie sprechen halt a bissel so, wie das Gedicht von dem dicken Mops, der keinen Königsberger Klops fraß,“ setzte sie mit der ihr eigenen Zutraulichkeit hinzu.

Mutter war entgeistert über ihre unerzogene, naseweise Tochter, sie wäre am liebsten in ein Mauseloch gekrochen. Der Direktor aber, der selbst Kinder hatte, lachte von Herzen.

„Also das war's, eï, das hättest du jleïch sagen können, daran wirst dich wohl hier in Kenichsbarch jewehnen missen, aber du scheinst mir auch recht schlesisch zu sprechen, wie wär's, wenn ich dich jetzt auslachen mecht?"

Liselotte sah den guten Herrn Direktor mit ihren strahlenden Blauaugen treuherzig an. Da fand er es in ihren klaren Augen bestätigt, daß nur kindischer Übermut und nicht Boshaftigkeit das ungehörige Lachen verursacht. Von dem Augenblick an war der Herr Direktor mit Liselotte Günther gut Freund.

Mutter aber entschuldigte sich vielmals, daß ihre Tochter so wenig Lebensart besaß, trotzdem der nette alte Herr nichts davon hören wollte.

Die Prüfung wurde fortgesetzt. Liselottes Freundschaft mit Suse Bertram war doch nicht umsonst gewesen, sie hatten beide zusammen fleißig und gewissenhaft gearbeitet, Mutter war selbst erstaunt darüber, wie gut ihr Mädel in allem beschlagen war.

Der Direktor nickte zufrieden, und Liselotte strahlte. Am Ende kam sie sogar in die obere dritte Klasse!

„Hm – weïl du so jut jekonnt hast, wallen wir dich in die vierte Klasse, in die IV M, eïnreïhen," sagte der Direktor, nachdem er ein Weilchen überlegt und in seinem Büchlein geblättert hatte.

Die neue Schülerin machte ein Gesicht wie drei Tage Regenwetter.

In die vierte Klasse sollte sie, wo sie alles so fein gewußt hatte, unter die kleinen Krabben! Anni Diefenbach, auf die sie stets herabgeblickt, war in der IV M – nein, das war ungerecht!

Ihre noch eben so vergnügten Augen füllten sich sofort mit Tränen.

„Ich – ich –" stotterte sie, trotzdem sie wußte, daß es unschicklich war, zu sprechen, wenn sie nicht gefragt wurde, und trotzdem Mutter ihr verwarnende Blicke zuwarf.

„Nun, was willst du denn noch?" fragte der Direktor nicht unfreundlich.

„Ich – ich bin doch schon in die dritte Klasse gekommen, und nun soll ich wieder nach der vierten zurückversetzt werden, wo ich doch alles gewußt habe – unter die kleinen Jören soll ich!" jetzt schluchzte sie wirklich.

Der Herr Direktor lachte dröhnend.

„Achott, das ist wirklich schlecht von mir, aber ich kann dir nicht halfen – wir haben hier das Zehnklassensystem, da ist die vierte Klasse so jut wie bei euch die dritte – morjen um acht kannst dich einstallen."

Liselotte war entlassen.

Aber die Schmach, in die vierte Klasse aufgenommen zu sein, hatten die Worte des Direktors nicht getilgt. Und als Norbert sie zu Hause noch hänselte und „zurückversetzter Quartaner" nannte, da gab es nach allen Regeln der Kunst die erste Prügelei in Königsberg.

Am andern Morgen zogen Baumeisters drei Ältesten zum ersten Male in die Schule.

Liselotte erhobenen Hauptes, denn sie wollte den Brüdern, welche den gleichen Weg mit ihr hatten, nicht zeigen, wie tief gedemütigt sie sich fühlte.

Das stattliche rote Backsteingebäude, das so ganz anders dreinschaute als Fräulein Bergmanns „räucherige Bude", schüchterte sie heute, wo sie es ohne Mutter betrat, ziemlich ein. Aber gleich darauf ermannte sie sich – die Günther-Liselotte Angst – pah – nicht die Spur – und sie fragte ein kleines Mädchen recht herablassend nach der Klasse IV M.

Vierzig Augenpaare richteten sich mit unverhohlener Neugier auf die eintretende Neue. Diese blieb unschlüssig in der Nähe der Tür stehen, sie wußte nicht, wo sie sich hinsetzen sollte. Sie erwiderte die durchbohrenden Mädchenblicke, die sie wie Wurfgeschosse trafen, möglichst gleichmütig, aber allmählich stieg ihr doch, als man rings um sie herum die Köpfe zusammensteckte und miteinander tuschelte, die Röte des Ärgers in das Gesicht.

„Alberne Riken!" dachte sie erbittert, „kann nicht eine lieber die Futterluke aufmachen und mir sagen, welcher Platz frei ist!"

Da trat zum Glück der Lehrer in die Klasse. Doktor Schmidt war's, der Ordinarius, ein kleiner, kurzsichtiger Herr. Er holte seine Brille hervor und musterte die höflich knicksende Liselotte wie ein Wundertier.

„Ah, die Neue," sagte er dann, sich plötzlich besinnend, „na, setz' dich nur auf den letzten Platz." Er sprach ein reines, dialektfreies Deutsch.

Liselotte zog eine Schnute. Damit hatte sie nicht gerechnet. Letzte wurde sie, wo sie eine so gute Prüfung abgelegt – das war empörend!

Aber alles Gesichterschneiden half nichts, denn Doktor Schmidt nahm keinerlei Notiz mehr von ihr.

Die Rechenstunde begann. Man war bei der Zinsrechnung, die war Liselotte stets höchst unsympathisch. Sie gab sich Mühe, aufmerksam zu folgen, aber trotzdem wußten die anderen Mädel, die nicht größer waren als sie, entschieden mehr. Besonders die eine, solche lange, dünne Bohnenstange, „Jretchen Werscholeït". konnte fast jede Frage beantworten. Ihr langer, spitzer Zeigefinger durchbohrte stets die Luft.

„Das ist eine Neunmalkluge," dachte Liselotte vorschnell, „die kann ich nicht leiden."

„Wieviel Zinsen bringt ein Kapital von 650 Mark, das zu vier Prozent ausgeliehen ist – das kann uns einmal die Neue sagen, wie war doch noch der Name?" Doktor Schmidt kiekelte durch seine Brillengläser zu Liselottes Ecke.

Die war mit ihrer Charakteristik von Gretchen Werscholeit noch immer nicht zu Rande gekommen und hatte Herrn Doktor Schmidts Frage daher überhaupt nicht gehört. Denn eins kann man nur. Erst als sie einen gutgemeinten Puff im Rücken fühlte, sprang sie auf.

„Wie du heißt?" flüsterte ihr die etwas pockennarbige Nachbarin zu.

„Liselotte," die Neue antwortete frisch und frei mit lauter Stimme.

Wieder ein unterdrücktes Kichern in der Klasse.

Was hatten denn die affigen Krabben schon wieder zu grinsen?

Sie sollte es gleich erfahren.

„Liselotte – Albernheiten – den Vatersnamen will ich wissen – sind doch hier nicht im Kindergarten!" bemerkte Doktor Schmidt zum Gaudium der Klasse.

„Liselotte Günther" – Liselotte stieß es mit blitzenden Augen heraus.

„Also Günther – rechne das folgende Exempel, Günther" – aber „Günther" schwieg in allen Sprachen.

Liselotte war so perplex darüber, daß sie, die in der kleinen Stadt stets mit dem Vornamen aufgerufen worden, plötzlich „Günther" hieß, daß sie Herrn Doktor Schmidts Zahlen vorläufig ein sehr geteiltes Interesse entgegenbrachte. Nicht einmal die Brocken, die man ihr ab und zu gutherzig zuwarf, vermochte sie aufzuschnappen.

„Eine vier – setzen, Günther –" so begann Liselottes erfolgreiche Laufbahn auf der Königsberger Mädchenschule.

Die Rechenstunde war zu Ende.

Arm in Arm schlenderten die Mädels, lachend und schwatzend, in die langen Korridore hinaus, ohne sich um die Neue zu kümmern. Die sah hilflos hinter ihnen drein. Sollte sie eine der so freundlich ausschauenden Mädchen fragen, ob sie sich anschließen dürfe?

„Nee – ich mack aber nich" – sagte Liselotte halblaut vor sich hin, im härtesten schlesischen Dialekt. Aufdrängen – anmeiern – ranschmeißen – das hatte sie, die Liselotte, nicht nötig!

„Wie meinst du?" ein niedliches, kleines Mädel mit blondem, kurzgeschorenem Jungskopf und braunen Augen wie Pfefferkörner macht vor Lilo halt.

Liselotte fühlte im Augenblick Sympathie für die hübsche Kleine.

„Ich unterhielt mich nur a bissel mit mir allein," antwortete sie.

„Na, wenn dir diese Unterhaltung nicht besser gefällt als die unserige, kannst du ja mit uns gehen – ich weiß, wie das tut, ›neu‹ zu sein, ich war auch fremd hier," die Pfefferkörneraugen blickten Liselotte mitleidig an.

„Wie heißt du denn?" fragte Liselotte, ihren Arm zutraulich in den ihrer neuen Freundin legend.

„Fritzi – Fritzi von Walden –" Liselotte fand den Namen Fritzi riesig passend für das kleine, bewegliche Ding mit den kurzen Haaren.

„Ich will halt nur noch meine Schnitte holen," sie fühlte sich wie von einem Bann erlöst.

„Was willst du holen?" das lange Gretchen, das sich in Fritzis andern Arm gehängt, blickte die Neue amüsiert an.

„Nu, halt meine Schnitte, mein Brot," Liselotte errötete.

„Jieb her, ich werd' dir halten," machte sich Gretchen Werscholeit über Lilos Dialekt lustig.

Liselottes Blauaugen füllten sich mit Tränen. Wie peinlich das war, ausgelacht zu werden! Und wie oft hatte sie selbst über anderer Schwächen gespottet und gekichert. Das wollte sie aber von nun an ganz gewiß nicht mehr tun – sie hatte es ja jetzt selbst erfahren, wie weh so was tat.

Als es zur Stunde läutete, war Liselotte sowohl mit Fritzi als auch mit Gretchen, der Neunmalklugen, die sie doch zuerst gar nicht recht leiden konnte, herzlich befreundet. Sie hatte erfahren, daß Fritzis Vater Marineoffizier war, auch erst seit einem Jahr her versetzt worden und daß „Jretchen“ hier am „Prejel“ geboren sei, in der „Stadt der scheenen Mädchen“, wie sie selbst sagte. Dabei fand Liselotte Gretchen Werscholeit grundhäßlich. Aber nett war sie doch.

Gleich in der nächsten Stunde bewies sie ihre Freundschaft. Es war Deutsch Lektüre, und Liselotte hatte Schillers Glocke, die gerade durchgenommen wurde, noch nicht da. Wie ein verlorenes Schaf sah sie auf ihrem letzten Platz und hatte keine Ahnung, was die Glocke geschlagen.

„Wart', ich jeb' dir meïn Buchche,“ das gute Gretchen schob ihr das eigene Buch hin und sah mit der Nachbarin ein. Liselotte nickte ihr dankbar zu. Wie kam es nur, daß sie Gretchen mit einemmal gar nicht mehr so häßlich fand?

Aber ihre Vornahme, sich nicht mehr über andere zu mokieren, wurde ihr schwer gemacht. Schillers Glocke, im echten Königsberger Dialekt von den Mädels vorgetragen, wirkte so unglaublich komisch, daß „Günther“ – so hieß sie jetzt in allen Stunden – plötzlich in ein ganz unmotiviertes Lachen ausbrach. Sie zog zwar ihr Taschentuch heraus und tat so, als ob sie einen Hustenkrampf bekommen, aber der deutsche Lehrer blickte die Neue doch von Zeit zu Zeit mißtrauisch an. Die schien sich ja hier schon recht zu Hause zu fühlen!

„Kumm ooch mitte“ – so hatten sie stets alle im Kränzchen gesagt, wenn sie sich nach Schulschluß gegenseitig heimbegleiteten. Liselotte fühlte sich schon so vertraut mit den neuen Freundinnen, daß ihr die gewohnte schlesische Redensart unwillkürlich von den Lippen glitt.

Aber das schallende Gelächter der beiden Kameradinnen belehrte sie, daß sie nicht Arm in Arm mit Suse und Hanni über den Marktplatz sprang, sondern mit zwei fremden Mädels durch fremde Straßen schritt. Tränen schossen ihr in die Augen, halb vor Sehnsucht, halb vor Scham. Und um die kindischen Tränen zu verbergen, kehrte sie das Zankteufelchen hervor.

„Ich geh' nicht mehr mit euch, wenn ihr so lieblos seid – ihr sullt euch halt schämen!“ damit rannte sie spornstreichs davon.

Hinter ihr erklang es: „Eï neï, seï doch nich dammlich“ – „Liselotte, wir meinten es doch nicht böse“ – und dann wieder Gretchens singende Stimme: „Na, denn laß dem Kröt!“

Liselotte tat, als wenn sie taub wäre.

Beim Mittagstisch kramten sie alle ihre Erlebnisse aus, aber so viel wie Liselotte hatte keiner zu erzählen. Norbert hatte zwar auch schon mehrere „Bekannte“ –denn mit dem Wort „Freund“ warf man in seinen Jahren nicht mehr gedankenlos umher. Und Heinzchen erfreute die Mutter, die vorläufig vor Kisten, Kästen und Körben nicht aus noch ein wußte, damit, daß sein neuer Busenfreund „Schorschel Jrijoleï“ ihn bereits nachmittags zum Kaffee „janz jemietlich“ besuchen würde. Liselotte aber verkündete strahlend, daß sie von nun an „Günther“ hieße, zwei Freundinnen hätte, mit denen sie schon verknurrt sei, und die Glocke auf ostpreußisch so schön deklamieren könne wie Jretchen Werscholeït. Das tat sie denn auch zur Erheiterung der Tafelrunde. Nur Muttel drohte lächelnd: „Na, und was hat man zu deinem schlesischen Dialekt gesagt?“ Da wurde das Fräulein Tochter puterrot – und recht kleinlaut.

Ja, Liselotte – man sieht den Splitter in dem Auge des lieben Nächsten, aber nicht den Balken im eigenen Auge!

13. Kapitel. Fräulein Liederlich

Endlich hatte der gestrenge Winter auch aus den altersgrauen Straßen Königsbergs Reißaus nehmen müssen. Murrend war er vor den heißen Strahlen der Frühlingssonne über die Grenze in das russische Reich geflüchtet.

Vater trank jetzt nicht mehr frierend „ostpreußischen Maitrank“, den dampfenden Grog, und Mutter setzte in dem winzigen Gärtchen, der zu ihrem neuen Reich gehörte, Primeln und Stiefmütterchen ein. Ihre Rangen aber tummelten sich vor den Toren auf dem Walter-Simon-Platz. Dort schleuderte Norbert den Fußball, ließ Heinz seine Drachen steigen, und Liselotte errang hier Lorbeeren beim Tennisspiel. Die beiden Kleinen aber zogen mit Marie in die Glacis, die Anlagen, die rings die Stadt umkränzten.

Manchmal war es Liselotte, als ob sie ihr Lebtag hier in Königsberg gewesen wäre. Sie hatte in den sechs Wochen vollständig Wurzel geschlagen in dem fremden Boden. Die Sprache kam ihr nicht mehr lächerlich vor, und ihr schlesischer Dialekt schwand mehr und mehr. Sie kaufte mit Fritzi, die ein Naschkätzchen war, um ein Dittchen Kuchenkrümel, sie vertilgte mit Begeisterung bei Werscholeits das Nationalessen, „Schmand mit Glumse“, trotzdem sie weißen Käse eigentlich gar nicht mochte. Und sie drohte den Kleinen nicht mehr „es setzt Katzenköpfe“, sondern nur noch auf gut Ostpreußisch: „Wart', es jibt Mutzköpp!“

„Unser fünfter Junge ist ein richtiges Königsberger Mariellchen geworden!“ lachte Vater oft verwundert.

„Wenn sie nur auch etwas mädchenhafter würde!“ seufzte Mutter dann.

Ja – damit hatte es gute Wege!

Liselotte war rangenhafter als je, Suses und Hannis sanfter Einfluß fehlte. Fritzi von Walden, die neue Freundin, war selbst so durchtrieben wie ein kleiner Gassenjunge, und Gretchen Werscholeit ließ sich trotz ihrer stattlichen Länge von den beiden kleinen Dingern vollständig beherrschen. Wenn Lilo und Fritzi beisammen waren, machten sie nichts als Dummheiten.

Auch das Zankteufelchen, das sich während der innigen Freundschaft mit der verträglichen Suse ganz verkrochen hatte, machte sich jetzt in Liselottes nettem Zimmerchen wieder breit.

Laubschats, die alten Herrschaften, die das Parterregeschoß bewohnten, wußten ein Lied davon zu singen. Die glaubten nicht anders, als die wilde Jagd hätte über ihnen ihren Einzug gehalten. Von morgens bis abends ging das Getrampele, Türengeschleudere, Zanken und Brüllen. Dreimal hatten die alten Herrschaften sich schon bei den Eltern beklagt. Liselotte, die Hauptschuldige, versprach reumütig jedesmal Besserung, aber bereits im nächsten Augenblick hatte sie alle guten Vorsätze vergessen. Keiner, nicht einmal Norbert, schmetterte die Türen so temperamentvoll ins Schloß wie das Fräulein Tochter. Die alten Leutchen fuhren jedesmal zusammen und sahen ängstlich zu ihrer Gaskrone empor, auf der Glocken und Zylinder bedenklich klirrten.

Da beschloß Frau Laubschat eines Tages, sich das junge Dämchen mal selbst zu langen. Als Liselotte gerade rittlings das Treppengeländer herabrutschte, trat sie aus ihrer Tür. Das kleine Mädchen versuchte von ihrem eigenartigen Sitzplatz aus einen mißglückten Knicks.

Mit einem kühnen Satz wollte sie sodann an der alten Dame vorbei, denn Fritzi wartete im Logengarten auf sie, da blieb sie mit dem weißen Stickereikleid an dem Treppenpfosten hängen. Sie schlug mit der Stirn gegen das Geländer, das neue Stickereikleid aber zeigte eine klaffende Wunde. Liselotte war nicht wehleidig, mit der schmerzenden Beule auf der Stirn wurde sie schnell fertig, schmerzlicher war der Riß im Kleid.

Ganz entsetzt blickte sie auf denselben – o weh, das gab wieder eine tüchtige Standpauke!

„Hast du dir weh getan, Kind, komm' herein zu mir, ich mache dir eine Kompresse," die alte Dame war erschreckt nähergetreten.

Liselotte schüttelte den brummenden Kopf.

„Ih wo – bloß mein neues Kleid, wenn – ach, wenn Sie so gut sein würden und mir Nähnadel und Faden geben," bat sie liebenswürdig; nach oben, unter Mutters Augen wagte sie sich in diesem Zustande nicht.

Frau Laubschat ließ die Kleine freundlich eintreten. Sieh hin – wie allerliebst und bescheiden dieses Radauteufelchen sein konnte! Die alte Dame beschloß, sie bei ihrer Ehre zu packen.

„Komm', Kind, ich werde es dir nähen, du bist ja noch viel zu klein dazu," sagte sie und kramte ihr Brillenfutteral hervor.

Liselotte fühlte sich an ihrer empfindlichsten Stelle getroffen.

„Ich werde nächsten Monat zwölf," sie stellte sich auf die Zehenspitzen.

„Ei nein, da bist du wohl gar nicht das ungezogene Mariellchen, das den größten Spektakel da oben macht! Das ist gewiß eine kleinere Schwester von dir, denn ein Mädel von fast zwölf Jahren ist doch schon groß und verständig! Das pflegt doch wie ein Mütterchen für die jüngeren Geschwister zu sorgen und nicht mit ihnen zu streiten und zu raufen! Ein Mädchen von zwölf Jahren, das ist auch rücksichtsvoll, das denkt doch daran, ob die übrigen Mieter im Haus nicht Kopfschmerzen von dem Tumult bekommen – nicht wahr, Kind?" Frau Laubschat hatte im freundlichsten Tone zu Liselotte gesprochen – war das nun Ernst oder Scherz – Lilo wurde nicht klug daraus.

Aber auf eine Antwort konnte die alte Dame lange warten, denn das kleine Mädchen hatte das errötende Gesicht tief über das Stickereikleid geneigt und nähte den Riß mit ellenlangen Stichen zusammen. Der Boden brannte ihr unter den Füßen.

Gott sei Dank – endlich war sie mit einem gestotterten Dank und verlegenem Knicks glücklich wieder draußen.

„Eine jüngere Schwester, ja, hätte ich nur eine, dann wäre ich sicher artiger und verträglicher," dachte Liselotte wieder ganz geknickt, während sie dem am Schloßteich gelegenen Logengarten zulief.

Frau Laubschat aber sah mit seinem Lächeln hinter ihr her – ob es wohl etwas genützt hatte?

Freilich, wenigstens für einen Tag.

Ganze vierundzwanzig Stunden lang dachte Liselotte daran, Frieden zu halten und möglichst wenig zu trampeln. Es wurde ihr nicht allzu schwer, ihren guten Vorsatz auszuführen, denn sie war den ganzen Nachmittag über nicht zu Hause und während der Nacht verhielt sie sich stets ganz ungewöhnlich friedlich. Am nächsten Vormittag aber war sie in der Schule – und dann, ja dann hatte sie wirklich an anderes zu denken, als an Frau Laubschats Kopfschmerzen. Manchmal bekam sie zwar einen Heidenschreck, wenn sie die Tür gar zu dröhnend zugeknallt hatte, dann schloß sie dieselbe noch einmal leis und zart. Oder aber, wenn das Toben in der Kinderstube zu arg wurde, schrie sie wohl dazwischen: „Schscht – Laubschats schicken wieder rauf!" Und sie puffte die Brüderchen, wenn sie nicht gleich gehorchten, so energisch, daß das Gebrüll nun erst recht einsetzte.

In der Schule erging es Liselotte oder vielmehr „Günther" recht gut. Längst hatte sie nicht mehr den letzten Platz inne. Nach dem französischen Probeextemporal war sie gleich auf die erste Bank gesetzt worden.

Wenn nur die Linkshandkurse nicht gewesen wären! Die verbitterten Liselotte den ganzen Aufenthalt in der Schule. Man ging dort von dem Prinzip aus, beide Hände gleichmäßig auszubilden, es gab Schreibstunden, in denen nur mit der linken Hand geschrieben werden durfte. Die anderen Mädchen waren von der untersten Klasse an daran gewöhnt, aber Lilo, die an und für sich nicht gerade geschickt war, brachte wahre ägyptische Hieroglyphen hervor.

„Mit der linken Pfote kann kein Mensch schreiben," hatte sie ungeduldig gerufen, als Fräulein Honigsüß, die Schreiblehrerin, ihr Vorhaltungen machte, daß ihr Geschriebenes mehr wie Krausgebackenes aussähe und nicht wie Buchstaben. Da war das Fräulein aber gar nicht honigsüß gewesen, sondern gallenbitter, und hatte Liselotte klar gemacht, daß erstens ein Mensch keine Pfoten hätte, und daß zweitens eine Schülerin höflich und bescheiden zu einer Lehrerin zu sprechen habe. Seitdem haßte Lilo die Schreibstunden noch viel mehr. Sie sollte zu Hause täglich eine halbe Stunde üben, aber das Raufen und Lärmen ließ ihr dazu keine Zeit. So mogelte sie, sowie Fräulein Honigsüß die Augen nur gewandt hatte, und schrieb mit der rechten Hand. Aber so viel Mühe sie sich auch gab, sie brachte nicht so zitterige Krähenfüße fertig wie mit der Linken – meist wurde sie abgefaßt.

Fast noch schlimmer als die Schreibstunde war der Handarbeitsunterricht, den ebenfalls Fräulein Honigsüß erteilte.

Liselotte, die bei keiner Handarbeit Ausdauer hatte, stand hier wahre Folterqualen aus. Ihre Fingerchen mühten sich vergebens, das harte Leinen zu meistern. Es war ebenso widerspenstig wie Liselottes Sinn – denn ach, sie sollte ein Herrenhemd nähen! Und noch dazu zum großen Teil mit der linken Hand. Wie oft sie sich innerhalb einer Minute piekte, das wußte sie selbst kaum noch. Ihre Arbeit zeigte patriotisch die deutschen Landesfarben, schwarz, weiß, rot. Denn an Sauberkeit ließ das kleine Fräulein viel zu wünschen übrig, meist machte sie sich mit Tintenfingern ans Werk.

„Vatchen, ich nähe ein Hemd für dich!" hatte sie nach der ersten Stunde stolz geäußert.

„Na, hoffentlich erlebe ich es noch, daß es fertig wird," schmunzelte der Vater, der sein Töchterchen kannte, lustig.

„Es wird wohl nur für Norbert werden," teilte sie nach der nächsten Stunde schon etwas weniger stolz mit, „ich habe einen falschen Faden ausgezogen und da ist es zu kurz geworden!"

Armer Norbert – wenn der jemals in die bedauernswerte Lage kommen sollte, Lilos selbstgefertigtes Hemd zu tragen! Liselottes Kappnähte glichen korinthischen Säulen, wehe dem Ärmsten, der dieselben auf seiner Haut fühlte!

Heute hatte Liselotte absolut keine Lust zu ihrer Näharbeit. Die Junisonne flimmerte so lustig zu den hohen Fenstern hinein, gerade so wie voriges Jahr in das niedrige Klassenzimmer in Schlesien.

Was mochte Suse wohl jetzt machen? Ob sie auch aus Gedanken eine Brücke über die weite Entfernung zu der Freundin baute? Nein – Suse war aufmerksam und andächtig während des Unterrichts, wenn die ihr einen bittenden Blick in der Stunde zugeworfen, hatte auch die zerstreute Lilo ihre abschweifenden Gedanken gesammelt und aufgepaßt.

Und hier? Liselotte warf einen Blick zu Suses Nachbarin hin.

Fritzi, der Rüpel, schien auch keine besondere Neigung für ihren Saum zu haben. Sie beschäftigte sich angelegentlich damit, niedliche kleine „Springer" aus Pergamentpapier zu fertigen und dieselben auf dem großen Atlas unter dem Tisch hopsen zu lassen. Als sie Liselottes interessierten Blicken begegnete, zielte sie ausgelassen und schnellte einen Springer geschickt gegen Lilos Näschen. Liselotte, die auf diesen Angriff nicht vorbereitet, stieß ein erschrecktes „Herreje" aus.

Dies machte Fritzi ungeheuren Spaß, aber Fräulein Honigsüß, die den Ausruf ebenfalls vernommen, weniger. Sie ließ sich Liselottes Handarbeit, die sie mit spitzen Fingern anfaßte, vorzeigen, und als sie sah, daß das kleine Mädchen so gut wie gar nichts in der Stunde gemacht, gab sie ihr als Strafarbeit auf, die ganze Naht zu Hause zu morgen fertig zu kappen.

Entsetzlicher Gedanke! Liselotte blieb den Rest der Stunde in einem Gähnen, das würde ein trostlos öder Nachmittag werden!

„Aber erstens kommt es immer anders – und zweitens, als man denkt," das war die neueste Weisheit, die Lilo von Fritzi gelernt hatte.

Mutter packte daheim das Geburtstagspaket für die Großmama, und das Töchterchen durfte ihr helfen. Die Küchenkante, die Liselotte zu diesem Tage gehäkelt hatte, war natürlich wieder nicht zurzeit fertig geworden, und nun stand sie beschämt neben der Kiste. Hatte sie denn gar nichts für die Großmama zum Mitschicken?

Da fiel ihr Blick durch das Fenster auf einen kleinen Laden an der Ecke. Dort hingen allerlei Plakate. Und plötzlich machte Liselotte einen Freudensprung.

„Ich hab's – ich schicke der Großmama doch noch was“ – und spornstreichs war sie an ihrem irdenen Mohrenkopf, um mittels einer Schere einige Groschen herauszubugsieren.

„Mutti – ich darf doch?“ Eine Erlaubnis wartete sie gar nicht mehr ab, sondern wie sie da war, ohne Hut, mit zerzausten Haaren und spinatbekleckster Schürze, eilte sie über die Straße. In jeder Hand ein kleines Paket, war sie alsbald wieder zurück. Unten im Gärtchen traf sie die Mutter, die zur Stadt wollte.

„Och – du gehst weg, Muttel, ist das Paket schon zu, ich habe doch noch eine Überraschung für Großmuttchen,“ Liselotte schob beleidigt die Unterlippe vor.

„Nein – nein, Kind, es geht erst heute abend fort, ich will noch etwas besorgen, gib acht auf die Kleinen, Marie ist auf dem Boden, ich habe die Kiste hochgestellt, daß sie nicht herankommen. Du solltest dich übrigens schämen, in solchem Aufzuge herumzulaufen,“ ein strafender Blick streifte Liselottes Schürze und Haare.

Lilo stahl sich an Frau Laubschats geöffnetem Fenster vorüber, denn wenn die sie so erblickte, glaubte sie ganz bestimmt nicht, daß sie bald zwölf Jahre alt wurde.

Droben ertappte sie Heinz gerade dabei, wie er auf den kleinen ans Büfett gerückten Tisch klettern wollte, denn dort oben stand die Geburtstagskiste.

„Ich wollt' man bloß nachsehen, ob auch alles drin is,“ verteidigte er sich schreiend, da Liselotte ihn sofort an einem Bein herunterzerrte. Der Sicherheit wegen spedierte sie ihn gleich bis in die Kinderstube, wogegen er sich mit Ellenbogen und Knien verteidigte. Liselotte mußte ihre Pakete aus der Hand legen, um ihn zu bändigen. Aber als es jetzt klingelte und Anna „Jretchen Werscholeït“ meldete, ließ sie den zeternden Heinz schnell los, denn sie schämte sich vor der Freundin.

An die auf Kurtchens Stühlchen vergessenen Pakete dachte Fräulein Liederlich nicht mehr.

Gretchen kam, um die Freundin zum nächsten Sonntag, ihrem Geburtstage, nach Cranz, dem eine halbe Stunde von Königsberg gelegenen Ostseebad, einzuladen. Dort wohnten Werscholeits auf Sommerwohnung, Gretchen aber blieb die Woche über, der Schule wegen, in der Stadt bei einer Tante.

Liselotte war sofort Feuer und Flamme. Himmlisch würde es in Cranz werden! Der Vater war schon öfters Sonntags mit ihnen herausgefahren, aber das war lange nicht so interessant, als wenn man allein fahren durfte.

„Du kommst sicher nach Haus, aber den Hausschlissel mußt dir jeben lassen, wir fahren alle zusammen und setzen dich hier am Bahnhof dann in die Alaktrische, du fährst ja bis an deïn Haus!“

Liselotte strahlte. Wenn nur Mutti ihre Erlaubnis gab zu der selbständigen Heimkehr! Bis jetzt hatte Norbert sie noch immer abholen müssen, aber sie war doch kein Baby mehr!

Gretchen, die etwas phlegmatisch und nölig war, blieb zwei Stunden bei Liselotte, trotzdem sie nur auf einen Augenblick gekommen. Mit keinem Gedanken dachte Liselotte an ihre Schwesterpflichten noch an ihre Strafarbeit zu morgen. All ihr Denken gipfelte, als Gretchen endlich gegangen war, darin, „ob ich wohl Sonntag allein nach Haus kommen darf?“

Mehrstimmiges Geheul aus dem Kinderzimmer erinnerte sie an Mutters Gebot. Je – die Bälger, die hatte sie in ihren Zukunftsträumen rein vergessen.

„Wenn du petzt, verklopp' ich dich zu Puppenlappen,“ großsprecherisch stand Heinz vor dem plärrenden Edchen, als die Schwester das Kinderzimmer betrat.

„Was ist los, was soll er nicht petzen?“ Zankteufelchen rief es im befehlenden Ton.

„Geht dich gar nichts an," meinte der noch eben so kühne Heinz ziemlich ängstlich, und „geht diß gar niß an!" wiederholte nun auch Edchen, immer noch heulend.

„So, das geht mich sehr viel an, gleich sagst du's, oder ich sperre dich in die dunkle Besenkammer," drohte Liselotte, Edchen beim Schlafittchen nehmend.

„Wir haben Kuchen gegeßt," schrie dieser wie am Spieß.

„Wo habt ihr ihn hergenommen – wirst du wohl die Wahrheit sagen!" Liselotte verlangte von dem Kleinen, was sie selbst nicht immer befolgte.

„Da – dort vom Stuhl," schrie Edchen, da Liselotte ihn etwas nachdrücklich gegen die Wand preßte.

„Was –" Liselotte ließ sofort den kleinen Missetäter los und sprang zu Kurtchens Stühlchen.

Dort lagen zwei zerfetzte Papiere mit einigen vergessenen Krümeln.

„Um Gottes willen" – sie wurde plötzlich blaß – „ihr habt ja Hundekuchen und Vogelkeks genascht, das sollte ja für Großmamas Teckel und fürs Hänschen sein – ihr habt euch ganz sicher vergiftet!

Dreistimmiges ohrenbetäubendes Gebrüll erfüllte das Kinderzimmer.

„Wir sind vergiften" – „wir wollen aber niß tot gesterbt werden" – „er hat so srecklisse Bauchsmerzen," der Weinerich krümmte sich in seiner Ecke.

Mit entsetzten Augen starrte Liselotte auf die schreienden Kinder. Sie war schuld daran, wenn sie sich vergiftet hatten, durch ihre Liederlichkeit waren sie an Großmamas Hundekuchen geraten!

„Norbert – Norbert" – ebenfalls weinend riß sie die Tür zu des Bruders Zimmer auf.

Der saß unbekümmert um das Toben nebenan, an das er gewöhnt war, bei seiner lateinischen Übersetzung.

„Norbert, die Jungs haben sich an Hundekuchen und Vogelkeks vergiftet," schrie sie voll Angst.

„Dämelsack – dann müßten doch die Hunde und Vögel auch davon sterben, ihr Weiber habt doch nicht die Spur Logik im Grips," er sah überlegen auf die kleinere Schwester.

Aber da die drei nach wie vor brüllten, und der Weinerich jetzt sogar über „danz srecklis dolle Bauchsmerzen“ klagte, beruhigte sich Liselotte nicht.

„Vielleicht ein Brechmittel, Norbert,“ schlug sie erregt vor.

„Kann nie schaden, es ist noch eins von Heinz' letztem Geburtstag in der Hausapotheke.“ Das Brechpulver wurde eingerührt, aber als man es gerade den sich wehrenden Jören mit Gewalt einflößen wollte, kam zu ihrem Glück die Mutter nach Hause.

Die war nicht wenig erschrocken, aber als sie den Sachverhalt erfahren, lachte sie aus vollem Halse.

„Nicht einmal Hundekuchen ist vor euch Rangen sicher!“ und sie beruhigte die wimmernden Kinder, daß sie ganz bestimmt nicht vergiftet seien. Kurtchens Schmerzen rührten wohl von einem Zuviel des Guten her. Norbert aber und Liselotte bekamen ein für allemal die strenge Weisung, das Kurieren auf eigene Faust, durch das sie noch mehr Schaden anrichten konnten, künftig zu unterlassen.

„Hat's denn geschmeckt?“ erkundigte sich Norbert, der Süßschnabel, noch interessiert.

„Abßeulis – aber es war doch Tuchen!“ Kurtchen hielt sich verpflichtet, allem, was Kuchen hieß, den Garaus zu machen.

So mußte Großmamas Geburtstagskiste ohne Hundekuchen und ohne Vogelkeks abgehen!

Da Mutti heute gerade nicht sehr gut zu sprechen auf ihr Töchterchen war, hielt der Schlaukopf es für geratener, die Erlaubnis für den Sonntagsausflug erst morgen zu erbitten.

Aber sie hatte die Rechnung ohne den Wirt, d. h. ohne Fräulein Honigsüß gemacht.

Als Liselotte am nächsten Morgen zwischen Zähneputzen und Haarekämmen ihre Mappe packte, die eigentlich am Abend vorher fix und fertig sein sollte, fand sie darin zu ihrem Entsetzen das verhaßte Herrenhemd.

Die Strafarbeit – allmächtige Güte – was fing sie jetzt bloß an! Es gab keinen anderen Ausweg, als die Handarbeit zu Hause zu vergessen. Das tat sie denn auch gründlich, indem sie ihr noch mit dem Fuß einen Stoß gab, daß sie bis unter den Kleiderschrank flog.

Vielleicht vergaß auch Fräulein Honigsüß, daß sie eine Strafarbeit anfertigen sollte, man hatte ja heute nur Schreibstunde bei ihr! Dieser Gedanke wirkte ungemein tröstlich. Aber Fräulein Honigsüß hatte ein gutes Gedächtnis.

„Günther, deine Kappnaht!“ damit eröffnete sie die Stunde.

Liselotte teilte etwas unsicher mit, daß sie dieselbe zu Hause liegen gelassen habe.

„So werde ich dich unter Tadel schreiben, bring' mir dein Büchlein vor.“

Liselotte tat beschämt, wie ihr geheißen, und Fräulein Honigsüß schrieb in das kleine Ordnungsbuch, das jede Schülerin führen mußte, mit schönen Buchstaben „Günther getadelt, weil sie ohne Hemd in die Schule gekommen.“

„So – das läßt du vom Herrn Direktor und von den Eltern daheim unterschreiben“ – der Unterricht nahm seinen Anfang.

Liselotte aber dachte weder daran, mit der linken, noch mit der rechten Hand zu schreiben, sie war einfach außer sich. Ihre ganze Umgebung machte sie rebellisch.

„Ich tu's nicht – ich tue es ganz bestimmt nicht, ich schäme mich ja tot vor dem Herrn Direktor, der denkt sicher, ich habe kein Hemd an,“ so räsonierte sie flüsternd.

Aber es half nichts – sie mußte sich nach der Stunde zum Direktor begeben. Ihr Herz klopfte zum Zerspringen. Das Direktorzimmer übte auf jede Schülerin, selbst auf die kecke Liselotte, einen bedrückend feierlichen Eindruck aus.

„Ei – Jünther – na, was jibt's?“ der Herr Direktor sah sie freundlich an.

Blutübergossen reichte Liselotte ihr Ordnungsbüchlein hin.

„Nanu“ – der Direktor stutzte, dann aber schien ihm ein Licht aufzugehen, er versuchte vergeblich seine Heiterkeit zu verbergen.

„Ei, daß mir das nicht wieder vorkommt, Jünther,“ Liselotte war ohne Strafpredigt entlassen.

Auch daheim verursachte der Tadel nicht solch Unwetter, wie es sonst wohl der Fall gewesen. Der unbeabsichtigte Humor, der in den Worten lag, besänftigte selbst Muttis Erziehungswogen.

Aber mit ihrer Sonntagseinladung traute sich Liselotte doch noch immer nicht heraus. Erst wollte sie heute nachmittag ihre Kappnaht mal fertig nähen, das würde Mutter sicher versöhnen.

Ja – wo war das Unglückshemd denn bloß hingekommen? Unter dem Schrank, wo es Fräulein Liederlich so ordentlich verwahrt, lag es nicht mehr. Keiner hatte es gesehen, auch Marie nicht, die dort reingemacht.

Liselotte suchte und jammerte, weinte und suchte.

Das Hemd blieb unsichtbar.

Die Kinder wurden verhört, besonders die beiden Kleinen, die noch nicht zur Schule gingen, und die Marie stets beim Aufräumen der Zimmer halfen.

„Habt ihr nichts unter meinem Schrank gefunden?“ Zum ixten Male richtete Liselotte diese Frage an die kleinen Brüderchen.

Und zum ixten Male antwortete der Neinerich sein gewohnheitsmäßiges „Nein“, während der Weinerich, der sich von seiner Vergiftung wieder erholt, plötzlich zu weinen begann.

„Er hat dehaupt tein Hemd defindet, nur ein ßöner Szeuerlappen hat untern Srank deliegt,“ verteidigte sich der Kleine.

„Wo hast du ihn?“ Zankteufelchen schüttelte das Bürschchen an den Schultern.

„In mein Eimerßen.“

Liselotte stürmte ins Kinderzimmer. Da stand Kurtchens kleiner Eimer, und aus demselben zog Liselotte jetzt entgeistert ein zum schwärzlich grauen Klumpen geballtes, nasses Etwas hervor. Es waren die Seitenteile zu Lilos Herrenhemd. Kurtchen hatte Marie mit dem „ßönen Szeuerlappen“ beim Aufwischen der Zimmer geholfen.

Wie ein Racheengel stand Liselotte da und schlug dem verdutzten Kleinen den nassen Lappen um die Ohren. Aber Mutter entzog ihn dem Arm der Gerechtigkeit.

„Schäme dich, Liselotte, den Ärger über deine eigene Liederlichkeit an dem Kinde auszulassen, das unmöglich wissen konnte, daß du deine Schulhandarbeit unter dem Schrank verwahrst!“ sagte die Mutter ernst.

„Nun habe ich kein Hemd – nun muß ich von Handarbeit dispensiert werden!“ In all dem jammervollen Dunkel ging Liselotte plötzlich dieser Hoffnungsstrahl auf.

Aber sie täuschte sich recht sehr.

Der irdene Mohrenkopf mußte alle seine Spargroschen ausspucken, davon wurde neue Leinwand gekauft. Und jeden Nachmittag zwischen drei und vier, wenn die goldene Sonne auch noch so lustig in das Zimmer blinzelte und liebkosend braune Locken streifte, sah sie neben der Mutter einen emsig über Linnen gebeugten Mädchenkopf. Ob sie auch gleißte und lockte, das rosige Gesichtchen blieb eifrig über die Arbeit geneigt. Und lachend sah die Sonne, wie die Stiche allmählich kleiner und gleichmäßiger wurden, und wie nach und nach tadellos saubere Säume und zierliche Kappnähte unter Fräulein Liederlichs Fingerchen hervorgingen.

14. Kapitel. Am Meeresstrand

Hätte sich Liselotte nicht hinter ihr Vatchen gesteckt, ganz sicher wäre sie Sonntag zu Hause geblieben, und Gretchen Werscholeit hätte ohne sie Geburtstag feiern müssen.

Denn sogar in der letzten Viertelstunde sollte die glücklich erschmeichelte Erlaubnis noch zurückgezogen werden. Und zwar in jenem kritischen Augenblick, als Liselotte im weißen Stickereikleid hoch oben auf einem Stuhl thronte, und Mutti sie mit prüfenden Augen umkreiste, ob auch kein fürwitziges Unterrockzäckchen hervorzulugen wagte.

Da fiel Mutters Blick auf den zusammengezogenen Riß, über den das Töchterchen wohlweislich Stillschweigen bewahrt hatte.

Am liebsten hätte Mutti sie sofort wieder ausgezogen und zu Hause gelassen, aber Liselotte bat und bettelte, daß es einen Stein hätte erweichen können. Wieviel mehr erst ein zärtliches Mutterherz! So stopften Mutters geschickte Finger den Riß in Eile noch kunstgerecht zu, und das Fräulein Tochter, dem es in allen Adern zuckte und kribbelte, fortzukommen, hatte eine harte Geduldsprobe zu bestehen.

Gott sei's gepfiffen und getrommelt – endlich durfte sie, den Hausschlüssel in der Tasche, zum Cranzer Bahnhof entschlüpfen.

„Punkt halb elf bist du zu Hause – sei verständig und mach keine Dummheiten," rief ihr Mutti noch aus dem Fenster nach.

Liselotte schüttelte nur, in ihrer Würde gekränkt, die von mattblauem Seidenbande umschlungenen Locken – sie war doch ein großes Mädel!

Fritzi erwartete sie bereits auf dem Bahnhof, kichernd bestiegen die beiden jungen Fräulein ein Abteil des „Lahmen Augusts". Mit diesem stolzen Namen bezeichnet der Königsberger humorvoll die ziemlich klapprige Bimmelbahn, die zum Ostseestrand hinausführt.

„Wir sollen nicht an der Tür stehen, mein Vater hat es extra noch gesagt," Liselotte zog Fritzi an der weißen Matrosenbluse, ungewöhnlich gehorsam, vom Fenster fort.

„Gequackel – ich darf immer hier stehen, und außerdem bin ich drei Monate älter als du!" Fritzi ließ sich nicht befehlen.

Das nahm Liselotte ihr schrecklich übel. Bis die dunklen Fichtenwaldungen von Groß-Raum auftauchten, schwieg sie verknurrt auf alle lustigen Scherze und Anzapfungen der Freundin. Dann aber, als Fritzi vorschlug, sich die beiderseitigen Geburtstagsbonbonieren mal näher anzusehen, fühlte sie ihren Groll schwinden. Vorsichtig wurden Papierhülle und Band gelöst, in Fritzis Körbchen waren Pralinés, Liselotte hatte ein kleines, allerliebstes Domino aus Schokolade.

Fritzi war ein wohlerzogenes Kind. Sie wußte, daß der Anstand es verlangte, anzubieten, allerdings – nicht aus einer fremden Bonboniere. Aber das fiel ihr erst später ein. Sie nötigte Liselotte so lange, bis diese sich eine große Kognakkirsche zu Gemüts zog. Der heimtückische Inhalt tropfte auf das schöne neue Stickereikleid.

„Wir waschen es an der See aus," tröstete Fritzi.

Sie wartete, daß die Freundin ihr jetzt ihrerseits von ihrem Schokoladenreichtum anbieten würde.

Dies geschah auch. Liselotte wollte nicht weniger Lebensart besitzen als Fritzi. Aber bei dem einen Stück blieb es nicht. Als man die Meierei Quednau erreicht hatte, zeigte Fritzis Körbchen eine gähnende Leere, und von Lilos Domino fehlten bis auf Null-Null, die keine essen mochte, weil zu wenig Zucker drauf war, sämtliche Doppelnummern.

Während der „Lahme August" das üppige grüne Samland durchquerte, bekam Liselotte einen moralischen Katzenjammer.

„Fritzi, was machen wir denn bloß, du kannst ja von dem Seidenpapier unterstopfen, aber wenn das Domino nicht stimmt, denken Werscholeits doch sicher, ich hätte es schon gehabt!" Sie machte ganz verstörte Augen.

„Iß Null-Null auch noch weg, dann fällt es nicht so auf," riet Fritzi. Das leuchtete Liselotte ein, und sie ließ Fritzi großmütig die Hälfte abbeißen.

Als der Zug in Cranz einfuhr, und das lange Gretchen bereits in Sicht war, packte Liselotte noch geschwind Fritzi beim Arm.

„Du – soll ich es Gretchen nicht lieber eingestehen?"

„Bist wohl nicht ganz bei Troste!" diese Antwort ließ nichts an Deutlichkeit zu wünschen übrig. Aber um Liselottes unbefangenen Frohsinn war's geschehen. Ihr Glückwunsch kam scheu heraus, und als Gretchen voll Dankbarkeit das niedliche Domino bewunderte, erschien sie sich ganz furchtbar schlecht.

Das lebhafte Treiben des eleganten Badeorts ließ zum Glück wenig Zeit zu trüben Gedanken. Und die Geburtstagsschokolade spülte den Rest der unbehaglichen Stimmung weg.

Man zog an den Strand, um Muscheln zu suchen, und Zankteufelchen kabbelte sich hier ernstlich mit Fritzi. Die hatte ein geübtes Auge, und immer gerade, wenn Liselotte eine feine Muschel erspäht hatte, bückte sich Fritzi bereits danach. Als sie ihr wieder mal eine prächtige Doppelmuschel gerade vor der Nase wegschnappen wollte, gab ihr Liselotte ärgerlich einen Schubs. Derselbe fiel kräftiger aus, als sie beabsichtigt, und da Fritzi so leicht und zierlich war, flog sie wie ein Gummiball gegen das Meer. Das Pech wollte es, daß gerade eine brandende Welle herangerollt kam, Fritzi wurde vom Kopf bis zu den Halbschuhchen pitschenaß.

„Biste ersoffen?“ erkundigte sich Liselotte lachend, ihre Muschel in Sicherheit bringend. Aber als sie jetzt die triefende Freundin erblickte, erschrak sie doch.

Das schöne weiße Matrosenkleid – die Goldkäferschuhchen – alles verdorben!

Fritzi, das leichtsinnige Ding, lachte noch obendrein.

„Ich stelle mich hier in die Sonne zum Trocknen,“ meinte sie sorglos, trotzdem sie vor Kälte bibberte.

Da aber erhob Gretchen, die verständigste des Kleeblatts, Einspruch.

„Nein, wir jehen nach Haus, willst dich wohl auf den Tod erkälten, du kriegst meine Sachen an,“ sie zog die Freundinnen mit nach der Wohnung.

Wäre Gretchen nur nicht so lang gewesen und Fritzi so klein! Aber so war das Umkleiden ein schweres Stück Arbeit, wenn sie dabei auch aus dem Lachen nicht herauskamen.

Gretchens Strümpfe schienen für Elefantenfüße berechnet, Fritzis kleines Füßchen ging zweimal hinein. Die Schuhe waren die reinen „Äppelkähne“, und mit dem langen Kleid, das ihr bis auf die Fußknöchel hing, sah die zierliche kleine Fritzi wie eine Madame aus! Unmöglich konnte sie sich in diesem Kostüm auf der eleganten Strandpromenade zum Kurkonzert blicken lassen. So kamen sie um dieses Vergnügen, und Liselotte mußte wieder mal einsehen, wieviel Schaden man mit unüberlegter Heftigkeit anrichtet.

„Ei, Domino, wir wallen mit dem neïen Domino spielen,“ schlug die Wirtin vor.

„Nee, davon bekommt man so schmierige Hände,“ wehrte Fritzi schnell.

Man ergötzte sich an schwarzem Peter und Gartenkrocket, denn der Krocketplatz war hinter dem Hause. Dort konnten Fritzi höchstens die Katzen in ihrem seltsamen Staat miauend bewundern.

Als Gretchens Eltern mit der Tante vom Konzert zum Abendessen heimkehrten, lachten sie Tränen über das Aussehen der beiden Freundinnen Gretchens. Denn auch Liselotte glich mehr einem kleinen Schornsteinfeger als einem wohlerzogenen Mädchen. Das ganze Gesicht war ihr beim Schwarzen-Peter-Spiel bemalt und geschwärzt worden, und das Zeug wollte sich nicht abwaschen lassen.

Es gab eine Geburtstagsbowle. Keine Kinderbowle, aus Apfelsinen- oder Himbeerwasser bestehend, wie Lilo sie von den Kindergesellschaften ihrer schlesischen Freundinnen her kannte, sondern eine richtige mit Wein und Erdbeeren. Die Folge davon war, daß die jungen Damen äußerst lustig danach wurden, daß sie lachten, sangen und tanzten.

„Ich jlaub', die Mariellchen haben insjesamt einen kleinen Schwips," meinte Gretchens Vater amüsiert.

Ja – sie waren alle drei beschwipst!

Fritzi wollte in Gretchens Kleidern nach Hause gehen, trotzdem ihre Sachen getrocknet waren, und Liselotte erzählte plötzlich Gretchen jubelnd, ohne jede Spur von Reue, daß sie unterwegs einen Teil der Dominosteine weggefuttert hätten. Darüber lachte das angeheiterte Gretchen so sehr, daß es sich gar nicht beruhigen konnte.

In der Bahn aber wurden die lustigen Dinger plötzlich bleiern müde; die Tante hatte Mühe, sie in Königsberg wieder aus dem Coupé zu laden. Fritzi hatte denselben Weg wie Gretchen, und Liselotte, die kaum noch die Augen aufreißen konnte, wurde in die elektrische Bahn gesetzt.

„Paß auf, daß du nicht an eurem Haus vorbeifährst," rief ihr Gretchens Tante noch besorgt nach.

Liselotte verstand sie in ihrer Müdigkeit überhaupt nicht mehr. Sie drückte sich, nachdem sie ihr Billett bezahlt, in die dunkelste Bahnecke, und da klappten ihre Augenlider auch schon zu.

Wie lange sie dort gesessen und geschlafen, wie oft sie die Strecke von Endstation zu Endstation hin und her gefahren, das blieb in ewiges Dunkel gehüllt. Die Bahn war des Sonntagsverkehrs wegen überfüllt, die Leute kamen und gingen, keiner, nicht einmal der Schaffner, hatte auf das kleine, zusammengekauerte Mädchen acht. Erst als die Bahn mit einem tüchtigen Ruck irgendwo gegenfuhr, fuhr auch Liselotte empor und rieb sich verschlafen die Augen.

Wo war sie denn? In ihrem Bett? Nein – sie fühlte eine harte Holzbank, stichdunkel war es um sie, und der Kopf war ihr so wüst – so wüst – – –

Da, Stimmen – Männerstimmen – jemand versuchte ein Tor zu schließen – war sie im Gefängnis ... wollte man sie einsperren ... Liselotte war plötzlich ganz ermuntert.

„Halt – halt –" schrie sie aus Leibeskräften.

Der Schaffner, der eben im Begriff war, das Bahndepot zu schließen, in dem die Elektrischen des Nachts eingestellt werden, hielt erstaunt inne.

„Rief da nicht jemand?" fragte er den Wagenführer.

Sie lauschten beide. „Halt – Hilfe – halt –" deutlich vernahm man jetzt eine angstvolle Kinderstimme.

Die beiden Bahnbeamten leuchteten in den Wagen.

Da stand ein kleines Mädchen mit schwarz bemaltem Gesicht und müden, verängstigten Blauaugen.

„Dunnerlittchen, wo kommst denn du her?" fragte der eine.

„Ich – ich weiß nicht – ich wollte Ecke Luisenstraße aussteigen und bin wohl vergessen worden" – Liselotte sah jetzt erst, daß sie sich noch immer in der elektrischen Bahn befand. Sie fing an zu weinen.

„Achott, Mariellchen, weïne man nich, das is ja jar nich weït von hier, wir bringen dich beïde janz jemietlich nach Hause," sagte der Schaffner gutmütig, der wohl kein ganz reines Gewissen besaß, daß er die Kleine nicht eher entdeckt und bei einem Haar ins Bahndepot gesperrt hätte.

Ein wenig getröstet, machte sich Liselotte mit den beiden Beamten auf den Weg.

„Ist es schon elf?" fragte sie plötzlich wieder ganz ängstlich.

„Als – eï, es is jleich halb dreï," lachte der Schaffner.

Liselotte stand wie vom Donner gerührt. Dann aber begann sie zu laufen und zu rennen, daß die beiden Begleiter kaum hinterher konnten.

Ihre armen Eltern – wie würden sich die um sie sorgen und ängstigen!

Ja – Liselottes Eltern vergingen inzwischen vor Angst.

Bis elf Uhr hatten sie auf dem Balkon gestanden und nach ihrem Töchterchen ausgeschaut. Eine Bahn nach der anderen fuhr bimmelnd vorüber, aber aus keiner stieg ihre Lilo.

Dann hatte sich der Vater kurz entschlossen und trotz der Nachtverbindung bei Gretes Tante telephonisch angefragt. Dort hörte er, daß Liselotte pünktlich von ihr in die elektrische Bahn gesetzt worden sei.

Nun war es auch mit des Baumeisters Ruhe zu Ende. Während er vorher seine sorgende Frau ausgelacht, daß sie immer gleich Gespenster sähe, lief er jetzt wie gejagt zur nächsten Polizei. Aber auch dort wußte man nichts von Liselottes Verbleib.

Und nun stand er wieder Stunde um Stunde neben der jammernden Mutter am Fenster und sah mit angstvoll schlagendem Herzen nach seinem Liebling aus.

Alles still in den Straßen.

„Sie wird eingeschlafen sein und sich morgen früh wieder ganz vergnügt einfinden," sagte der Vater schließlich mit erzwungenem Lächeln.

„Oder sie ist irgendwo verunglückt," die Mutter barg das tränenüberströmte Gesicht in den Händen.

Dann schwiegen sie wieder – lange.

Da plötzlich Schritte – Männerschritte – dazwischen eilende Kinderfüße – wehende Locken – wehende Röckchen – und „Vater – Mutti" – ruft Liselotte den zaghaft über die Balkonbalustrade Spähenden jauchzend zu.

Nun lag sie wieder wohlgeborgen in treuen Elternarmen – nun war alles wieder gut!

Mit reichem Trinkgeld zogen die Bahnbeamten davon, trotzdem der eine eigentlich einen anderen Denkzettel für seine Nachlässigkeit verdient hätte. Aber Liselottes Vater war zu glücklich, sein Herzblatt wieder unversehrt umschlungen zu halten, um die Sache weiter zu untersuchen.

Den Hausschlüssel aber bekam das kleine Fräulein sobald nicht wieder, und Erdbeerbowle trank sie ihr Lebtag nicht mehr! –

Die Wochen vergingen, die Linden blühten, und die großen Ferien, die Kinder- wie Lehrerherzen höher schlagen lassen, rückten näher und näher.

Baumeisters hatten in dem Seebad Neuhäuser, da Cranz ihnen zu geräuschvoll war, Sommerwohnung gemietet.

Liselottes größter Wunsch, um dessentwillen sie tagelang geradezu beklemmend artig gewesen, ging in Erfüllung.

Sie durfte sich ihre Suse für die Ferien einladen.

Aber ach – nachdem das Baumeistertöchterlein bereits die schönsten Luftschlösser gebaut und für jeden Ferientag eine andere Herrlichkeit, wie schwimmen, waten, segeln, Burgen errichten und Krabbenfang, ersonnen, erhielt sie einen wehmutsvollen Absagebrief.

Suse kam nicht!

Liselotte konnte das Ungeheuerliche zuerst gar nicht begreifen. Bloß weil die Mutter in ein Bad fahren mußte, und die kleinen Geschwister der Aufsicht bedurften, gab man doch eine Reise zur liebsten Freundin nicht auf!

„Suse ist treulos, sie hat unseren Freundschaftsschwur nicht gehalten," sagte sie grenzenlos enttäuscht.

Und dann weinte sie bitterlich.

Mutter aber stellte ihrem Töchterchen vor, daß die Freundin gerade das Gegenteil von treulos sei, daß sich Liselotte an Suses Pflichttreue ein Beispiel nehmen könne. Und Vater blinzelte ihr tröstend mit den Augen zu und meinte: „Am Ende gibt es wieder eine Weihnachtsüberraschung."

Aber Liselotte jammerte weiter und war kindisch genug, jetzt doppelt ungezogen zu sein, da ihr das Artigsein so wenig genützt hatte.

Mutter atmete auf, als sie die kleine Gesellschaft glücklich draußen hatte. Denn die Kinder, die von klein auf an große Tummelplätze für ihre Spiele gewöhnt waren, ließen sich in der beschränkten Stadtwohnung kaum noch bändigen.

Jetzt zogen sie morgens schon an den Strand, und erst zum Mittagbrot stellten sie sich, schwarz wie die Mohren, wieder ein.

Graue Strandanzüge mit roter Borte und rote Südwester trugen sie alle fünf. Entzückend sahen Baumeisters Rangen aus, darin stimmten alle Badegäste überein, aber so entzückend, wie sie aussahen, waren sie durchaus nicht.

Gellendes Geschrei erscholl jeden Tag zwischen neun und zehn Uhr aus der Badeanstalt. Das waren Edchen und Kurtchen, die, mit winzigen Badehöschen bekleidet, absolut nicht dazu zu bewegen waren, ins Wasser hineinzugehen. Kaum drehte Norbert den Kopf, so kniffen sie beide in edler Übereinstimmung aus und waren kaum wiederzufinden. Den Neinerich zog der Vater unter dem Rettungsring hervor. Und der

Weinerich wurde von einem bekannten Herrn, der ihn in seinem Adamskostüm auf der Strandpromenade traf, wo er im Begriff war, sich nach Hause zu begeben, wieder zurücktransportiert.

Vater nahm den Neinerich, dem sein energisches „Nein" nichts nützte, auf den Arm, und Norbert den Weinerich, der wie am Spieß brüllte: „Er will niß in das olle Wasser, er is dar niß dreckis!"

Unter einem Geheul, als ob es ihnen ans Leben ginge, wurden die kleinen Badeengel zum Gaudium sämtlicher Badenden täglich ins Wasser gestippt.

Heinz tat sehr überlegen und meinte: „Schaniert euch doch, Jungs!" Aber er selbst ging gerade nur soweit hinein, daß ihm das Wasser die Füße bespülte. Sowie eine Welle heranrollte, sprang er mutig zurück. Bis Norbert ihm hinterrücks einen kleinen Stoß versetzte und ihn tauchte. Da vereinte er seine kräftige Jungenstimme als Dritter im Bunde mit den beiden Kleinen.

Für Liselotte war das Baden die schönste Stunde am Tage. Sie ging stets mit Fritzi von Walden zusammen, die ebenfalls nach Neuhäuser gezogen war, da ihr Vater beruflich in der unweit gelegenen Hafenstadt Pillau stand.

Fritzis Gesellschaft war immerhin ein Trost für die Wunde, die Suses Nichtkommen Liselotte geschlagen. Frau Baumeister Günther war weniger begeistert von dem ständigen Beisammensein ihres Töchterchens mit Fritzi. So wie die Fritzi aussah, so war sie auch – ein bildhübscher, aber nichtsnutziger Gassenjunge, die fehlte ihrer Range nur noch! Aber Liselottes Mutter mochte den Verkehr doch nicht einschränken, denn Fritzi war mutterlos und schloß sich mit der ganzen Heißblütigkeit ihres ungebärdigen Naturells an die neue Freundin. Auch war sie von Herzen gut und lenkbar, nur fehlte die verständige Hand, um sie richtig zu leiten. Mit den Gouvernanten zankte und biß sie sich herum, und der Vater war durch seinen Dienst stark in Anspruch genommen und viel von Hause abwesend. Da hielt es Frau Baumeister für ihre Pflicht, sich des mutterlosen Kindes in Liebe ein wenig anzunehmen. Leicht war das nicht immer, denn der ungünstige Einfluß der wilden Fritzi auf Liselotte zeigte sich allenthalben.

Das Badepersonal beschwerte sich bei der Mutter, weil die beiden kleinen Mädchen jedem Befehl Ungehorsam entgegensetzten. Sie waren von einem geradezu strafbaren Leichtsinn und von einer beängstigenden Tollkühnheit. Vom höchsten Sprungbrett aus machten sie ihre Kopfsprünge, ja, eines Tages waren sie sogar auf das Dach der Badezellen geklettert, um von dort aus ins Wasser zu springen. Das taten sie aber nur einmal und nicht wieder, denn sie hatten sich eklig dabei geschlagen. Sie schwammen, trotz der Aufforderung der Badefrau, zurückzukommen, immer weiter in die offene See hinaus und wären einmal bei einem Haar unter einen Dampfer gekommen. Da sollte ihnen das Badeabonnement entzogen werden. Nur der Begütigung des Baumeisters gelang es, die Sache rückgängig zu machen. Seitdem hielten sich die beiden Mädel in dem umgrenzten Revier, trieben aber da unausgesetzt Dummheiten und waren, trotzdem sie wußten wie ungesund es war, nicht aus dem Wasser zu kriegen. Und hatte die Badefrau sie glücklich zum Herauskommen bewogen, dann ging der Ärger von neuem los. Ob es noch so voll war, die beiden dachten nicht ans Anziehen. Sie buddelten sich mit ihren Bademänteln in den sonnenheißen Sand und verzehrten dort in aller Gemütsruhe ihr Frühstück.

Liselotte und Fritzi hatten sich zusammen eine feine Burg gebaut. Lilo zeigte dabei, daß sie ihres Vaters Tochter war, denn der Sandbau mit Türmchen und Zinnen war ein kleines Kunstwerk. Norbert hatte bunte Wimpel dazu geklebt und sich damit den Einlaß zu der Burg „Tunichtgut" – so hatte der Vater sie getauft – erkauft. Den drei Kleinen aber war der Eintritt streng verboten. Zankteufelchen stand Wache, daß keins der Kinderfüßchen ihren Burgfrieden störte. Mit sehnsüchtigen Augen sahen die beiden Kleinen von ihrem Kuchenbacken und Heinz bei seinem Tunnelbau zu dem verschlossenen Paradies hinüber. Wäre Liselotte nicht so häßlich zu den Brüderchen gewesen und hätte Mutters Worte befolgt und ihnen nur einmal das Betreten der Burg erlaubt, hätte sie sich viel Ärger und Streit ersparen können.

Aber wer nicht hören will, muß fühlen.

Der Vater machte mit den beiden Großen und Fritzi einen Ausflug nach Rauschen, da schmiedeten die drei Kleinen einen Racheplan. Nachdem sie sich weidlich in Liselottes unbewachter Burg herumgebalgt hatten, gingen sie ans Zerstörungswerk. Wie die Vandalen hausten die hoffnungsvollen Jünglinge, und als Liselotte heimkehrte, glich Burg „Tunichtgut“ einer Sandwüste. Alle Tränen, alles Schimpfen, Knuffen und Prügeln baute sie nicht wieder auf.

Am liebsten spielten Liselotte und Fritzi auf den Fischerkähnen, und nur aus dem einen Grunde, weil es verboten war. Die Fischer, die des Nachts auf den Fischfang ausfuhren, schliefen vormittags meist. Da tobten die beiden Mädchen und öfters auch der Herr Tertianer in den schmutzigen Nachen herum. Bei Wellengang macht das Schaukeln der Fischerkähne famosen Spaß, aber bei ruhiger See war die Sache ebenso tranig, wie sie roch.

„Hurra, der alte Johann hat vergessen, die Kette an seinen beiden Booten festzumachen, kommt, ich rudere euch – oder wollen wir Seeräuber spielen?“ rief Fritzi eines Tages selig.

„Seeräuber!“ – Liselotte sprang bereits in einen der Kähne.

Norbert zögerte. Trotzdem er brennend gern dabei gewesen wäre.

„Vater hat Rudern und Segeln streng verboten,“ meinte er kleinlaut.

„Ach was – Herr Angstmeier – bist ja bloß bange, daß du reinplumst,“ reizte ihn Fritzi.

„Oho – ich bin kein Angstmeier,“ und um diese Schmach nicht auf sich sitzen zu lassen, war der junge Mann lieber Vaters Befehl ungehorsam. Er sprang mit einem kühnen Satz hinter Liselotte her.

„Ohio –“ jubelte Fritzi und stieß mit ihrem Boot vom Strande ab.

„Ohio,“ jauchzte auch Liselotte. Mit vereinten Kräften versuchten sie und Norbert der Wasserratte Fritzi zu folgen.

Aber sie waren ungeübt im Rudersport, der Kahn drehte sich einigemal um seine Achse, und plötzlich kippte er. Zum Glück unweit des Strandes, wo das Wasser noch nicht tief war, aber Bruder und Schwester bekamen doch eine tüchtige Dusche ab. Fritzi lachte sie aus, doch das Seeräuberspielen war den beiden gründlich vergangen. Da sie sich in ihren nassen Kleidern nicht nach Hause trauten, so zogen sie sich überdies noch einen Bombenschnupfen zu und durften acht Tage lang nicht baden. Damit war ihr Ungehorsam gründlich bestraft.

„Lilo –“ Fritzi stürmte eines Tages in die Günthersche Veranda, „zieh' dich schnell an, du mußt mit nach Pillau.“ Ihre Pfefferkörneraugen blitzten vor Aufregung.

„Na, was gibt's denn so Wichtiges?“ fragte die Mutter und hielt ihr Töchterchen, das die Nachmittagsmilch vor Eifer stehen lassen wollte, am Ohrläppchen fest.

„Prinz Heinrich ist da – Prinz Heinrich besichtigt in Pillau Kriegsschiffe – wir können ihn sehen, sagt mein Papa – – –“

Jetzt war Liselotte nicht mehr zu halten.

„Mein weißes Matrosenkleid ziehe ich an, dem Prinzen zu Ehren – ja, Muttchen, Fritzi hat ihres auch an – soll ich die weiße Matrosenmütze aufsetzen oder den Stickereihut – ach Gott, ich habe ja noch meine Sandalen an“ – Liselotte war ebenso aufgeregt wie ihre Freundin.

„Ich gehe natürlich auch hin,“ Norbert sprang so ungestüm empor, daß seine Tasse umflog.

„Wir natürlich auch – bitte – bitte, Mutti – es tressiert Norbert und mich ungeheuer.“ Heinz stellte sich sofort in dieselbe Reihe mit dem älteren Bruder.

„Du leidest ja an Größenwahnsinn,“ meinte Norbert und war Mutter bei der Beseitigung der Überschwemmung behilflich.

Aber jetzt ließen sich auch die Kleinen hören.

„Miß auch – er will auch mittenimmt werden, er mößte so srecklis dern mal ein rißtisen Frinzen sehen,“ so riefen und bettelten sie durcheinander.

„Wenn Lilo nett ist und euch mitnehmen will, ich habe gewiß nichts dagegen,“ für Mutti war ein jörenloser Nachmittag geradezu eine Erholung.

Aber Lilo war nicht nett – ganz und gar nicht. Hundert Ausreden hatte sie bei der Hand, der weite Weg, daß die Kleinen erst angezogen werden müßten, daß Prinz Heinrich bis dahin längst wieder fort sei – jedoch Fritzi schnitt ihr das Wort ab.

„Gequackel – ich nehme euch mit, wenn Lilo nicht will, marsch, laßt euch fein machen!“

Das söhnte die Mutter wieder mit Fritzis ungezügeltem Wesen aus, sie hatte doch im Grunde ein gutes Herz, das kleine ausgelassene Ding!

Liselotte aber schämte sich, daß die Freundin besser zu den Geschwistern war als sie.

Von der rebenumsponnenen Veranda aus sah Mutter lächelnd hinter ihren Fünfen her. Es war ein allerliebstes Bild, alle in weißen Matrosenanzügen mit blauen Ankern, dem Prinzen Heinrich zu Ehren.

„Wir sehen alle sechs wie Zwinglinge aus!“ Heinz schob vertraulich seinen Arm in den Fritzis.

Die aber machte sich los: „Ich kann keinen Zwilling gebrauchen!“ und heidi – lief sie allen voran am Strande entlang.

Als die Kinder in der befestigten Hafenstadt Pillau eintrafen, sahen sie nicht ganz so allerliebst mehr aus.

Prinz Heinrichs Empfang war wichtig, wichtiger aber noch war den Sechsen das Waten bei dem feinen Wellengang gewesen. Die weißen Schuhe und Strümpfe hatten sie ausgezogen und lustig bis zu den Knien im Wasser gepatscht und gepantscht.

Daß die diversen Höschen und Faltenröckchen nicht mehr so tadellos weiß waren, beeinträchtigte ihre Freude durchaus nicht.

Sie kamen noch lange zur Zeit, Prinz Heinrich traf erst später ein. Es war ein schwieriges Stück Arbeit für Norbert, die drei kleinen Vagabunden im Zaum zu halten. Edchen zeigte die allergrößte Neigung, von der langen Mole ins Wasser zu fallen, Heinz wollte durchaus auf den dreißig Meter hohen Leuchtturm klettern, um den Prinzen besser zu sehen, und Kurtchen schimpfte: „Is sa srecklis, wenn der Frinz immer niß tommt, er wird ihm mal tüßtis Bisseid sagen!“

Vergeblich blickte sich Norbert nach der Schwester um, daß sie ihm bei seinen schwierigen Erziehungsgeschäften behilflich sein sollte.

Wo war Liselotte und Fritzi denn bloß hingekommen?

Ja – wo waren sie?

Fritzi, der Rüpel, hatte wieder einen Streich ersonnen. Sie hatte sich, da sie den Matrosen gut bekannt war, mit der Freundin auf das Schiff ihres Papas geschlichen und dort in der Salonkajüte versteckt.

Soviel Liselotte auch herzklopfend Einsprache erhob, Fritzi hatte einen harten Schädel. Sie wollte durchaus die Fahrt auf dem Schiff mit Prinz

Heinrich mitmachen, wenn auch nur unter dem Plüschsofa. In der Salonkajüte würde er den Tee einnehmen, da konnten sie ihn fein sehen.

Zum erstenmal war Liselotte bei einer Ungezogenheit nicht eins mit Fritzi. Ihr erschien ihr Tun ungeheuerlich, und sie zitterte vor der Entdeckung.

Aber Fritzi wußte jeden Einwand mit dem einen Wort „Gequackel" abzutun.

„Krieche unter das andere Sofa, sie schreien schon Hurra, Prinz Heinrich kommt!" flüsterte Fritzi aufgeregt.

„Mein feiner weißer Rock" – Liselotte sah unschlüssig auf ihr schön gewaschenes Kleid.

„So zieh' ihn aus, schnell – du verrätst uns!" Fritzi war ordentlich böse.

Das ging. Sie war ja schon oft in ihren weißwollenen Reformhöschen am Strand gewatet – flink streifte Liselotte den Faltenrock ab, drehte ihn fein säuberlich um und verwahrte ihn unter dem anderen Sofa. Dann kroch sie selbst hinterher.

„Au, ich drücke mich so – Deixel auch, ist das hier unten eklig – Fritzi, ich ersticke – die Puste geht einem ja aus –" stöhnte Liselotte unter ihrem Sofa.

„Schscht – willst du wohl still sein – ich glaube, der Prinz ist schon auf dem Schiff – horch nur, wie sie Hurra schreien –" flüsterte die Freundin aufgebracht zurück.

„Fritzi – liebe Fritzi – laß uns noch ans Land, bitte bitte –"

„Gequackel – wir fahren überhaupt schon" – richtig, ein sanftes Schaukeln machte sich bemerkbar, das Schiff steuerte bereits hinaus zu den Kriegsschiffen.

„Ich drücke mir den Magen ein – ich werde bestimmt seekrank," wimmerte Liselotte aufs neue.

„Unterstehe dich –" sie verstummten plötzlich alle beide.

Schritte kamen die Treppe herab, ein Paar blaue Beine wurden sichtbar – gehörten die dem Prinzen Heinrich? Keine wagte sich zu rühren. Die blauen Beine stiegen schwerfällig wieder die Kajütentreppe empor. Wahrscheinlich irgendein Matrose.

Die beiden kleinen eingeschmuggelten Passagiere mußten sich lange Zeit in ihrer wenig beneidenswerten Lage gedulden. Keiner ließ sich sehen noch hören. Die Minuten wurden ihnen zu Ewigkeiten, die Glieder steif wie Holz. Unter das eine Sofa hatte sich Zankteufelchen einquartiert. Es schimpfte, räsonierte und stöhnte.

„Wären wir bloß nicht aufs Schiff gegangen, dann hätten wir den Prinzen längst gesehen – du bist ja total übergeschnappt mit deinen blödwitzigen Ideen!"

Fritzi erschien ihr Unternehmen jetzt selbst nicht mehr so amüsant, wie sie sich dasselbe gedacht, aber nun gab es kein Zurück mehr.

„Sie kommen – Beine einziehen –" kommandierte Fritzi plötzlich mit gepreßter Stimme.

Liselotte rollte sich wie ein Igel zusammen.

Und da kamen sie.

Allerdings sahen die beiden kleinen Mädchen nichts weiter als ein Dutzend dunkler Hosen und Stiefel. Vor Herzklopfen hörten sie überhaupt zuerst nicht, was gesprochen wurde. Dann nahm Prinz Heinrich auf Fritzis Sofa Platz, die voll begeisterten Patriotismus die prinzlichen Beine betrachtete.

Prinz Heinrich nahm den Tee ein. Er schien sehr gut aufgelegt zu sein, er lachte und scherzte. Ab und zu vernahmen die beiden kleinen Lauscherinnen auch die Stimme des Herrn von Walden, dann fühlte Liselotte jedesmal das Sofa in seiner ganzen Schwere auf ihre Brust drücken – wenn man sie bloß nicht entdeckte!

Sie konnte kaum noch in dem engen Gefängnis liegen – ach, und jetzt knurrte ihr Magen so laut – lieber Gott – hatte es auch keiner gehört?

Nur ein ganz klein wenig mußte sie das rechte Bein strecken – so – sie bekam ja schon förmlich einen Wadenkrampf.

„Nanu, was sind denn hier für weiße Kinderstiefel liegen geblieben?" fragte der Prinz Heinrich, plötzlich erstaunt zur Erde weisend.

Wie von der Tarantel gestochen, zog Liselotte das verräterische Bein zurück.

Zu spät – der Adjutant des Prinzen zerrte sie bereits zum Gaudium aller versammelten Herren unter dem Sofa hervor.

Nur Herr von Walden sah entsetzt auf die tödlich erschrockene Kleine, denn wo Liselotte war, war seine Fritzi sicher nicht weit davon.

„Sieh da – ein nettes Bürschchen hat sich ja da gefangen," lachte der Prinz belustigt, „wie heißt du, mein Junge?"

Lilo machte einen tiefen, ehrfurchtsvollen Knicks, der sich in den Reformhöschen ganz absonderlich ausnahm.

„Liselotte," sagte sie beschämt. Hätte sie bloß den Rock nicht ausgezogen!

„Der Tausend, ein Mädel und was wolltest du unter dem Sofa, Kleine?" examinierte der Prinz leutselig weiter.

Liselotte hob die strahlenden Blauaugen.

„Den Prinzen Heinrich sehen," sagte sie treuherzig.

Da lachte der Prinz wieder, und all die Herren Offiziere lachten pflichtschuldigst mit.

„Und dazu kriechst du unter das Sofa! Dachtest du, daß ich dort unten Platz nehmen würde – ei, am Ende haben sich noch mehr fremde Vögel hier eingenistet!" Der Prinz beugte sich herab.

Da schaute ein blonder Jungskopf mit braunen Pfefferkörneraugen und lustiger Stubsnase ihn gerade erschreckt an.

„Holla – der zweite Vogel – komm' nur hervor – wer bist denn du?"

Fritzi stand stramm, wie sie es beim Vater so oft gesehen.

„Fritzi von Walden," sie legte die Finger militärisch an ihre Matrosenmütze.

Der Prinz amüsierte sich köstlich.

„Von Walden – wie ist mir denn – richtig –" ein Zusammenhang schien ihm aufzudämmern.

Herr von Walden war schon vorgetreten. „Königliche Hoheit, ich bitte untertänigst um Verzeihung wegen des Streiches, den meine Tochter und ihre Freundin verübt."

„Lassen Sie sich deshalb keine grauen Haare wachsen, lieber Walden, die kleinen Damen haben uns famos unterhalten und Zeugnis für ihre patriotische Gesinnung abgelegt." Der Prinz klopfte Fritzis Vater wohlwollend auf die Schulter.

Dann stiegen sie wieder auf Deck.

Liselotte aber schlüpfte aufatmend in ihren Faltenrock.

Norbert traute seinen Blicken kaum, als aus dem wieder anlegenden Schiff erst der Prinz mit seinem Gefolge, und hinterher zwei kleine Mädchen mit glücklich stolzen Augen stiegen.

Ein Tausendsassa war die Lilo doch!

Heiliges Kanonenrohr – und er mußte derweil Kindermuhme spielen, während sie mit einem richtigen Prinzen gesprochen – zum erstenmal schlich sich in Norberts gutes Herz ein klein wenig Neid gegen die jüngere Schwester.

Als Prinz Heinrich zum Bahnhof zurückkehrte, hatten die sechs Kinder ganz vorn am Eingang Posto gefaßt. Keiner brüllte so laut Hurra wie sie.

Ob es daran lag, ob der Prinz die beiden unternehmungslustigen jungen Damen wiedererkannt, oder ob die niedlichen kleinen Matrosen seinen Blick auf sich gezogen, er blieb plötzlich vor Heinz, dem lautesten Hurraschreier, stehen.

„Wer seid ihr?“ fragte er lächelnd, auf die bildhübschen, sich so ähnlich sehenden Kinder blickend.

Liselotte machte einen Knicks fast bis zur Erde, Norbert einen tiefen Diener, aber ehe die beiden Großen noch antworten konnten, rief Heinz bereits ohne jede Scheu:

„Wir sind doch Baumeisters Rangen, Herr Prinz!“

Wie komisch, daß jemand das nicht wußte, und noch dazu ein Prinz!

Da strich Prinz Heinrich dem kleinen, dreisten Burschen über den hellbraunen Krauskopf und sagte freundlich: „Du wirst mal ein tüchtiger Soldat werden, mein Junge.“

Dann schritt er weiter.

Und hinter ihm her schrie Kurtchen, trotzdem Liselotte ihm den Mund zuhielt:

„Er will auch Soldat mitspielen, Herr Frinz!“

15. Kapitel. Ein Friedensengel

„Ach, wenn doch das ganze Jahr Ferien wären, und nur zur Ferienzeit Schule," hatte Heinz, der kleine Faulpelz, trübselig geäußert, als man wieder mit Sack und Pack in die Stadt hineinziehen mußte. Auch Norbert und Liselotte hegten ähnliche Gefühle.

Aber als der erste Schultag vorüber war, an dem jeder das wichtigste Ferien- oder Reiseerlebnis zum besten geben durfte, und Fritzi und Liselotte von allen ob ihres Prinzenerlebnisses angestaunt und beneidet wurden, gefiel es ihnen auch in der Schule wieder.

So herrlich der Prinzentag damals den Kindern erschienen war, um so ungezogener fanden Lilos Eltern das unerhörte Benehmen der beiden Mädchen. Zum ersten Male, so lange Liselotte denken konnte, war ihr Vatchen ernstlich böse auf sie.

„Wenn Fritzi von Walden dich noch ein einziges Mal zu irgendeinem unerlaubten Streich verleitet, untersage ich dir den Verkehr mit ihr," hatte Vater stirnrunzelnd geäußert. Und wenn Vatchen ärgerlich wurde, dann hatte er ganz sicherlich Grund dazu!

Liselotte hielt es daher für geratener, sich enger an Gretchen Werscholeit zu schließen, die stets nett und bescheiden war.

Aber Fritzi war eifersüchtig.

„Magst du mich nicht mehr, dann brauchst du es bloß zu sagen," fragte sie Liselotte eines Tages geradeheraus.

Lilo wurde verlegen.

„Mögen mag ich dich schon, bloß – ich bin doch schon selbst so schrecklich ungezogen, und seit ich mit dir verkehre, ist es wirklich gar nicht mehr auszuhalten mit mir," setzte sie mit drolligem Ernst hinzu.

Fritzi lachte hell auf.

„Edle Selbsterkenntnis – na, Lilo, wenn dich weiter keine Sorgen drücken, dann muß ich eben künftig im Verkehr mit dir als sittsames Mägdelein einherstolzieren, aber paß auf, wir mopsen uns tot dabei."

Das war vor vier Wochen gewesen.

Bis jetzt hatten sich die beiden Freundinnen noch nicht tot gemopst, aber Fritzis Sittsamkeit ließ sich allerdings auch sehr halten. Es machte

Liselotte riesigen Spaß, sie immer wieder auf Gassenjungenausdrücken und Ungehörigkeiten zu ertappen. Unwillkürlich achtete Lilo dadurch auch mehr auf sich selbst und wurde manierlicher.

Heute gingen sie alle drei, Gretchen in der Mitte, nach der Schule zum Buchbinder, um neue Aufsatzhefte zu kaufen.

„Sie wünschen?“ fragte der junge Mann, dem Gretchens Länge imponierte, dieselbe höflich.

Nachdem Gretchen ihre Einkäufe gemacht, wandte sich der Verkäufer an die Gretchen knapp bis zur Schulter reichende Fritzi.

„Und du?“

Fritzi antwortete nicht. Sie glaubte sich verhört zu haben.

„Was willst du denn, Kleine?“ fragte da der junge Mann noch einmal.

„Du kannst mir auch solch Aufsatzheft geben,“ die naseweise Fritzi hatte es, ohne mit der Wimper zu zucken, geantwortet.

Dem jungen Mann stieg das Blut zu Kopf, Gretchen wäre am liebsten davongelaufen, Liselotte aber war diesmal auf Fritzi schrecklich böse.

„Wenn du so unverschämt bist, verkehre ich überhaupt nicht mehr mit dir,“ anstatt der Freundin liebevoll ihre vorlaute Dreistigkeit klar zu machen, wie es Suse sicher getan hätte, begehrte Zankteufelchen gleich wieder auf.

„Dann läßt du's eben bleiben,“ Fritzi wandte den Freundinnen, einen Gassenhauer pfeifend, den Rücken.

„Achottchen, nein, nu is se beese!“ sagte das gutmütige Gretchen bekümmert.

„Wird schon wieder gut werden – so 'ne Knurre befestigt die Freundschaft,“ Liselotte zuckte gleichmütig mit den Achseln.

„Was hat sie dir eïjentlich in dein Poesiealbum jeschrieben?“ Gretchen wies auf das Album in Lilos Hand, das Fritzi dieser kurz vorher mit einem innigen Kuß eingehändigt.

Liselotte blätterte.

> „Unsere Freundschaft, die soll brennen
> Wie ein dickes Dreierlicht,

Freunde wollen wir uns nennen,
Bis der Mops französisch spricht."

las sie mit lachendem Munde. Ein zu ulkiger Kerl war die Fritzi, und schade ist's doch, daß sie miteinander verknurrt sind!

„Ei da mißte der Mops eijentlich jetzt schon französisch sprechen," lachte nun auch Gretchen.

„ Parlez-vous français?" Liselotte beugte sich ausgelassen zu einem asthmatischen Mops herab, der gerade vorüberwackelte.

Aber dieser hatte für die gebildeten höheren Töchter wenig Interesse.

„Also ist's mit der Feindschaft noch nicht so arg," kicherte Lilo.

„Nu wird se am End' auch jar nich heit nachmittag Rollschuhlaufen kommen," begann Gretchen nach einer Weile von neuem. Die beiden Mädchen begleiteten sich bereits das drittemal gegenseitig nach Hause.

Daran hatte Liselotte noch nicht gedacht. Der Rollschuhsport war augenblicklich so ziemlich das wichtigste für alle Schüler und Schülerinnen. Baumeisters Rangen hatten so lange gequält und Vater und Mutter abwechselnd bestürmt, bis der gute Vater ihnen, auch Heinz, Rollschuhe kaufte. Edchen und Kurtchen wollten natürlich ebenfalls „Rollßuh laufen", aber das war denn doch zu gefährlich.

So standen die beiden kleinen Burschen, wenn die Großen drunten in der stillen Straße auf dem Asphalt ihre Schleifen und Bogen machten, trübselig auf dem Balkon und guckten zu. Sobald aber einer hinpurzelte, brachen sie in lauten Jubel aus. Ab und zu heiterten sie sich auch damit ein wenig auf, von ihrem erhöhten Standpunkt herab ein Zielspucken zu unternehmen. Aber Liselotte war bald darauf aufmerksam geworden und hatte die beiden Nichtsnutze gehörig verhauen. Seitdem unterließen sie wohlweislich ihre Treffübungen.

Jede freie Minute tummelten sich die Kinder mit Freunden und Freundinnen auf ihren Rollschuhen. Mutter war recht zufrieden darüber. Abgesehen davon, daß sich ihre Rangen bei dem gesunden Sport viel in frischer Luft aufhielten, so hatte sie selbst dadurch viel mehr Ruhe. Und die brauchte sie, denn sie litt in letzter Zeit recht an Kopfschmerzen.

Fritzi von Walden war die schneidigste Rollschuhläuferin von dem ganzen Kreis. Sie tanzte sogar voll Grazie Walzer auf den Eisendingern. Liselotte war ebenfalls eine gute Läuferin, aber lange nicht so biegsam und graziös wie Fritzi. Gretchen dagegen lief geradezu entsetzlich „schlarksig“. Sie fiel fast über ihre eigenen langen Beine und hatte sich voll Bescheidenheit den kleinen Heinz, der noch unsicherer auf seinen Rollschuhen stand als sie, zum getreuen Kavalier erkoren.

Darum war Liselotte heute recht wenig erbaut davon, auf Fritzis Gesellschaft höchstwahrscheinlich verzichten und das täppische Gretchen dafür in Kauf nehmen zu müssen.

Aber es half nichts. Eine ganze Woche erschien Fritzi nicht auf den Hufen. Auch in der Schule gingen die beiden umeinander herum, wie die Katze um den heißen Brei.

Zwei Trotzköpfe – keine gab nach!

„Sie hat unrecht gehandelt, folglich muß sie zu Kreuze kriechen,“ sagte Liselotte von oben herab, wenn Gretchen zu versöhnen suchte.

„Laß mich in Frieden, Lilo hat mich beleidigt, will sie's wieder gut machen, kann sie's mir ja selbst sagen,“ damit ließ auch Fritzi das treue vermittelnde Gretchen stehen.

So vergingen die Tage.

Da kam ein Morgen, an dem Liselotte außer sich war.

Liederlich wie stets, hatte sie ihr Poesiealbum, das ihr Suse gewidmet, zu Hause herumliegen lassen. Da hatte Heinz es gefunden, und um der Schwester eine Freude zu machen, schrieb er auf die letzte Seite mit schiefen Doppellinien und einer Auswahl von großen und kleinen Klecksen:

„Wär Disch liber had als Isch,
Der Schreibe sisch noch hinter Misch!“

Zum äfigen Andänken an Deinen liben Bruhder.
Heinz.“

Lilo aber war von der Liebe ihres Brüderchens recht wenig gerührt. Sie schnaubte Wut. Suses letztes Geschenk hatte er ihr verdorben! Und sie hinterließ ihm ein Andenken auf der Wange, das zwar nicht ewig, aber doch immerhin einige Tage sichtbar blieb. Wüstes Kriegsgeschrei drang in aller Herrgottsfrühe schon aus der Kinderstube.

Vater kam herzu. In der Hand hielt er das Rohrstöckchen, das nur höchst selten auf der Bildfläche erschien. Wenn die Jungen es bloß von weitem sahen, waren sie plötzlich von einer Bravheit, als ob sie nie ein Wässerchen trüben konnten. Aber heute verstummte das ohrenbetäubende Geheul nicht. Heinzchen sprang, halb fertig angezogen, jammernd im Zimmer herum und rieb sich seine Backe, und Zankteufelchen barfuß hinter ihm her, weinend und schimpfend.

Als der Vater den Sachverhalt vernommen, wandte er sich mit ernsten Augen an sein Töchterchen.

„Lilo, ich tue dich in eine strenge Pension, wenn du nicht Frieden mit den Geschwistern hältst – du solltest dich schämen, so wenig Rücksicht auf die Mutter, die Ruhe braucht, zu nehmen!"

Liselotte vergoß Ströme von Tränen. Daß ihr Vaterchen so zu ihr sprechen konnte – er hatte sie nicht mehr lieb, ganz gewiß – während der fünf Unterrichtsstunden war sie das unglücklichste Kind aus der ganzen Schule. Ihre hartnäckige Feindschaft mit Fritzi verbesserte ihre Stimmung auch nicht.

Aber was alle Ermahnungen und Tadel seitens der Mutter nicht vermocht, das bewirkte heute Vaters strenges Wort. Liselotte dachte über sich nach. Lange und angestrengt, in der Naturgeschichtsstunde, die eigentlich den Meerschweinchen gewidmet war. Aber für Liselotte war es, trotzdem Herr Doktor Schmidt anderer Meinung darüber war, entschieden heute ersprießlicher, über sich selbst nachzusinnen, als über die Meerschweinchen.

Denn sie kam zu einem recht verständigen Schluß.

„Lieb hat mich mein Vaterchen ja trotz alledem, wenn er, der stets zärtlich und gut gegen mich ist, so zu mir sprechen kann, muß ich geradezu ein Scheusal sein. Aber ich will mich bessern, ganz gewiß, ich will!" Und sie dachte wieder einmal voll Sehnsucht an Suse Bertram, die ihr immer noch ein Vorbild war, und die ihr einst geholfen hatte, besser und sanfter zu werden.

„Ach, hätte ich eine Schwester wie Suse!" zum soundsovielten Male wünschte es Liselotte.

„Mutti zu Hause?" mit diesen Worten kamen Baumeisters fünf Rangen stets in die Tür.

Marie, die geöffnet hatte, nickte, aber sie sah Liselotte noch so merkwürdig an.

„Es ist Besuch da," sagte sie mit geheimnisvollem Lächeln.

„Besuch – och –" Liselotte verzog den Mund. Sie hätte Mutti so gern gleich erzählt, daß sie null Fehler im Extemporal geschrieben.

„Es ist Besuch angekommen," sagte Marie noch einmal, und jetzt lachte sie über das ganze Gesicht.

„Angekommen ... Großmama – ja, Marie ... oder am Ende – – ach, ich weiß, wer es ist, Suse ist da, ja, meine Suse ist angekommen –", sie wäre dem Mädchen beinahe um den Hals gefallen.

Aber Marie schüttelte den Kopf.

„Falsch geraten – ein Baby ist angekommen – wir haben ein niedliches kleines Baby gekriegt – – –"

„Och –" Liselotte machte einen Mund von einem Ohr zum andern – „was sollen wir denn mit den vielen ollen Jungs" – kein bißchen freute sie sich!

„Es ist aber ein kleines Mädchen – du hast ein Schwesterchen bekommen, Lilo," die treue Marie sah Liselotte freudig an.

Da geht es wie der Schein eines unaussprechlichen Glücks über das Kindergesicht.

Ganz starr steht die Liselotte.

„Ein Schwesterchen" – sagt sie leise, und noch einmal, als ob sie es nicht glauben könne – „ich habe eine Schwester!"

Dann aber kommt Leben in die Kindergestalt.

„Wo, Marie – wo ist es?" und sie eilt an dem Mädchen vorbei.

Im Eßzimmer kommt ihr Vater entgegen.

Der bückt sich zu seinem großen Mädel hernieder und küßt es innig, da weiß es Liselotte ganz genau, daß ihr Vaterchen sie noch lieb hat.

„Freust du dich, Wildfang?" fragt er sie.

Statt aller Antwort schmiegt Lilo das Gesicht in Vaters Bart.

„Aber nicht mit dem Schwesterchen zanken und raufen – hörst du, Krabbe – unsere Große muß der Kleinen ein gutes Beispiel werden – möchtest du sie sehen? Leise – daß du sie nicht weckst!" Vater legt den Finger auf den Mund und geht Liselotte auf den Zehenspitzen voran.

Neben Muttis Bett steht ein spitzenbesetzter Wiegenkorb.

Vater hebt die weiße Mullgardine ein klein wenig, und Lilo späht klopfenden Herzens hinein.

Unwillkürlich falten sich die Kinderhände, es ist dem wilden Mädel so feierlich zumute, als ob sie ein Gebet spricht.

Da liegt es, das rosige, kleine Wesen – ihr Schwesterchen. Die Äuglein hat es geschlossen, wie ein Engelchen schaut es aus und gleich einem Bild süßesten Friedens ruht es in seinem Bettchen.

Eine große, warme Zärtlichkeit, die fast etwas Mütterliches hat, durchströmt Liselotte zu dem kleinen, unbeholfenen Etwas. Sie neigt sich über das winzige Händchen und küßt es leise.

Und hier an der Wiege des Schwesterchens erneuert Lilo stillschweigend das Versprechen, das sie sich heute selbst gegeben. Sie wird sich bessern, sie will der Kleinen eine treue Schwester sein, aber auch gegen die Brüder lieb und verträglich, das Schwesterchen soll ihr Friedensengel werden!

„Nun, Lilo, wie sollen wir sie nennen, du darfst ihr einen Namen geben," die Mutter streckt ihrem Töchterchen, das ganz in den Anblick des Babys versunken ist, lächelnd die Hand hin.

„Elfriede" – ohne sich zu besinnen, spricht es Liselotte aus, als ob das Schwesterchen nur einen Namen tragen könne, der das Wort „Friede" in sich birgt.

„Du mußt mich jetzt vertreten, Lilo, so lange ich krank bin, sorge für den Vater und für die Kinder," sagt Mutter noch, als das Töchterchen sich mit einem zärtlichen Kuß wieder von ihrem Bett schleichen will.

Ach, wie stolz ist Liselotte über Mutters Vertrauen!

Aber sie will es auch rechtfertigen.

„Er hat ein niedlißes, tleines Baby dekrist," so wurde Liselotte von Kurtchen, der nun nicht mehr der kleinste von Baumeisters Rangen ist, in der Kinderstube empfangen.

„Nein, iß will aber keins mehr, es is viel zu eng in der Kinderstube!“ machte der Neinerich seinem Herzen Luft.

„Na und du, Heinz, freust du dich mit dem Schwesterchen?“

Liselotte strich dem Kleinen, dessen feuerrote Wange auch ihr die Schamröte ins Gesicht trieb, in ungewohnter Freundschaft über das Kraushaar.

„Wenn se akkerat so wird wie du – nee!“ sagte er dann mit einem tiefen, schweren Seufzer.

Liselottes Hand, die eben noch so freundlich gestreichelt hatte, zuckte, um den kleinen Dachs für seine dreiste Aufrichtigkeit zu strafen – da besann sie sich.

Er hatte ja recht mit dem, was er gesagt, sie hatte es ja selbst heute eingesehen, daß sie schlecht zu den Geschwistern war.

„Noch 'ne Krabbe mehr, na, hoffentlich wird sie nicht eben solch ein Zankteufelchen wie du, Kleinchen,“ ließ sich jetzt auch Norbert hören.

Das war zuviel. Auch die größte Sanftmut hat ihre Grenzen.

„Kleinchen“ – wo sie sich doch jetzt ganz besonders als „Große“ fühlte – Lilos Augen sprühten und ihre Hände ballten sich.

„Wie wird se denn geheißt?“ fragte in diesem Augenblick einer der Kleinen.

Lilos kriegerisch erhobenen Fäuste sanken plötzlich herab. Ein milder Glanz trat in ihre zornigen Blauaugen.

„Elfriede“ – sagte sie leise, als ob sie sich vor dem Schwesterchen schämte, daß sie ihr Gelöbnis so schnell vergessen, und mit seltenem Freimut setzte sie hinzu: „Nein, Norbert, es wird kein Zankteufelchen, es wird ein Friedensengel!“

Der Herr Tertianer sah die Schwester verblüfft an.

„Heiliges Kanonenrohr, wenn du so bist, Lilo, dann kann das Zankteufelchen Abschied nehmen,“ er schüttelte ihr kameradschaftlichst fast die Hand aus dem Gelenk.

Liselotte strahlte, als ob sie in der Schule ein Lob bekommen.

Es war doch eigentlich ganz schrecklich leicht, kein Zankteufelchen zu sein!

Heute war der ganze Haushalt auf den Kopf gestellt. Vater zog wiederholt die Uhr, er wollte in sein Bureau, aber Marie hatte noch keine Zeit gefunden, den Tisch zu decken.

„Kümmere dich doch mal darum, daß wir essen können, mein Mädel," rief der Vater.

Dienstbeflissen jagte Liselotte davon.

Marie hatte mit dem Schwesterchen zu tun – „ich werde selbst den Tisch decken, Anna," sagte Liselotte eifrig. Sie hatte es ja bei Großmama öfters getan. Anna stellte dem „Mariellchen" alles zurecht.

Liselotte eilte geschäftig hin und her.

Plötzlich ein schrilles Geklirr – Lilo war in ihrem blinden Eifer mit einem Tablett Gläser über den kleinen Rollwagen gestolpert, den Edchen über die Schwelle geschoben.

Weinend stand das kleine Mädchen neben dem Scherbenberg – und in Scherben gingen auch ihre guten Vorsätze.

„Verflixter Bengel" – sie erwischte das auskneifende Edchen am Schurzfell.

„Hurra – unser Zankteufelchen ist wieder da!" lachte Norbert.

Liselotte ließ den kleinen Bruder beschämt los.

Die Sache war wohl doch nicht so einfach, wie sie sich das noch eben vorgestellt.

„Scharben bedeïten heile Jlick für das kleine Mariellchen," tröstete die gutmütige Anna und fegte das Glas zusammen.

Liselotte sollte noch des öfteren Schiffbruch erleiden.

Nach Tisch wollte sie, wie alltäglich, mit Norbert und Heinz Rollschuhlaufen gehen. Sie war bereits an der Tür, da hörte sie die gnatschende Stimme des Weinerichs. Mutter durfte nicht gestört werden, Vater hatte es seiner Großen, ehe er fortging, noch einmal ans Herz gelegt, daß sie für Ruhe im Hause sorgen solle. So eilte Liselotte noch schnell in die Kinderstube.

„Was quakt ihr denn schon wieder?"

„Marhie – wo is Marhie – Marhie soll mit ihm pielen," mauzte es.

„Marie wäscht Windeln für das Schwesterchen –" Liselotte stand einen Augenblick und schwankte. Sie wollte heute mit Norbert Rückwärtslaufen üben, durch das geöffnete Fenster schallte der Jubel der bereits auf der Straße versammelten Kinder hinein.

„Ach was – spielt mit dem Baukasten," damit eilte sie hinaus.

Aber an der Tür machte sie halt.

Ein Stimmchen ist zu ihr gedrungen, nicht das des Neinerichs oder Weinerichs, nein, ein Stimmchen, so zart und doch so kläglich – Schwesterchen weint.

Da schleuderte Liselotte den Hut an den Garderobenhaken. Was ihr noch eben unsagbar schwer erschienen, wird ihr plötzlich ganz leicht.

„Ich komme heute nicht mit zum Rollschuhlaufen, ich bleibe bei den Kindern," sagte sie zu Norbert und Heinz, die auf sie warten. „Seid um fünf spätestens wieder oben, daß ihr eure Schularbeiten machen könnt," rief sie ihnen noch nach, gerade wie Mutter.

„Quack!" Norbert drehte sich spöttisch um.

„Bitte sehr, Mutti hat gesagt, ich soll sie jetzt vertreten –"

„Quack!" sagte er noch einmal, noch um einige Grade verächtlicher, und dann rutschte er hinter Heinz das Treppengeländer hinunter.

Liselotte seufzte tief.

Man hatte schon seinen Ärger mit den Rangen, besonders, wenn man so wenig Autorität besaß wie sie!

Sie trat in die Kinderstube, wo Edchen und Kurtchen sich soeben um den Baukasten prügelten.

„Seid artig, kommt, ich spiele mit euch," sagte sie freundlich.

„Verwippste uns auch niß?" Kurtchen kam die ungewöhnliche Güte der großen Schwester nicht ganz geheuer vor.

Liselotte biß sich auf die Lippen, damit kein unbedachtes zänkisches Wort denselben entschlüpfte. Sie mußte sich die Zutraulichkeit der kleinen Brüder erst verdienen.

Sie baute mit ihnen, sie spielte mit ihnen Zoologischer Garten und widerstand, so schwer es ihr wurde, der bösen Lust, als Wolf zu kommen und die Kleinen zu fressen, damit es nicht wieder Geschrei gäbe. Kaufmann und Soldat spielte sie mit ihnen und war dabei selbst ein heiteres liebenswürdiges Kind.

Warum hatte sie bloß immer ein Gesicht geschnitten, wenn Mutti ihr aufgetragen, sich mal ein Stündchen den Kleinen zu widmen? Heute, wo sie es aus eigenem Antrieb tat, machte es ihr doch solche Freude. Und als Kurtchen nun noch gar seine kleinen, drallen Ärmchen um ihren Hals legte und sein immer feuchtes Näschen gegen ihre Wange preßte mit den zärtlichen Worten: „Er hat seine Lilo srecklis lieb!" da fühlte sich die große Schwester so glücklich wie noch nie.

Die Jungen erschienen wieder zum Nachmittagskaffee.

„Pfeffere die Türen nicht so rücksichtslos, Norbert – Heinz, hör' auf zu pfeifen, das kann Mutti nicht aushalten," rief Liselotte im Ton einer Gouvernante. Sie war ungeheuer stolz darauf, wie gut sie Mutters Stelle vertrat. Daß sie bis zum heutigen Tage selbst die Türen geschmettert und unmädchenhaft gepfiffen hatte, daran wollte sie nicht denken.

„Laß das ewige Kommandieren, Lilo, so ein Kleinchen und hat solchen großen Mund – immer hübsch artig und bescheiden!" hänselte sie Norbert.

Lilo war gekränkt. Nun wollte sie doch das Allerbeste, und wieder wurde sie nicht anerkannt. Mitleidstränen mit sich selbst entströmten ihren Augen.

Törichtes Mädel! Nur ein klein wenig freundlich hätte sie die Brüder zu bitten brauchen, etwas Rücksicht auf die Mutter zu nehmen, anstatt von oben herab zu befehlen, und sie hätten sicher ihren Worten Folge geleistet.

Du hast noch viel zu lernen, Liselotte!

Aber das sah Liselotte nicht ein. Ob sie sich überhaupt noch damit abquälen sollte, ihre Vornahme durchzuführen, wenn es ihr doch so schwer gemacht wurde, sie hatte alle Lust dazu verloren!

Da schlich sie sich an die Wiege des Schwesterchens.

Klein-Elfriede hatte die Augen geöffnet, große strahlende Blauaugen, gerade solche, wie Liselotte sie selbst hatte. Und aus diesen Augensternen des Schwesterchens strömte ihr neuer Mut zu und neue Hoffnung, dennoch ihr Ziel zu erreichen und ihr Versprechen durchzuführen.

„Brav, mein Mädel, daß du dich heute nachmittag der Kleinen angenommen hast, nun kann ich ruhig sein," sagte die Mutter liebevoll.

Und getröstet kehrte Liselotte zu ihren neuen Pflichten zurück.

„Komm, Heinz, wir werden zusammen Schularbeiten machen," rief sie den mit seiner Festung spielenden Kleinen.

„Och nee – och nee – das is mir höchst unimpathisch –"

„Aber Heinz, du mußt doch deine Aufgaben machen," stellte Liselotte immer noch freundlich vor.

„Mutti soll kommen – ich will mit Mutti arbeiten –"

„Mutti ist krank, und du arbeitest mit mir – basta!"

Liselotte schloß erschreckt den Mund. Da war sie schon wieder heftig gewesen!

Widerwillig folgte Heinz der Schwester zu seinem Pult. Es war eine wahre Geduldsprobe, mit dem zerfahrenen Heinz Schulaufgaben zu machen, selbst für Mutti. Wieviel mehr nun noch für die quecksilbrige, aufbrausende Lilo.

„Fein herauf, stark herunter, schönes h –" diktierte Liselotte, sie hatte es ja von Mutti so oft gehört. „Welcher Buchstabe kommt jetzt, Heinz?"

Heinzchen saß da und kaute an den Nägeln. Er dachte gerade an den schönen roten Triesel, den Klempners Fritz heute auf der Straße gepeitscht.

„Paß auf, Junge, knabbere nicht – also welcher Buchstabe?"

„R", sagte Heinz auf gut Glück gelangweilt.

„Gequackel" – Liselotte hatte dieses schöne Wort von Fritzi übernommen – „a kommt dran – los, döse nicht", ein sanfter Knuff begleitete ihre Worte.

Engelsgeduld gehörte wahrhaft dazu, um seine Ruhe zu bewahren. Und wieviel Geduld hatte Muttchen ihrer Ältesten gegenüber täglich haben müssen – es war greulich, was für unbequeme Gedanken ihr heute kamen!

Aber sie wandte sich doch wieder mit freundlicherem Gesicht dem Männerchen auf sein Löschblatt malenden Kleinen zu.

„Wieviel ist zehn und zehn, Heinz?"

Heinz zuckte unlustig die Achsel, er hatte es im Rechnen immer noch nicht viel weiter gebracht.

„Hör' zu, Heinz – ich gebe dir zehn Schokoladenplätzchen, und dann gebe ich dir noch mal zehn, wieviel hast du dann?"

Heinz horchte interessiert auf.

„Schokoladenplätzchen, Lilo?"

„In – also wieviel hast du dann im ganzen?"

„Weißte was, Lilo," Heinz machte begehrliche Augen und leckte sich den Mund, „gib mir man erst zehn, die anderen zehn ißt du ja doch allein auf!" Er schien seine große Schwester gut zu kennen.

Die fuhr sich verzweifelt durch die krausen Braunhaare.

„Ich geb' dir doch gar keine – ich sag' doch nur so –"

Da aber brach ihr Schüler in ein enttäuschtes Geheul aus.

„Immer sagste bloß – immer versprichste erst – was man verspricht, muß man auch halten, sagt Vater" – er stieß mit den Füßen.

Konnte sie dabei wohl sanft und liebevoll bleiben?

Liselotte wußte sich keinen Rat mehr, sie holte ihr Taschentuch hervor, und Lehrerin und Schüler weinten um die Wette.

„Du, Lilo, warum heulst du denn auch?" fragte der Kleine nach einer Weile ganz erstaunt.

Liselotte gab keine Antwort, sondern schluchzte weiter.

„Weil du keine Schokoladenplätzchen hast?" erkundigte sich Heinz.

„Nein, weil du's mir so schwer machst, mit dir zu arbeiten, weil du mich nicht lieb hast – – –"

„Doch, Lilo, ich habe dich lieb, wenn du mir auch keine Schokoladenplätzchen gibst," gutherzig fuhr der kleine Bursche ihr mit der tintenfingerigen Hand in dem nassen Gesicht herum.

„Also dann paß auf –" sie trockneten sich beide die Augen, und der Rechenunterricht begann aufs neue. Und siehe – jetzt, wo auf beiden Seiten guter Wille vorhanden war, ging es mit einemmal wunderschön. Auch ohne Schokoladenplätzchen!

„Du kannst immer mit mir arbeiten, Lilo," sagte der kleine Bruder gönnerhaft, als er mit seinem Pensum fertig war.

„Nee, danke," Liselotte wußte die ihr zugedachte Ehre nicht recht zu schätzen.

Nun erst kam sie zu ihren eigenen Aufgaben.

Was solche Älteste von sechs Rangen alles zu tun hatte, es war unglaublich! So viel, daß sie gar nicht Zeit dazu hatte, zu zanken und zu raufen.

Mit den Kleinen mußte sie beten und ihnen den Gutenachtkuß von Muttchen überbringen. Dem Vater nach dem Abendessen Zigarren, Aschenbecher und Zeitung hinlegen, wie er's gewöhnt war.

Vatchen packte sie am Schopf.

„Wetter auch, Sausewind, du machst dich ja ganz nett als Haustöchterchen," sagte er halb neckend, halb erfreut. Norbert zog die Augenbrauen hoch und betrachtete die erglühende Lilo.

„Hm, unser Kleinchen macht sich ganz nett," gab auch er dann sein Urteil ab.

„Du – – –" entfuhr es Liselotte, aber sie schluckte den „dummen Jungen" zum Glück noch schnell hinunter.

Als sie müde in ihrem Bett lag, durchströmte sie ein Gefühl tiefster Befriedigung.

„Ich habe ein Schwesterchen!" mit diesen glücklichen Worten schlossen sich die Kinderaugen.

Auch am nächsten Tage zeigte es sich, daß ein Friedensengel bei Baumeisters ins Haus gezogen. Seine versöhnende Kraft reichte sogar bis in die Schule.

Liselotte dachte nicht mehr daran, daß sie mit Fritzi tagelang schuß gewesen, sie jubelte ihr zu: „Fritzi, ich habe ein Schwesterchen bekommen!"

Und Fritzi, glücklich darüber, daß Lilo das erste Wort gesprochen, fiel der Freundin um den Hals und küßte sie innig.

Gretchens Gesicht strahlte. „Nu sind wa alle dreï wieder jut!" sagte sie froh.

Vom Kränzchen aus Schlesien kam ein langer Gratulationsbrief, und von Suse noch ein Extrakärtchen. Was darin stand, mußte wohl sehr was Schönes sein, denn Liselotte tanzte vor Freuden, trotzdem sie jetzt Mutters Stelle vertrat, im Zimmer herum.

„Suse kommt Weihnachten, sie schreibt, ich soll euch vielmals für eure Einladung danken, Vatchen, und sie will sich das Baby bestimmt Weihnachten ansehen – himmlisch!"

Nun wurde es Liselotte noch viel leichter, gut und lieb zu sein, Suse sollte doch nicht denken, daß ihre Lilo ohne sie ganz verwildert und verwahrlost sei.

Nicht mit einemmal schwand das Zankteufelchen aus dem Hause. Ab und zu, wenn Liselotte gerade mal nicht acht gab, dann steckte es wieder ganz dreist den Kopf hervor, dann sprühte es aus Lilos Blauaugen, machte ihr Handgelenk zum Schrecken der kleinen Brüder wieder lose und sprang ihr als ein unbedachtes, häßliches Wort von den Lippen. Aber immer seltener wagte es sich hervor. Und da Liselotte zum erstenmal Klein-Schwesterchen auf den Arm nehmen durfte, war es mit Zankteufelchens Herrschaft für immer vorbei.

Als Muttchen wieder gesund war, sah sie mit frohen Augen die günstige Verwandlung, die mit ihrer Ältesten vorgegangen. Denn Liselotte hatte sich so an ihre kleinen Pflichten als Haustöchterchen gewöhnt, daß sie dieselben beibehielt.

„Ich bin ja fast überflüssig geworden," scherzte Mutti, als sie sah, daß sich die Brüder mit all ihren Bitten und Wünschen an die große Schwester wandten.

„Nein, du kannst uns immer ßöne Geßißtens herzählen, Muttßen," meinte der Neinerich, der es mit keinem verderben wollte.

„Aber eine, die wir noch nicht kennen, sonst tressiert sie mich nicht," setzte Heinz bittend hinzu.

Draußen schleicht die Dämmerung durch die Straßen der alten Krönungsstadt. Sie fährt mit den Fingern über die Häuser und Plätze, bis sie ganz schwarz aussehen. Um den altersgrauen Schloßturm webt sie ihre dunklen Schattennetze, und jetzt huscht sie durch das schwere, eiserne Tor, hinaus in die Villenvorstadt. Von Fenster zu Fenster flattert sie – nanu, Baumeisters Rangen heute so artig?

Dort hocken sie alle in der wachsenden Dunkelheit dicht um Mutters Stuhl am Nähtisch. Selbst Schwesterchen ist dabei, Mutti hält das im Steckkissen schlummernde Baby auf dem Schoß.

Und Mutter erzählt:

„Es waren einmal Geschwister, die hatten sich gar nicht lieb. Sie zankten und stritten sich von morgens bis abends. Ihr Geschrei war so laut, daß die Leute ringsum auf der Erde es kaum noch aushalten konnten. Eines Tages, als sie sich wieder zankten, tobten sie so arg, daß es bis zum Himmel hinaufschallte. Die Engelchen rissen erschreckt ihre Wolkenfenster auf und lugten durch das große Fernrohr auf die Erde hinab.

›Gräßlich,‹ so riefen sie, ›wie können Geschwister nur so lieblos miteinander sein!‹ traurig sahen sie auf die schlechten Kinder hinunter.

Da schritt der liebe Gott vorüber. Und als er seine Engelchen, die sonst gar fröhlich jubilierten, so betrübt dasitzen sah, fragte er: ›Warum seid ihr so traurig, kleine Engel?‹

›Ach, lieber Gott,‹ klagte einer der Engel, ›schau nur die bösen Kinder dort unten auf der Erde. Ich wohne doch fast in jeder Kinderseele, aber an das Herz dieser Kleinen habe ich vergebens angepocht. Man öffnet mir nicht.‹ So sprach der Engel des Friedens leise.

›Und du?‹ der liebe Gott wandte sich an den zweiten Pausback.

›Auch ich habe gar oft versucht, in die Kinderherzen Einlaß zu erhalten. Doch vergebens! Ihr Ohr ist meinem Wort verschlossen,‹ antwortete der Engel des Gehorsams.

›Wir auch – wir auch – gerade so ist es auch uns ergangen,‹ riefen die anderen Engelchen jetzt trübselig durcheinander. Es waren die Engel des Fleißes, der Wahrheit, der Ordnung, der Bescheidenheit und der Pflichttreue.

›Ei, das ist ja eine merkwürdige Sache,‹ sprach der liebe Gott da kopfschüttelnd und nahm selbst das Fernglas zur Hand.

Er hatte aber kaum einen Blick hindurchgeworfen, so rief er: ›Da ist mir ja ein Teufelchen zwischen die kleine Gesellschaft drunten geraten, ein Zankteufelchen, wie ging das bloß zu? Dann ist es freilich kein Wunder, wenn die Kinder sich streiten und zanken, und von euch, meine Engelchen, nichts wissen wollen!‹

›Kann man den armen Kleinen nicht helfen, sie dauern mich,‹ fragte da eine süße, weiche Stimme. Es war der Engel des Friedens.

Der liebe Gott blickte ihn gütig an.

›Du allein vermagst es von allen meinen Engeln,‹ sagte er freundlich. ›Du mußt zur Ende fliegen und immer wieder aufs neue versuchen, mit deinem Friedenshauch die Kinderschar zu umfächeln. Freiwillig müssen sie dir ihre kleinen Herzen öffnen, dies wird aber nicht geschehen, so lange das Teufelchen unter ihnen weilt!‹ So sprach der liebe Gott.

Der Friedensengel schwebte zur Erde hinab.

Mit seinen rosigen Fingerchen berührte er das Zankteufelchen – siehe, da verwandelte es sich in einen goldenen Sonnenstrahl.

Durch das ganze Haus schwirrte und tanzte der Sonnenstrahl. Und wo er vorüberhuschte, wurde es hell und licht und warm. Er fuhr über die Stirn des Vaters und wischte ihm die Falten fort, er spiegelte sich in Mutters frohem Blick, und seine feine Stimme tönte als goldenes Kinderlachen durchs Haus.

Streit und Hader aber war verstummt, denn der Engel des Friedens wohnte jetzt für immer in den Kinderherzen. Er öffnete ihre kleinen Seelen weit, daß auch all die anderen Engelchen darin einziehen konnten.

Und der liebe Gott hatte seine Freude an der kleinen Gesellschaft." – –

Mutter schweigt.

Fast ganz dunkel ist es inzwischen geworden.

Mutti aber sieht es doch, wie ihr Töchterchen das tränenbetaute Gesicht in den Kissen des Schwesterchens verbirgt.

Da streicht die Mutterhand leise und kosend über das widerspenstige braune Kraushaar, und wie ein Hauch tönt es Liselotte ans Ohr: „Unser Sonnenstrahl!"